DIE STADT STIN

BUCH SECHS DER SCHWELBRAND-SERIE

BOBBY ADAIR

BABEL BOOKS

www.babelbucher.de

Alle Bücher in der Schwelbrand-Serie

Tag Null

Zerstörer

Totes Feuer

Sturzflut

Blutung

Die Stadt Stin

Qual

Asyl

Feuersturm

*****

Übersetzung: Frank Dietz

Kapitel 1

Als ich mich in der Hütte am Südufer des Lake Travis langsam von meiner Schusswunde erholte, verbrachte ich lange Nachmittage auf der hinteren Terrasse, starrte in die grauen Novemberwolken und beobachtete, wie der Wind Schaumkronen über den See peitschte. Oft saß ich im Nieselregen, bis meine kalten Gelenke schmerzten und mein Gesicht so taub wurde, dass ich beim Sprechen keine Worte mehr herausbrachte.

Während ich dasaß und starrte, ließ Murphy mich meistens in Ruhe. Vielleicht dachte er, wenn ich mich genug im Selbstmitleid suhlte, würde ich irgendwann müde, mich einsam und bemitleidenswert zu fühlen. Ich redete mir immer wieder ein, dass alle Menschen auf der Welt, die noch atmeten, das Gleiche taten, weil sie unter der Last der Trauer um ihre Verstorbenen litten.

Der Gedanke, den ich vermied, war, dass die Überlebenden, die sich nicht zu den Toten gesellen wollten, sich aus ihrer Trauer herauszogen und ihr Bestes mit dem taten, was ihnen das Leben gelassen hatte. Die baldigen Toten waren viel mehr wie ich. Sie suhlten sich. Sie warteten.

Größtenteils ließen uns die Weißen ungestört. Wir befanden uns weit westlich von Austin auf einer Halbinsel, die in den See ragte. Um uns herum verbargen dichte Zedernbäume die Häuser der Nachbargrundstücke. Die meisten Häuser waren verlassen oder die Besitzer hatten sich schon viel früher während der Pandemie in Weiße verwandelt. Sie waren entweder getötet worden oder weitergezogen.

Nachts hörten wir sie manchmal auf der anderen Seite des Sees jagen. Sie schrien und machten Krach und rannten in Gruppen von ein paar Dutzend oder ein paar Hundert durch den Wald. Tagsüber beobachteten wir ein oder zwei Hubschrauber – manchmal auch drei –, die morgens und gelegentlich auch am frühen Nachmittag von Norden nach Süden flogen. Oft flogen sie noch vor Sonnenuntergang zurück. Murphy und ich waren davon überzeugt, dass die Hubschrauber aus dem Norden kommen mussten – wir tippten beide auf Fort Hood in Killeen – vielleicht eine Autostunde nördlich von uns, als man auf der Autobahn noch mit über hundert Sachen fahren konnte. Jetzt waren diese Straßen mit verlassenen Wracks verstopft, mit Knochen übersät und mit Blut befleckt.

„Hey, Mann."

Ich drehte mich um und schaute fragend zur Tür.

Murphy wies auf die Küche. „Ich habe den verdammt großen Wels gekocht, den ich gefangen habe. Ich habe ihn in einem Maismehlteig gebraten, wie meine Mutter es immer gemacht hat."

Ich nickte und erhob mich aus meinem Schmollstuhl.

Murphy schloss die Tür und ging wieder hinein.

Ich streckte meinen linken Arm über meine Schulter und lehnte mich nach rechts. Als sich die Narben meiner Schusswunde dehnten, spürte ich kaum noch Schmerzen – ob es daran lag, dass die Wunde vollständig verheilt war, oder ob das Virus diesen Teil meiner Empfindungen betäubt hatte, wusste ich nicht. Ich ging ins Haus. Es roch nach Hausmannskost. Es roch *normal.*

Was war normal*?*

Es waren die einfachen Dinge, von denen du nicht ahnst, dass du sie vermissen wirst, bis sie sich in dein Leben zurückschleichen und ein Wirrwarr nostalgischer Gefühle mit sich bringen, von denen die beschissenen Teile der Erinnerungen abgekratzt sind.

Auf dem Küchentisch stand ein großer, perfekter Teller mit Welsfilets im Maismehlmantel und eine Schüssel mit unförmigen Hushpuppies – frittierten Bällchen aus Maismehlteig. Murphy stellte eine Schüssel mit dampfenden Pinto-Bohnen auf den Küchentisch und zog einen Stuhl heran, um sich zu setzen.

Ich schnappte mir einen Stuhl, nahm ebenfalls Platz und steckte mir ein warmes Hushpuppy in den Mund. „Das wird blöd sein, wenn wir kein Propan mehr haben."

Murphy schüttelte den Kopf und verriet einen Moment der Frustration, bevor er lächelte. „Der Weiße, den ich vor ein paar Wochen getötet habe ..."

„Im Haus der Nachbarn?", fragte ich. Das Haus auf dem Nachbargrundstück stand ein paar hundert Meter entfernt zwischen dichten Zedern und Eichen. Murphy war beim Plündern auf den infizierten Mann gestoßen, hatte aber nicht viel mehr darüber erzählt.

„Er stank schon ziemlich." Murphy zuckte mit den Schultern. „Welse sind Bodenfresser. Sie mögen Stinkköder. Ich dachte mir, da der Schädel des Weißen schon offen war, nehme ich ein Stück davon und stecke es an den Haken." Murphy nickte auf den Wels auf dem Teller hinunter. „Einen Meter lang. Wir hätten eine Fischparty veranstalten und den ganzen Block füttern können."

„Früher", sagte ich und wich dem Gedanken aus, warum die Welse im See zu gedeihen schienen.

Murphy nickte und stimmte zu. „Früher."

„Wir werden nicht alles aufessen können, bevor es schlecht wird." Ich klopfte mir auf den Bauch und spürte, wie sich die Muskeln unter meinem Hemd kräuselten. „Ich werde es aber versuchen. Es kann nicht schaden, wenn ich ein paar Pfunde zunehme."

Murphy sagte: „Ich wette, du hast 20 Pfund zugenommen, seit wir hier sind."

„Meinst du?", fragte ich. „Werde ich fett?" Ich lächelte.

Murphy schüttelte den Kopf. „Du hättest dich vorher sehen sollen. Du warst ein magerer kleiner Scheißer."

Ich erinnerte mich an den Blick in den Spiegel, nachdem ich mich endlich auf den Beinen halten konnte. Ich hatte im Laufe der Ereignisse eine Menge abgenommen, viel mehr, als ich mir leisten konnte. Ich erinnerte mich daran, dass ich damals dachte, ich sähe aus wie ein Junkie, der zu lange Meth genommen hatte. Auch wenn ich 20 Pfund oder so zugenommen hatte, war ich immer noch ziemlich mager, aber ich sah eher normal aus.

Was Murphy anging, hätte ich geschätzt, dass er über 50 Pfund abgenommen hatte, seit das alles angefangen hatte. Vielleicht ein bisschen mehr. Der Unterschied war, dass er die zusätzlichen Pfunde abnehmen musste. Jetzt hatte er dicke Muskeln und kein bisschen Fett mehr.

Ich legte mir ein paar Filets auf den Teller, dazu eine Handvoll Hushpuppies und eine große Portion Bohnen. Murphy tat dasselbe.

Der erste Bissen des Welses zauberte ein Lächeln auf mein Gesicht. „Gut“, sagte ich durch einen vollen Mund.

„Es ist schön, dich lächeln zu sehen.“

„Schon gut“, sagte ich, während ich kaute, schluckte und einen weiteren Bissen hineinstopfte. „Was ist mit diesen Hushpuppies los? Müssen die nicht rund sein?“

Murphy ignorierte die Stichelei. Er schaute durch die Rüschenvorhänge, die teilweise geschlossen waren, auf den See hinaus. Er nahm einen weiteren großen Bissen vom Fisch. „Ich will mir nicht zu sehr auf die Schulter klopfen, aber der schmeckt wirklich wie der von meiner Mutter.“

Ich schaute aus dem Fenster, um zu sehen, was Murphys Interesse weckte. „Was hast du noch auf dem Herzen? Wonach suchst du draußen auf dem See?“

„Nichts“, sagte Murphy. „Er ist schön.“

„Ja, ja.“ Ich nickte in Richtung des Fensters. „Spuck es aus. Was?“

„Du warst so ein melancholisches kleines Miststück, seit wir hier sind, es ist schön, dich lächeln zu sehen.“

„Ich …“

Murphy hob seine großen Hände, die Handflächen mir zugewandt. „Ich versuche nicht, einen Streit anzufangen. Ich weiß genauso gut wie du, was passiert ist. Ich war dabei, weißt du noch?“

Es war etwas, das ich versuchte, aus meinem Kopf zu verdrängen. Ich schaute auf den Boden, als ich an das Gefühl von Stephs Hand dachte, die in meiner schlaff wurde. Ihr Tod tat immer noch weh. Ich versuchte, das Thema wieder auf das Essen zu lenken. „Gut, dass du aufgepasst hast, als deine Mutter in der Küche war.“

Wir aßen ein paar Minuten schweigend, bevor Murphy sagte: „Hör mal, Mann, ich weiß, du hast ...“ Murphy machte eine vage Geste an seinem Kopf. „Ich weiß es nicht. Du klammerst dich gerne an deinen schmerzhaften Scheiß. Weißt du, was ich meine?“

Ich nickte und zuckte mit den Schultern. Ich wusste genau, was er meinte. Es änderte trotzdem nichts.

„Du bist nicht wie ich. Das verstehe ich.“

Ich schüttelte den Kopf und sagte: „Murphy, ich weiß, was du sagen willst. Wir haben es beide durchgemacht. Wir haben beide verloren ...“ Es war schwer, die Erinnerung in meinem Kopf zu sehen. Es war schwer, das auszusprechen – körperlich schwer –, weil mir fast die

Tränen kamen. „Du hast Mandi sterben sehen.“ Ich holte tief Luft. „Das haben wir beide. Und Russell auch. Verdammt. Und alle anderen.“

Murphy wollte etwas sagen, aber ich hob eine Hand, um ihn zum Schweigen zu bringen. Ich sagte: „Ich habe Steph verloren, genauso hilflos, wie du Mandi verloren hast. Ich weiß nicht, ob das mit der Hilflosigkeit einen Unterschied macht. Für mich fühlt es sich aber so an.“

„Sinnlose, schmerzhafte Scheiße“, murmelte Murphy.

„Ich weiß, wie sehr es dich verletzt hat, Mandi zu verlieren.“

Murphy nickte.

„Du warst eine Zeit lang wütend und verbittert darüber.“ Ich zeigte vage über den Tisch hinweg auf ihn. „Jetzt hat die Murphy-Philosophie gesiegt. Wenn ich es nicht besser wüsste, würde ich sagen, du bist wieder normal. Der verdammt fröhliche Murphy. Zu viel Lächeln. Zu viele Witze.“

„Ich könnte mich auf meine Kanzel stellen und versuchen, dir den Murphy-Plan noch einmal zu verkaufen“, sagte er.

„Den musst du mir nicht verkaufen“, sagte ich ihm. „Ich weiß, dass dir die Last des Todes manchmal zu schaffen macht. Ich sehe dich ab und zu auf dem Deck, wie du mit diesem verlorenen Blick aufs Wasser starrst.“

Murphy schüttelte energisch den Kopf. „Nur weil ich ...“

„Nein“, unterbrach ich ihn. „Ich will damit nicht sagen, dass ich nicht glaube, dass deine Vorstellungen vom Leben für dich nicht funktionieren. Ich weiß, dass du immer noch den Schmerz spürst. Das ist normal. Ich weiß auch, dass du dich aktiv dafür entscheidest, dich nicht wie ich im Selbstmitleid zu suhlen, sondern weiterzumachen. Du wirst leben. Verdammt, du hältst mich auch am Leben. Ich weiß das zu schätzen. Ja, ich beneide dich darum. Ich möchte eine Großpackung Murphy-Smalls-Blödsinn kaufen, damit ich einen Weg aus meinem eigenen Schlamassel herausfinde. Ich ... ich schätze, ich bin einfach so sehr auf meinen eigenen Mist fixiert, dass ich nicht weiß, ob ich den Weg zu Murphy finden kann."

„Du musst es einfach weiter versuchen, Mann." Murphy lächelte. „Und hör auf, ein weinerliches Weichei zu sein."

Ich wandte meinen Blick von Murphy ab. Ich wusste nicht, ob ich ein weinerliches Weichei war. Ich wusste nicht, ob ich mich selbst ins Grab trauern würde. Ich fühlte Dinge, die ich nicht beiseiteschieben konnte, die ich nicht überwinden konnte.

Ich sagte: „Ich habe sie geliebt." Da war es.

Kapitel 2

Ich rülpste und fühlte mich etwas unwohl von all dem Essen, das ich in meinen Bauch gestopft hatte. Im letzten Abendlicht räumte ich die Küche auf, während Murphy alle Vorhänge auf der Rückseite des Hauses zuzog. Als alles sauber war, bis auf einen Haufen roher Welsfilets, die auf einem Teller neben dem Herd lagen, schüttelte ich den Kopf und erinnerte mich an unser früheres Gespräch. „Es ist eine Schande, dass der ganze Wels schlecht wird."

„Ja", stimmte Murphy zu, als er zurück in die Küche kam. „Aber wir können nichts dagegen tun."

„Wenn das Haus Solarstrom hätte, könnten wir wahrscheinlich den Kühlschrank betreiben und den Fisch kalt halten oder einfrieren."

Murphy zuckte mit den Schultern. „Ich denke, dass es keine schlechte Idee ist, sein Überleben an Sonnenkollektoren zu knüpfen, aber das ist irrelevant. Wir haben keine Kollektoren. Und wir haben keine Ahnung, wie man einen Kühlschrank mit Solarenergie betreibt."

„Ja. Wahrscheinlich." Ich hob ein Stück Fisch auf, betrachtete es und ließ es dann mit einem feuchten Klatschen auf den Haufen fallen. „Ich wette, wir können den Fisch im Grill trocknen. Da ist ein Propantank dran."

„Dörrfisch?" Murphy zog eine Grimasse.

Ich lachte. „Wir hatten schon viele Tage, an denen ein Stück Dörrfisch ein Traum gewesen wäre. Ich denke, wenn du es mit genug Salz und Pfeffer oder anderen Gewürzen aus dem Schrank bestreichst, ist es sowieso egal. Es könnte Waschbärfleisch sein und wir würden den Unterschied nicht merken."

„Igitt", antwortete Murphy und wechselte dann das Thema. „Wirst du unruhig?"

„Warum?" Ich drehte mich um und warf Murphy einen irritierten Blick zu. „Was meinst du?"

„Ich sehe dich jeden Tag da draußen, wie du die Hubschrauber beobachtest."

„Und?"

Murphy lachte. „Manchmal tust du so, als wärst du die einzige kluge Person auf der Welt. Du beobachtest, wie die Hubschrauber kommen und gehen, und jeden Tag merke ich, dass du immer neugieriger wirst. Ich weiß, dass du mir eines Tages sagen wirst, dass du nach Süden gehen willst, um zu sehen, wohin sie fliegen, oder nach Norden, um zu sehen, woher sie kommen. Ich kenne dich."

Ich wollte es leugnen, aber Murphy hatte recht. In meinem Herzen wusste ich, dass ich mich so weit wie möglich von den Hubschraubern entfernen sollte, aber trotzdem wollte ein kleiner Teil von mir glauben, dass sie eine Rückkehr zur Normalität bedeuteten – jeden Tag warmes Essen, Starbucks, Flaschenbier, heiße Duschen, Zivilisation. Ich zögerte mit der Antwort. „Ich bin neugierig auf die Hubschrauber."

Murphy lehnte sich an einen Tresen. „Hör auf, mit dem Fisch zu spielen. Wasch dir die Hände und lass uns darüber reden."

Ich hielt meine Hände hoch und sah sie an. Okay, ich hätte den rohen Fisch nicht anfassen sollen. Aber saubere Hände waren ein weiterer Luxus, den man sich leisten musste. Ich wischte sie an meiner Hose ab. „Gut genug, Mom?"

Murphy warf einen Blick in den Kessel, den wir neben dem Waschbecken aufbewahrten. Wir teilten uns die Aufgabe, ihn aus dem See zu füllen, aber wir kochten ihn nicht ab, also war er nicht zum Trinken gedacht. Wir gossen ihn über schmutzige Hände oder schmutziges Geschirr, und leider hatte ich den letzten Rest davon verbraucht, um das Geschirr abzuwaschen. Murphy sagte: „Wenn du krank wirst, gib mir nicht die Schuld".

Ich schaute auf meine Hände. „Ich konditioniere mein schwaches Immunsystem für eine schmutzige Welt."

„Ha, ha."

Ich lächelte. „Was wolltest du also über die Hubschrauber sagen?"

„Die Zivilisation ist irgendwo da draußen", Murphy deutet auf den See, „wo auch immer die Hubschrauber starten und landen."

„Ich bin so weit auf deiner Seite."

„Jeden Tag, an dem ich die sehe“, sagte er, „frage ich mich, wie es Rachel geht.“

„Machst du dir Sorgen, ob sie und die anderen es nach Balmorhea geschafft haben?“, fragte ich.

„Das weiß ich nicht“, sagte Murphy stirnrunzelnd. „Ich kann nur vermuten, und Vermutungen sind einen Dreck wert.“

„Ja.“ Ich brauchte einen Moment, bevor ich fragte. „Glaubst du, dass du Rachel und Dalhover irgendwie erreichen kannst, wenn du die Leute mit den Hubschraubern findest?“

„Ja“, antwortete Murphy. „Ich glaube, dass die Typen mit den Hubschraubern zumindest eine Art Kommunikationsnetz aufbauen. Vielleicht versuchen sie, die Ordnung wiederherzustellen. Wenn das der Fall ist, werden sie irgendwann mit Rachel und den anderen in Kontakt kommen.“

„Murphy, du bist so emotionslos, was Rachel angeht, und ignorierst die eigentliche Frage.“

„Was ist das?“, fragte er.

„Ob es ein Fehler war, dass du hier bei mir geblieben bist. Ob es ein Fehler war, dass ich mich entschieden habe, hierzubleiben.“

Murphy schüttelte daraufhin sofort den Kopf. „Rachel ist zäh. Sie ist klug. Sie braucht mich nicht, um sich zu beschützen. Sicher, ich wäre gerne bei ihr geblieben, aber –“ Murphy brach ohne ersichtlichen Grund den Satz ab.

„Aber was?“, fragte ich, neugierig geworden.

Er runzelte wieder die Stirn. „Was du in der Nacht auf dem Pontonboot gesagt hast.“

„Dass wir immer anders sein werden?“, fragte ich.

„Ja“, nickte Murphy. „Wenn wir in dieser Nacht nicht aufgetaucht wären und Rachel und ihre Hinterwäldler-Freunde gerettet hätten, hätten sie es wohl aus der Bucht geschafft. Ich bin mir sicher, dass Rachel und Freitag es trotzdem geschafft hätten. Alles, was danach geschah, geschah, weil wir Weiße sind. Normale Menschen haben Angst vor uns.“ Murphy sprang auf und setzte sich auf den Tresen.

„Glaubst du, dass das, was passiert ist, unsere Schuld war?“

„Ja.“ Er nickte wieder. „Einiges davon, alles davon, ich weiß es nicht. Vielleicht wären Jay und sein verrückter Bruder irgendwann sowieso allen in den Rücken gefallen.“

„Diese Typen waren irre.“ Das war eine Tatsache. Sie verhielten sich nicht vernünftig. Etwas Unerklärliches stimmte nicht mit ihnen. Ihr Verhalten lag zu weit außerhalb der Norm. Wie sie so verrückt sein konnten und nicht irgendwo eingesperrt wurden, war eine unbeantwortete Frage, die mich sehr beschäftigte.

Murphy nickte anerkennend. „Als wir beide in diese Situation kamen, waren wir wie ein Pulverfass. Nein, wir waren die Funken in einem Pulverfass. Wir haben alles in die Luft gejagt. Das wollten wir nicht, du warst eben ein Nullpunkt-Typ und ... ich muss dir dafür danken. Ich hätte nie erfahren, dass meine Schwester noch lebt, wenn du mich nicht zu den Leuten in der Bucht geschleppt hättest, um ihnen zu helfen. Ich bin froh, dass es passiert ist. Ich wünschte nur, es wäre nicht so weit gekommen, wie es gekommen ist. Ich wünschte, all diese Menschen wären nicht gestorben."

„Meinst du, das war unsere Schuld?", fragte ich.

Murphy schüttelte den Kopf. „Das war alles Jay und seinem verrückten Bruder zu verdanken. Ohne sie würden wir vielleicht alle glücklich und zufrieden auf Monk's Island leben. Oder wir wären dort eingezogen und einige der anderen Idioten hätten uns im Schlaf erstochen. Jay war verrückt, aber viele von den anderen hassten uns. Noch viel mehr von ihnen – die meisten von ihnen – hatten Angst vor uns. Deshalb sind die meisten von ihnen nicht nach Balmorhea gegangen, sondern zurück nach Monk's Island."

Ich nickte und antwortete: „Ich glaube, du hast recht."

„Ja", grinste Murphy. „Dann ist ja alles gut. Ich dachte, du hättest nicht richtig nachgedacht, als sie dich und mich hier allein gelassen haben, aber ich glaube, es war die richtige Entscheidung. Ich bin eine Gefahr für Rachel, wenn ich nur in ihrer Nähe bin. Sie ist bei Dalhover und den anderen besser aufgehoben."

„Okay." Es war ein gutes Gefühl, das hinter uns zu haben. Ich hatte schon befürchtet, dass Murphy nur aus nachtragender Loyalität bei mir blieb. „Und was ist mit den Hubschraubern?"

„Ich habe dir gesagt, was ich über sie denke", sagte Murphy. „Sag du mir, was *du* denkst."

„Ich glaube, sie repräsentieren ..." Ich war mir nicht sicher. „Eine Bedrohung. Möglicherweise. Sie könnten für etwas Gutes stehen, aber wahrscheinlich ist es eine Bedrohung."

„Warum willst du dann nachsehen?“, fragte Murphy.

„Wir müssen es wissen“, sagte ich. „So einfach ist das. Wir müssen nur verstehen, welche Bedrohungen es da draußen gibt. Immer, wenn wir ohne alle Informationen vorgehen, geraten wir in Schwierigkeiten. Ich weiß nicht, ob das etwas ist, was man ändern kann, aber ich werde das so gut wie möglich einschränken.“

„Wirklich?“ Murphy lachte.

Offensichtlich glaubte er mir nicht. Ich ärgerte mich. „Sag *du* mir, was du denkst, was meine Gründe sind.“

„Oh, ich sage ja nicht, dass das keine guten Gründe sind“, sagte Murphy. „Du denkst gerne zu viel nach und versteckst dich am liebsten vor deinen Beweggründen. Das liegt daran, dass du dich die meiste Zeit selbst hasst.“

„Okay, Sigmund Freud.“ Ich rollte dramatisch mit den Augen. „Warum sagst du mir nicht, warum ich die Hubschrauber verfolgen will?“

„In gewisser Weise“, sagte Murphy, „bist du wie eine Katze, die jeden Tag auf der Terrasse sitzt und eine Maus beobachtet, die auf dem Boden hin und her krabbelt. Nicht zu wissen, woher die Hubschrauber kommen und wohin sie fliegen, macht dich verrückt. Du kannst dir nicht helfen. Jetzt, wo der Gedanke in deinem Kopf ist, hast du nicht die Impulskontrolle, um ihn wieder zu verdrängen. Er wird so lange an dir nagen, bis du etwas unternimmst, egal wie gefährlich es sein mag.“

„Wow.“ Ich war mir nicht sicher, ob ich beleidigt sein sollte oder nicht. „Du denkst, meine Beweggründe sind so einfach? Wirklich?“

„Niemand ist so kompliziert, wie er denkt.“ Murphy zuckte mit den Schultern. „Im Großen und Ganzen sind wir alle nur ein Haufen Weißer, mit einer dünnen Schicht aus Rationalisierung und Moral, die uns zivilisiert hält. Meistens wollen wir einfach nur essen, ficken und spielen.“

Ich musste lachen. „Manchmal, Murphy.“

„Manchmal?“

Ich sagte: „Du bist viel schlauer, als du denkst.“

„Das wirst du nicht sagen, wenn ich dir den *anderen* Grund nenne, warum wir diese Hubschrauber jagen müssen.“

Vorsichtig fragte ich: „Okay, was ist mein anderer Grund?“

„Ich weiß nicht, ob du Todessehnsucht hast oder was, aber es ist, als hättest du dieses düstere Bild von dir, das du meinst, pflegen zu müssen. Oder foltern. Wenn ich in einem dieser Häuser einen Teddybär für dich finde, kannst du ihn vielleicht nachts umarmen und es würde dir besser gehen. Ich weiß es nicht.“

„Du kannst mich mal mit diesem Teddybär-Scheiß“, sagte ich etwas wütend.

„Der andere Grund ist, dass du ein Adrenalinjunkie bist“, sagte er. „Ich weiß nicht, ob du das früher warst, aber ich weiß, dass du es jetzt bist. Du stehst auf den verrückten Scheiß wie niemand sonst, den ich kenne.“

„Und du nicht?“, sagte ich anklagend.

Murphy zuckte mit den Schultern und lächelte schuldbewusst. „Ich auch. Verdammt, vielleicht ist das der Hauptgrund, warum wir beide nicht tot sind. So schwer es auch ist, mit dieser ganzen Scheiße umzugehen, ich meine, es sind Menschen. Wir töten kranke Menschen, um zu überleben. Es ist ein Rausch, wenn du in der Scheiße steckst und nur darum kämpfst, am Leben zu bleiben. Es gibt nichts Vergleichbares."

Ich nickte. Ich war mit all dem einverstanden.

„Es ist ja ganz cool, sich zu entspannen, zu essen und fett zu werden, aber du wirst unruhig werden, wenn du im ruhigen Paradies herumsitzt. Du musst dir etwas Ärger einhandeln."

„Du weißt genauso gut wie ich, dass nichts mehr statisch ist", sagte ich. „Wir haben seit sechs Wochen Glück gehabt. Nur ein paar Weiße sind hierhergekommen, um uns zu ärgern. Irgendwann werden mehr kommen, als wir verkraften können, und dann müssen wir gehen. Ich denke, wir gehen zu unseren Bedingungen, nicht zu ihren."

Murphy nickte und sagte: „Dann müssen wir uns darauf vorbereiten."

Ich nickte.

Murphy legte seine Hand auf seine linke Seite, direkt unter die Rippen, die Stelle, an der ich auf meiner Seite angeschossen worden war. Er fragte: „Ist das ein Problem für dich, wenn du deine Machete schwingst? Kannst du dich gut bewegen?"

Ich hielt mir wieder die Schulter und drehte meinen Arm zur Bestätigung. „Es fühlt sich ein bisschen eng an, aber ich glaube, es geht schon. Wie sieht es mit der M4-Munition aus?"

„Ich habe vielleicht dreihundert Schuss. Du hattest keine bei dir, als ich deinen Arsch aus der Scheiße gezogen habe. Wir haben dein Gewehr, aber ...“

„Aber?“, fragte ich, obwohl ich wusste, was kommen würde.

„Aber du kannst damit nichts treffen. Wir müssen das Gewehr loswerden – ich weiß nicht, ob wir es hier lassen oder zu diesen Wichsern auf Monk's Island bringen – und dir etwas besorgen, das zu deinen Fähigkeiten passt.“

„Und das wäre?“

Murphy grinste. „Eine Schrotflinte, natürlich.“

„Hältst du das für eine gute Idee?“, fragte ich. „Sie wird verdammt laut sein.“

„Verdammt. Du hast recht.“ Murphy dachte an den ganzen Ärger zurück, den wir hatten, um die verdammten Schalldämpfer zu bekommen. „Weißt du was? Das ist doch egal. Du behältst dein M4. Ob du eine Schrotflinte oder ein M4 hast, du kannst nur Dinge treffen, die ziemlich nah sind. Mit dem M4 schießt du aus der Hüfte. Wenn du ein halbes Dutzend Schüsse in die Richtung abfeuerst, aus der deine Weißen kommen, triffst du sie vielleicht mit einem oder zwei. Aber dreißig geteilt durch sechs sind nur fünf.“

„Wie bitte?“ Mathe. Das war noch nie meine Stärke gewesen.

„Das Magazin fasst dreißig Schuss. Wenn du auf jedes Ziel ein paar Drei-Schuss-Feuerstöße abfeuerst, schaffst du fünf Feuerstöße, bevor du nachladen musst. Mit einer Pump-Action-Schrotflinte kommst du vielleicht auf acht Schuss.“

„Aber muss ich die Patronen nicht einzeln nachladen? Es gibt doch kein Magazin, oder?“

„Das stimmt“, nickte Murphy nachdrücklich. „Du bist mit dem schallgedämpften M4 besser dran. Du musst nur viel Munition mitnehmen.“

„Vielleicht sollten wir Camp Mabry noch einmal besuchen.“

„Igitt. Ich hasse diesen Ort.“

Kapitel 3

Am nächsten Tag verließen wir das Haus am See vormittags und fuhren mit einer benzinsparenden Geschwindigkeit den See hinunter. In unseren Taschen hatten wir genug Wasser und Lebensmittel, um uns ein paar Tage lang zu ernähren und zu trinken, und in den Staufächern unter den Sitzen des Pontonboots waren noch mehr Wasser und Lebensmittel versteckt. Wir dachten uns, dass wir das Boot in einer Bucht ankern lassen könnten, die für vorbeifahrende Weiße unerreichbar war. So hätten wir zwei Orte – das Boot und das Haus am See – die sicher und mit Vorräten ausgestattet auf unsere Rückkehr warten würden.

Man konnte nie zu sicher sein.

Zumindest war das ein Satz, den ich mir zur Gratulation sagte, wenn ich das Gefühl hatte, etwas Kluges zu tun. Die restliche Zeit – und das war wohl die *meiste* Zeit – lief ich mit einer Mischung aus Testosteron und Dummheit auf Hochtouren und verdiente keine selbstgefälligen Klischees.

Eine dünne Schicht hoher, grauer Wolken hielt den größten Teil der morgendlichen Sonne von uns fern. Der Wind trug die Gischt über das Deck und machte die Kälte unangenehm spürbar.

Murphy steuerte das Boot zwischen zwei Reihen weit auseinanderliegender weißer und verblichener orangefarbener Kanalbojen durch die gewundene Mitte des Sees. Ich saß auf einer der Sitzbänke und sah das grüne Ufer an mir vorbeiziehen, sah die leeren Äste der Bäume, die noch Wochen zuvor voller Blätter gewesen waren. Große und kleine Häuser standen am Seeufer. Alle schienen verlassen zu sein. Selbst die Weißen waren nicht in Sicht.

Ich legte meinen Arm auf die Reling und streckte ihn über das Wasser. Ich fragte mich, ob ich immer noch das Empfindungsvermögen in meiner Haut hätte, wenn ich einen dicken Mantel anziehen müsste. Ich fragte mich, was genau es mit dem Kältegefühl auf der Haut auf sich hatte, dass man sich wärmer anziehen musste. Ich fragte mich, wie die Weißen auf die bevorstehenden Kälteeinbrüche reagieren würden. Würden sie Schutz suchen, wie ich vermutete, dass sie es jetzt taten? Oder würden sie herumlaufen und sich gegenseitig halbnackt durch die Kälte jagen, bis ihre Zähne genug klapperten, um sie zurück ins Haus zu treiben und ihre stinkenden Körper vor dem Wind zu schützen?

Ich bemerkte, dass Murphy ziemlich nah an einer der Bojenlinien steuerte.

„Schläfst du da hinten ein?“, fragte ich. „Ich kann fahren, wenn du willst.“

„Ich denke wieder an die Sache mit der Schrotflinte.“

Ich sagte: „Ich dachte, das wäre geklärt.“

Murphy holte ein Magazin aus seiner Weste und warf es mir zu. Ich streckte die Hand aus, verpasste es und es klapperte auf dem Deck. Er rief: „Lass es nicht ...“

Ich sprang auf die Knie und fing das Magazin auf, als es an der Kante des Decks herunterrutschte. Ich erwischte es und hielt es mit einem Grinsen voller falscher Zuversicht hoch.

„Du musst wieder aktiv werden“, sagte er. „Die faule Zeit hat dich ungeschickt gemacht.“

Ich tat so, als würde ich überprüfen, ob das Magazin voll war, während ich Murphys Bemerkung ignorierte. Ich wurde ein bisschen ungeschickt, aber nicht, weil ich faul war. Ich vermutete, dass das Virus meine motorischen Fähigkeiten beeinträchtigte. „Was soll ich damit machen?“

„Es ist für dein Gewehr“, sagte Murphy.

„Du willst, dass ich schieße?“ Ich schüttelte den Kopf und gab Murphy damit einen offensichtlichen Hinweis darauf, was meiner Meinung nach die Antwort auf diese Frage sein sollte. „Wir haben nur dreihundert Schuss, oder?“

„Wir müssen mit dir üben, aus der Hüfte zu schießen und sehen, wie das funktioniert.“

„Bist du sicher?“, fragte ich.

„Wenn es zwei oder drei Magazine kostet, um das herauszufinden, ist das billig im Vergleich zu dem, was es uns später kosten wird, wenn du nichts triffst.“

Ich nickte. Er hatte recht.

Murphy zeigte auf eine Boje, die auf den Wellen vor unserem Steuerbordbug dümpelte. „Ich fahre in etwa drei Meter Entfernung vorbei.“ Murphy drosselte die Geschwindigkeit. „Drei Schüsse pro Feuerstoß. Wir werden sehen, wie du dich machst. Dann werden wir sehen, wie weit wir uns von den Bojen entfernen können, um noch eine zu treffen.“

Ich wollte glauben, dass ich die Boje nicht übersehen konnte. Es handelte sich im Grunde um ein weißes Plastikrohr – wahrscheinlich mit Schaumstoff gefüllt –, das ungefähr einen Meter aus den Wellen ragte und einen Durchmesser von etwa 25 Zentimetern hatte. Diese Boje hatte die Form einer verblichenen orangefarbenen Raute mit einer Geschwindigkeitsbegrenzung in der Mitte. Sie war nicht so groß wie ein Mann, aber sie stellte ein Ziel von der Größe eines Kindes im Profil dar.

Ich positionierte mich am Steuerbordbug des Bootes, kurz hinter dem Ende der Seitenreling. Ich richtete meine Waffe aus und gab drei Schüsse ab.

Das Wasser plätscherte weit draußen in der Ferne.

Ich behielt meine Flüche für mich und feuerte erneut.

Mehr Spritzer.

Noch mal.

Nachdem ich neun Kugeln verschossen hatte, die alle auf dem

felsigen Grund des Lake Travis versanken, sah ich Murphy an und täuschte ein Lächeln vor. „Ich glaube, ich habe nicht getroffen."

Er nickte.

Trotzdem hoffte ich. „Vielleicht habe ich ein paar Treffer erzielt, aber ... du weißt schon."

Murphy hob seine eigene Waffe, zielte schnell und gab einen Schuss ab.

Die Boje schlug rückwärts auf die Oberfläche des Sees auf und hinterließ nur eine kleine Wolke aus weißem Plastikstaub an der Stelle, an der sie eine Sekunde zuvor gestanden hatte.

„Verdammt", murmelte ich, als ich sah, wie die Boje wieder senkrecht aufsprang und hin und her schwankte, bevor sie sich in ihrer vorherigen Position niederließ. Als sie sich auf den Wellen eingependelt hatte, feuerte ich neun weitere Schüsse ab. Nichts traf.

Murphy steuerte das Boot auf die nächste Boje zu. „Ich gehe näher an die nächste heran."

„Näher?", fragte ich.

Murphy zuckte mit den Schultern. „Wir müssen es wissen."

Was zum Teufel ist los mit mir?

Ich wollte vor Frustration aufschreien, aber ich *wusste,* was los war. Das Virus lähmte meine Koordination und ich wollte es einfach nicht akzeptieren. Ich konnte nur hoffen, dass es aufhören würde, bevor ich ein Invalide oder ein hirnverbrannter Weißer wurde.

Die nächste Boje tauchte wieder auf meiner Seite des Bootes auf. Wir wurden langsamer. Ich feuerte drei Schüsse ab. „Verdammt.“ Sie gingen alle daneben. Wie konnte ich aus so kurzer Entfernung daneben schießen? Ich schoss noch einmal. Das Plastik knallte laut und die Boje fiel zurück ins Wasser. Als sie wieder auftauchte, bespritzte sie mich. Ich feuerte noch einen Schuss ab und dann noch einen. Ein paar Treffer, die meisten gingen daneben. Ich klappte meinen Kiefer zusammen und starrte auf die Boje. Das Boot bewegte sich nicht mehr, außer, dass es langsam vom Wind getrieben wurde.

Ich schwang mein Gewehr in der Schlinge nach unten, zog meine Machete heraus und schwang sie in einem Bogen auf die Spitze der Boje. Das brüchige, orangefarbene Plastik zerbrach und die Machete blieb im Schaumstoff stecken. Ich riss kräftig daran und ließ meinem Temperament freien Lauf. Das Boot driftete ab. Ich verlor mein Gleichgewicht und fiel hinein.

Kapitel 4

Murphy zog mich aus dem See, holte meine Machete von der Boje und ließ mich eine Weile schmollen, während er den See hinauffuhr.

Nachdem der Wind lange genug über meine Haut geweht hatte, um sie zu trocknen, so dass ich nur noch eine kalte, nasse Hose und ein durchnässtes Hemd trug, sagte ich: „Du weißt doch noch, dass ich dir erzählt habe, dass ich früher ständig Paintball gespielt habe, oder?“

„Du hast es erwähnt“, sagte Murphy.

„Einmal war ich mit ein paar Freunden in San Antonio“, sagte ich. „In einem alten Lagerhaus gab es einen Indoor-Parcours mit vielen Hindernissen und so.“

„Was zum Beispiel?“, fragte er.

„Sie haben sie aus Sperrholz gebaut, kleine Häuser, Labyrinthe und so, ein paar Türme. Der Ort war nur schwach beleuchtet. Sie hatten Schwarzlicht und Stroboskoplicht. Sogar eine Discokugel hatten sie.“

Murphy lachte. „Klingt wie eine Eislaufbahn.“

„Sie wollten, dass die Spieler drinnen herumschleichen können“, sagte ich. „Du weißt schon, um es interessant zu machen.“

Murphy grunzte anerkennend.

„Mein Kumpel Rusty und ich waren in verschiedenen Teams. Und ...“ Ich schaute wieder zu Murphy. „Du hast doch schon mal Paintball gespielt, oder? Weißt du, wie die Waffen funktionieren?“

„Kleiner Trichter oben, voll mit Paintballs“, sagte er, „Pressluftkanister. Klar.“

Ich rollte mit den Augen. Ein Ja oder Nein hätte gereicht. „Ich bin mir nicht sicher, was genau passiert ist, aber wir haben dieses Spiel gespielt und am Ende waren es nur noch ich und Rusty. Ich rannte nach unten, um hinter dieses Hindernis an der Mauer zu kommen, und dachte, ich könnte ihn von der Seite angreifen und ihm in den Rücken schießen.“

Murphy lachte. „Das ist immer die beste Art, jemanden zu erschießen.“

Ich lächelte. Damals hatte Paintball noch Spaß gemacht. „Der eigentliche Schock kam, als ich merkte, dass er das Gleiche dachte wie ich und aus der anderen Richtung um das Hindernis herumlief. Wir kamen beide gleichzeitig an und waren total überrascht.“

„Darauf wette ich.“

„Wir sind beide stehen geblieben“, fuhr ich fort, „und haben uns aus etwa drei Metern Entfernung gegenseitig beschossen.“

„Klingt schmerzhaft“, sagte Murphy. „Diese Paintballs hinterlassen einen Striemen.“

„Das ist ja das Komische daran.“ Ich schüttelte den Kopf, um meinen Standpunkt zu unterstreichen. „Er hat mich nie getroffen.“

„Er war ein schlechter Schütze“, schloss Murphy.

„Ich habe ihn auch nie getroffen.“

„Warte.“ Murphy hatte über den Bug hinausgeschaut, drehte sich aber jetzt um und blickte mich direkt an. „Du warst *mal* ziemlich gut mit einer Waffe. Willst du damit sagen, dass du schon immer scheiße warst? Ich bin verwirrt.“

„Nein“, sagte ich ihm. „Nein, das nicht. Ich glaube, wir haben uns gegenseitig überrascht und unser Adrenalinspiegel war so hoch, dass wir versucht haben, so viele Kugeln wie möglich abzuschießen, dass wir nicht mehr richtig zielen konnten. Selbst aus dieser Nähe konnten wir den anderen nicht treffen.“

„Du bist also aufgeregt, wenn du jetzt schießt?“, sagte Murphy. „Deshalb schießt du daneben?“

„Nein“, sagte ich. „Lass mich ausreden. Ich glaube, das Virus in meinem Gehirn macht mich zu einem schlechten Schützen. Wenn wir in eine Situation kommen, in der ich in der Lage sein muss, auf etwas zu schießen, bin ich vielleicht ruhig, vielleicht aber auch nicht. Wenn ich es nicht bin, schieße ich schlechter. Ich glaube, ich werde mit dem M4 nutzlos sein.“

„Diese Bojen sind kleiner als Menschen.“

„Ja, aber ich muss viel mehr als drei oder vier von dreißig Schüssen treffen“, sagte ich, „und das aus viel größerer Entfernung.“

Murphy gab auf und nickte. „Was denkst du denn, kein Gewehr für dich?“

„Ich denke, eine Schrotflinte, wie du sie vorgeschlagen hast, ist vielleicht das Beste, zumindest als Waffe für den letzten Ausweg.“

Murphy nickte und sagte: „Dann sollten wir sie absägen, wenn wir eine Metallsäge finden können.“

„Ich bin für den Coolness-Faktor einer abgesägten Schrotflinte“, sagte ich. „Außerdem, warum absägen?“

„Wenn du sie absägst, breitet sich der Schrot schneller aus und du triffst eher, worauf du zielst.“

„Gibt es einen Nachteil?“, fragte ich.

„Wenn du sie absägst, verringert sich ihre tödliche Reichweite, aber das ist bei dir egal“, lachte Murphy. „Du wirst sowieso nichts treffen können, was nicht direkt neben dir steht.“

„Ich werde die Einkaufsliste aktualisieren.“ Nachdem ich versucht hatte, witzig zu sein, wollte ich fragen: „Gibt es Schalldämpfer für Schrotflinten?“

„Ja, aber sie machen die Waffe nicht so leise, wie du vielleicht denkst. Und sie sind lang und sperrig. Eine davon würde die Schrotflinte zu unhandlich machen, um dir etwas zu nützen.“

Kapitel 5

Ich nahm den Schalldämpfer von meinem M4 ab und packte ihn in meinen Rucksack. Er war zu wertvoll, um ihn auf dem Boot zu lassen, wo das M4 mit einem vollen Magazin in einem Fach unter einem der Sitze an der Backbordseite bleiben sollte. Mit einer Waffe zusätzlich zu den Vorräten an Lebensmitteln, die sich bereits an Bord befanden, wäre das Pontonboot ein großartiger Notfallplan für jede noch so verrückte Situation, in der wir in der Stadt geraten könnten.

Murphy zog das Boot in seichtes Wasser in der Nähe des Ufers, als wir anfingen, die Häuser nach möglichen Kandidaten zu durchsuchen – etwas, das ziemlich nah am Ufer lag, keine Weißen in der Nähe hatte und so aussah, als könnte es eine Flinte enthalten. Für die Schrotflinte hatten wir keine Kriterien. Nicht wirklich. Ich suchte aber nach übergroßen Pick-ups, die an den Häusern geparkt waren. Ich dachte, dass Waffen und 4x4-Pick-ups mit großen Stollenreifen stark korrelierten. Es brachte nichts, eine Hausdurchsuchung zu riskieren, wenn die Chancen nicht gut standen.

Ich fragte Murphy nicht, wonach er suchte.

Murphy drosselte den Motor und legte kurz den Rückwärtsgang ein, bevor er ihn abstellte und das Boot auf einen Steg zutreiben ließ, der ein paar Bootslängen vom Ufer entfernt war.

Als das Geräusch des Bootsmotors verstummte, bemerkte ich das *Wapp-Wapp* der Hubschrauber, die sich auf ihrem morgendlichen Flug nach Süden über den Himmel bewegten. Ich ging an die Backbordseite des Bootes und lehnte mich unter dem Vordach hervor, um nachzusehen. Das Geräusch war lauter als sonst und näher.

Murphy lehnte sich hinaus, um nach oben zu schauen. Er zeigte auf ihn. „Der Hubschrauber kreist zurück. Glaubst du, sie kommen in diese Richtung? Es sieht ganz danach aus."

Hinter unserem Boot löste sich der weiße Schaum unseres Kielwassers in den Wellen auf, aber er wäre von Weitem sichtbar gewesen. „Vielleicht haben sie uns gesehen."

Murphy schaute von links nach rechts. Anscheinend suchte er ein Versteck.

Ich trat unter dem Vordach hervor und ging auf das Bugdeck. Der Hubschrauber war definitiv auf dem Weg zu uns. „Wenn sie kommen und landen, könnten wir uns den Weg in die Stadt sparen."

Murphy schüttelte den Kopf. Er war nervös und ich hatte gelernt, seinem Instinkt zu vertrauen. Er lag selten falsch.

Der Hubschrauber senkte sich etwa fünfzig Meter entfernt auf das Wasser zu. Die Wellen wurden flacher, als der Hubschrauber einen Luftstrom nach unten drückte. Das Motorengeräusch übertönte unsere Worte. Die Rotoren bliesen eine Gischt aus Seewasser über das Boot und in unsere Augen.

Murphy hob sein Gewehr auf seine Schulter.

Mein Gewehr war bereits unter einer Bank verstaut und ich hob meine Machete, als ich das grünliche, dunkle Wasser betrachtete. Ich hoffte, dass es tief genug war, um zu tauchen und dass ich die weite Strecke bis zur nächsten Anlegestelle schwimmen konnte. Ich wusste nicht, ob ich den Versuch wagen sollte, aber wenn ich mich im Wasser befand, musste ich mir ein Versteck suchen.

Die Kufen des Hubschraubers befanden sich keine drei Meter über der Oberfläche.

Im Cockpit starrte uns der Co-Pilot an. Die Seitentüren des Laderaums waren ganz aufgeschoben. Darin saßen mehrere Männer in gemischten Militäruniformen – einige schauten hinaus, andere starrten gelangweilt ins Leere. Einer saß mit baumelnden Beinen auf seinem Sitz neben einem Maschinengewehr an der Seite des Hubschraubers. Im Laufe von ein oder zwei Sekunden sahen sie uns alle – ihre Gesichter zeigten erst ihre Überraschung, dann ihre Angst.

Scheiße.

„Los!“, rief Murphy.

Der Mann am Maschinengewehr kletterte nach hinten, als der Hubschrauber nach links schlingerte und zu steigen begann.

Murphy sprang aus dem Boot und auf den Steg.

Das Maschinengewehr feuerte eine schnelle Serie von schlecht gezielten Kugeln ab. Sie durchschlugen das Deck und die Aluminiumpontons unseres Bootes.

Ich tauchte ins Wasser, als ein weiterer Feuerstoß unser Boot zerfetzte.

Kapitel 6

Nun, ich konnte einem Hubschrauber unter Wasser nicht davonschwimmen. Nicht einmal an der Oberfläche. Kein Wunder. Aber ich konnte tief schwimmen und ich wusste, dass ich nur etwas mehr als einen Meter brauchte. Hey, ich hatte früher Fernsehen geschaut, bevor die Weißen alles zerstört haben. Da konnte man so einiges lernen. Ich wusste, dass etwa ein Meter Wasser ausreichte, um mich vor Kugeln zu schützen. Ein weiterer Faktor, der für mich sprach, war die grüne Trübung des Lake Travis, die an einem sonnigen Tag eine Sichtweite von vielleicht eineinhalb Meter nahe der Oberfläche zuließ. Zum Glück befand sich die Sonne noch hinter einer Wolkenschicht, so dass die Sichtweite geringer war.

Ich schwamm.

Mit meinem Rucksack und meiner Machete, die mich beschwerten, war es kein Problem, meine Tiefe zu halten.

Ich drehte mich beim Treten herum und warf einen langen Blick auf die Oberfläche, wo ich nichts als leuchtendes Grün sah. Wenn ich den Hubschrauber nicht sehen konnte, konnte er mich auch nicht sehen.

Ich hörte immer noch sein wiederholtes Wummern. Ich hörte immer noch das Maschinengewehrfeuer. Ich hörte, wie Geschosse auf die Oberfläche prasselten und sah, wie aus dem Licht Blasen aufstiegen. Ich ließ mich tiefer sinken. Schließlich konnte man nicht alles glauben, was man im Fernsehen sah.

Da ich mich momentan unverwundbar fühlte, war ich froh, dass der Bordschütze des Hubschraubers auf mich schoss, da ich wahrscheinlich der auffälligste Fleck sich schnell bewegender weißer Haut war, den er sah, nachdem er abgedrückt hatte. Das würde Murphy Zeit geben, zu entkommen. Ich zog die Möglichkeit nicht in Betracht, dass Murphy voller Löcher und blutend auf dem Steg liegen könnte.

Ich schwamm weg von der Richtung, die die Luftblasen der Geschosse andeuteten. Der Schütze hatte anhand meines Eintauchens ins Wasser erraten, wo ich war. Auf diesem Weg würde ich nicht mehr auftauchen. Ich wollte keine leichte Beute sein.

Stattdessen bog ich auf einen Kurs ab, der parallel zum Ufer verlief und sich mit der anderen Anlegestelle kreuzte, die ich gesehen hatte. Ich glaubte nicht, dass ich genug Luft in den Lungen hatte, um die Anlegestelle zu erreichen, aber ich wollte es versuchen.

Nein, ich musste es schaffen.

Das war so eine Situation. Nach Luft zu schnappen, ohne mich zu verstecken – ein heller, weißhäutiger Kopf mit wenig Haaren im grünen Wasser – würde mich zu einem leichten Ziel machen.

Der Steg bot Schutz. Wenn ich es schaffen würde, darunter

durchzuschwimmen, könnte ich auf der anderen Seite auftauchen, wo mich die Männer im Hubschrauber nicht sehen würden. Mir gefiel die unrealistische Vorstellung, in dem Luftspalt unter dem Dock aufzutauchen, aber solche Spalten gab es nur unter den Docks im Lake Austin unterhalb des Damms. Das Wasser wurde dort auf einem konstanten Niveau gehalten – wenn es nicht gerade Hochwasser hatte. Das Wasser des Lake Travis stieg und fiel im Laufe eines Jahres mit normalen Regenfällen um Dutzende von Metern. Alle Jachthäfen und Anlegestellen wurden auf riesigen Schaumstoffwürfeln gebaut, damit sie auf der Wasseroberfläche schwimmen konnten, und hatten daher kaum Platz, um unter ihnen an die Oberfläche zu kommen.

Das Geräusch der platschenden Kugeln wurde leiser.

Der Hubschrauber war so laut, dass man nicht erkennen konnte, wo er sich befand.

Das Maschinengewehrfeuer hörte auf.

Ich drängte weiter.

Ich brauchte Luft, aber das war nichts Neues. Es schien, als müsste ich jedes Mal, wenn ich ins Wasser ging, die Luft länger anhalten, als mir lieb war. Ich wurde sehr vertraut damit, wie weit ich mich über meine vermeintlichen Grenzen hinaus bewegen konnte.

Ich hatte den Punkt, an dem meine Lungen protestierten, weit hinter mir gelassen und befand mich in dem Stadium des Sauerstoffmangels, in dem mein Sichtfeld langsam schwarz wurde. Es war an der Zeit, aufzutauchen oder zu ertrinken. Ich rollte mich zu einem Ball zusammen, steckte meine Füße in den Schlamm auf dem

Seegrund und atmete meine gesamte Luft aus, während ich an die Oberfläche drückte. Ich wollte nur so lange auftauchen, bis ich ein wenig Luft eingesaugt hatte, und dann gleich wieder abtauchen.

Meine Schulter traf etwas Hartes und mein Kopf prallte gegen Schaumstoff.

Ich hatte es zum anderen Steg geschafft.

Aber ich brauchte Luft, jetzt sofort.

Ich paddelte durch das Wasser, griff nach der Kante des Stegs, fand sie und schob mein Gesicht über die Oberfläche. Ich holte tief Luft, warf einen kurzen Blick in den Himmel und tauchte wieder ab, um mich unter den Steg zu schieben.

Ich fand eine Seilhalterung an der Unterseite der schwimmenden Struktur, an der ich mich festklammern konnte. Ich musste mich ruhig halten. Außerdem brauchte ich einen weiteren Atemzug. Nachdem ich beim ersten Mal zu lange die Luft angehalten hatte, bot mir der zweite Atemzug nicht genug Luft.

Ich lehnte meinen Kopf zurück und tauchte langsam auf, während ich mich an der Seilhalterung festhielt und nur mein Gesicht aus dem Wasser hielt. Ich ging das Risiko ein, holte noch einmal tief Luft und tauchte dann ab.

Ich lauschte.

Das Geräusch der durch die Luft schlagenden Hubschrauberblätter war nicht mehr so laut wie vor ein paar Augenblicken.

Ich wartete.

Vielleicht flogen sie weg.

Vielleicht schwebten sie über dem Haus und suchten nach Murphy. Vielleicht waren sie aber auch nur höher, um ein größeres Gebiet überblicken zu können. Ich konnte es nicht wissen. Ich musste einfach atmen und hoffen, nicht gesehen zu werden, wenn ich auftauchte.

Ich hielt den Atem an, so lange ich mich traute.

Langsam kam ich unter dem Steg hervor und stieg an die Oberfläche. Ich hielt Ausschau nach einer Bewegung, nach einer Form, die sich von dem Grau der Wolken abhob. Nichts.

Ich atmete noch zweimal tief durch und versuchte herauszufinden, wo der Hubschrauber war. Irgendwo hoch über dem anderen Dock war alles, was ich mir vorstellen konnte. Sogar noch viel höher. Sie flogen weg. Ich ließ mich wieder unter den Steg sinken und lauschte aufmerksam.

Das Geräusch wurde leiser, während ich mich fragte, was sie da taten. Hatten sie von dort, wo sie flogen, das Kielwasser des Pontonboots gesehen? Kamen sie herüber, um nach Überlebenden zu suchen? Sie mussten überrascht gewesen sein, als sie zwei Weiße auf einem Boot sahen. Ich fragte mich, was in ihren Köpfen vorging, nachdem sie ihre spontane Entscheidung getroffen hatten, uns zu töten. Waren sie mit dem Schwelbrand-Symptom und intelligenten Infizierten vertraut? Sie *mussten* gedacht haben, dass wir beide zu einer gefährlichen Sorte von Weißen gehörten.

Ich brauchte Luft.

Ich tauchte wieder auf, blieb oben und sah mich um.

Der Hubschrauber war mindestens eineinhalb Kilometer entfernt und flog davon.

Kapitel 7

Als der Hubschrauber weit genug weg war, dass ich ihn wegen Wind und Wellen nicht mehr hören konnte, kletterte ich auf den Steg und sah mich um. Die Bretter auf dem Steg in der Nähe unseres Bootes waren mit Splittern übersät, die durch die Geschosse des Maschinengewehrs herausgerissen worden waren.

Ich sah keine Leiche auf dem Steg und auch keine schwimmende – gut.

Ich entdeckte kein Pontonboot – schlecht.

Die Schweine hatten unser Boot versenkt.

Ich sah mich am Ufer um und dachte daran, Murphy zu rufen – eine dumme Idee. Alle Weißen, die bereits auf dem Weg waren, um den Hubschrauber und den Maschinengewehrlärm zu untersuchen, würden meine Stimme hören und ich würde bald vor ihnen weglaufen, anstatt Murphy zu finden. Es wäre schlauer gewesen, der Küste zu folgen und etwas Abstand zwischen mich und den Ort des Angriffs zu bringen. Das wäre geeignet gewesen, wenn es mir nur darum gegangen wäre, meine Haut zu retten. Also keine Option. So wie ich wusste, dass Murphy mich nicht im Stich lassen würde, würde ich auch ihn nicht im Stich lassen.

Während ich die Bäume und den Rasen im Auge behielt, joggte ich vom Steg und ging auf das Haus zu, in dem wir die Flinte zu finden hofften. Ich lauschte. Ich reckte meinen Hals, um um die Ecke zu schauen.

Und da war es. Das Geräusch. Die Weißen waren im Kommen.

Ich blieb stehen und wartete einen Moment, um die Bedrohung einzuschätzen. Mindestens ein paar Dutzend waren auf dem Weg, und die nächsten waren ziemlich nah. Ich holte meine Machete heraus. Je nachdem, wie sehr der Lärm und der Hunger sie in den Wahnsinn trieben, würde ich auf der Suche nach Murphy einiges zu tun haben.

Ich überquerte einen Hof, der durch den hohen Wasserstand des Sees geschrumpft war, und bahnte mir meinen Weg durch ein Wäldchen, in dem alles natürliche Unterholz entfernt worden war. *Das haben wir den vorherigen Bewohnern zu verdanken.* Zu viele der natürlichen Unterholzpflanzen schützten sich mit Dornen vor trampelnden Füßen.

Eine Bewegung in meinem peripheren Blickfeld auf der linken Seite erregte meine Aufmerksamkeit. Zwei Weiße waren auf der Straße, die gerade vom Asphalt wegliefen und sich durch die Bäume auf mich zubewegten.

Verdammt!

Ich vermute, dass eines der beiden Gehirne entschieden haben muss, dass das erste sich bewegende, menschenförmige Ding, das sie sahen, die Ursache für den Aufruhr war. Der andere war wahrscheinlich ein nachäffender Weißer, der mitlief, weil er zu dumm war, selbst eine falsche Schlussfolgerung zu ziehen.

Ich schaute wieder nach links und rechts, als ich mich zu meinen beiden Bewunderern umdrehte. Noch war niemand da.

Ich wich zurück, um das Selbstvertrauen meiner Verfolger zu stärken und um in eine Lücke zwischen den Bäumen zu gelangen, in der ich viel Platz hatte, um meine Machete zu schwingen.

Ich atmete ruhig durch, konzentrierte mich auf meine Beute und dachte mir, dass ich das alles mit ein paar Worten besiegeln würde, um sie in einen gedankenlosen Rausch zu versetzen. „Hey, Kumpel. Ich schmecke ziemlich gut.“

Der erste sabberte. Der zweite grunzte eine Art seltsames, glückliches Schweinegeräusch. Sie begannen zu rennen.

Als der schnellste der beiden nur noch ein paar Schritte von mir entfernt war, machte ich einen kleinen Matador-Schritt zur Seite und schwang meine Machete auf seine Kehle zu. Sein Schwung erledigte den Rest der Arbeit. Knorpel knirschten. Blut spritzte aus seiner Kehle. Er ging zu Boden.

Überrascht von all dem Blut, konzentrierten sich die Augen des Grunzers auf die falschen Dinge und er sah nicht, wie mein Schlag mit der Rückhand seitlich auf seinen Kopf niederging, bis es viel zu spät war, um mehr zu tun, als zu blinzeln.

Zu meinen Füßen zuckte der erste und machte mit seinem Sterben weiter. Der zweite fiel in einem schlaffen Haufen weißer Haut auf seinen Kumpel.

Ich vermutete, dass das nicht nur eine riesige Wunde im Gesicht des Grunzers hinterlassen, sondern ihm auch den Kiefer gebrochen, oder diesen sogar durchgeschnitten hatte. Er war wahrscheinlich bewusstlos. Ich schaute zurück zur Straße, um nach weiteren Weißen Ausschau zu halten, sah aber keine und hackte dem grunzenden Weißen in den Nacken.

Erledigt.

Ich trat von den frischen Leichen weg und überprüfte erneut die Gegend um mich herum. Eine leise Bewegung zehn Meter rechts von mir erschreckte mich und ich sprang zurück, als ich die große weiße Gestalt erkannte. „Verdammt, Murphy. Du hinterhältiger Mistkerl. Du hast mich zu Tode erschreckt."

Murphy kicherte. „Wir müssen außer Sichtweite kommen."

Ich schaute mich wieder um – abschätzend, planend. Weglaufen oder verstecken? „Diese Arschlöcher haben unser Boot versenkt."

„Dieses Haus haben sie auch getroffen." Murphy zeigte darauf. „Es hat einen Dachboden, auf dem wir uns eine Weile verstecken können."

Meine Schultern sackten durch, als ich an das letzte Mal dachte, als wir einen Dachboden als Zufluchtsort benutzt hatten.

„Ich habe mich umgesehen, während die Typen versucht haben, dich zu erschießen", sagte Murphy. „Ich dachte mir, dass sie hinter mir her sein würden, also habe ich nach einem guten Versteck gesucht, um ihnen aufzulauern."

„Einen Hubschrauber überfallen?", fragte ich.

„Nein, Mann. Die Kerle, wenn sie gelandet und ausgestiegen sind, um mich zu suchen." Murphy schüttelte den Kopf, um sicherzustellen, dass ich wusste, dass das Missverständnis nur meine Schuld war. Er zeigte auf das Haus. „Das ist ein ziemlich schöner Dachboden. Er hat sogar Fenster."

Gut genug.

Ich nickte in Richtung des Hauses. „Zeig mir den Weg."

Kapitel 8

Für einen Dachboden war es nicht schlecht. Dort wurde nicht viel gelagert. Er schien sogar als Refugium für Kinder oder Enkelkinder gebaut worden zu sein und war nur über eine Leiter erreichbar, die durch die Decke des darunter liegenden Stockwerks gezogen wurde. Drei Gaubenfenster mit Blick auf den See ließen eine Brise hereinwehen. Der einzige Nachteil war die niedrige, ungünstig geformte Decke.

Während Murphy und ich dort oben schweigend saßen, beobachteten wir, wie mindestens hundert Weiße draußen auftauchten, einzeln und in Gruppen, um die lauten Geräusche der normalen Menschen, des Hubschraubers und der Schüsse zu untersuchen. Sie liefen auf dem Gelände umher. Einige gingen auf den splitterübersäten Steg hinaus und schauten sich neugierig die Löcher an. Ein paar fanden den Weg ins Haus.

Es dauerte ein paar Stunden, bis die meisten von ihnen gingen. Einige blieben unten. Wir wussten nicht, wie viele.

Murphy flüsterte: „Lass uns den Tag über hier bleiben. Wir geben den Weißen eine Chance, hungrig zu werden, dann werden sie sich auf die Suche nach Essen machen.“

Das ergab Sinn. Es wäre sinnlos, Munition zu verschwenden und ein Risiko einzugehen, wenn die Weißen nach einem Nachmittag der Langeweile das Interesse verlieren und weiterziehen würden. „Was hältst du von den Helikopter-Arschlöchern?“

„Sie scheinen mir keine netten Leute zu sein.“ Murphy grinste über diese Untertreibung.

„Was glaubst du, warum sie auf uns geschossen haben?“

Murphy gluckste leise. „Wir sind Weiße.“

„Die Welt ist voll von Weißen“, argumentierte ich.

Murphy tat so, als würde er über seine Antwort nachdenken, bevor er sagte: „Okay, Professor, warum sagst du mir nicht, was *du* denkst?“

„Ich glaube, sie hielten uns für Überlebende, bis sie uns aus der Nähe sahen. Dann dachten sie wohl, dass wir die intelligenten Infizierten sind, weil wir das Boot gesteuert haben. Ich glaube, deshalb haben sie sich ein bisschen mehr Zeit genommen, um uns zu töten. Genau wie wir über die Intelligenten gelernt haben, lohnt es sich, einen Umweg zu machen, um sie zu töten.“

Murphy rieb sich mit der Hand über sein Kinn. Er war skeptisch. „Was ist der Unterschied zu dem, was ich gesagt habe?“

„Du kannst mich mal, Murphy.“

Er lachte.

„Sei leise“, schimpfte ich. „Die Weißen werden dich hören.“

„Okay“, sagte er. „Mach dir nicht ins Hemdchen. Ich werde mitspielen. Glaubst du, die Hubschrauber-Arschlöcher kennen den Unterschied zwischen Leuten mit Schwelbrand und intelligenten Infizierten? Oder wissen sie es und es ist ihnen egal? Ich meine, deshalb sind wir doch geblieben, oder? Anstatt mit den anderen nach Balmorhea zu fahren.“

„Weil normale Menschen uns hassen werden, egal was passiert.“ Ich sagte es wie ein viel zu oft geäußertes Klischee, denn das war es auch.

Murphy nickte und sagte: „Das haben sie gerade bewiesen. Und was machen wir jetzt?“

Ich kroch auf Händen und Knien zu einem Fenster, um auf den See hinauszuschauen, während ich über unsere Optionen nachdachte. Murphy nahm seinen Rucksack ab und legte ihn auf den Boden. Er lehnte sich mit dem Rücken an eine Wand, die mit einem hellblauen Teppich bedeckt war, demselben Flauschteppich, der auch den Boden bedeckte.

„Ich denke Folgendes“, flüsterte ich halblaut.

„Diese Leute müssen ihr Dekor erneuern?“ Murphy gluckste. „Das hier sieht aus wie etwas aus den Siebzigern.“

Ich zischte: „Sei leise.“

„Ich spüre einen Nullpunkt-Moment kommen.“

Ich schüttelte den Kopf. „Hör mir zu.“

„Wenn ich nicht einschlafe, während du darüber redest, habe ich wohl keine andere Wahl."

„Nein", sagte ich ihm. „Ich weiß, dass es dir nicht gefallen wird, aber ich denke, wir halten uns an den Plan."

Sarkastisch sagte Murphy: „Ich kann es kaum erwarten, zu hören, warum."

„Ich dachte, du würdest vor Langeweile einschlafen."

„Oh, jetzt hast du meine Aufmerksamkeit."

„Gut", sagte ich mit einem breiten, falschen Lächeln. „Erstens: Wenn diese Hubschrauber-Arschlöcher anfangen, in Austin herumzufliegen und jedes Mal auf uns zu schießen, wenn wir mit dem Boot rausfahren oder mit dem Auto fahren, werde ich wütend. Ich will nicht von einem schießwütigen Trottel in einem Hubschrauber erschossen werden. Ich denke, wir müssen wissen, worum es diesen Typen geht. Ich denke, wir müssen zumindest die Gefahr einschätzen. Halten sie uns für gefährliche, intelligente Infizierte? Oder schießen sie einfach auf alle Weiße? Schließlich besteht die Möglichkeit, dass sie freundlich genug sind ..."

„Toleranz ist deine beste Hoffnung", sagte mir Murphy. „Dass sie kurzfristig Toleranz zeigen."

„Ja, tolerant", stimmte ich zu. „Wir müssen herausfinden, ob wir zumindest gut genug mit ihnen kommunizieren können, damit du herausfinden kannst, ob sie mit deiner Schwester und den anderen in Kontakt stehen. Oder wir müssen wissen, ob sie eine neue Gefahr in der Nachbarschaft sind."

„Und?“

„Was meinst du mit *und*?“, fragte ich.

Murphy schüttelte den Kopf. „Bei dir gibt es immer ein verstecktes *und*. Das klingt alles zu rational, also frage ich mich nach dem versteckten Teil. Du weißt schon, der Teil, der Nullpunkt das Herz wärmt.“

„Was weißt du schon über mein Herz?“

Murphy zuckte mit den Schultern. „Was war das *und*? Ich warte immer noch auf diesen Teil.“

Ich schaute wieder aus dem Fenster. „Es muss kein *und* geben.“

„Aber es gibt es doch, oder? Sag mir einfach, was es ist.“

Ich schimpfte. „Wenn sie eine Gefahr für uns sind“, sagte ich, „würde ich gerne ein oder zwei Granaten in jeden ihrer Hubschrauber werfen, wenn sie die für die Nacht parken. Ich mag es nicht, im Nachteil zu sein.“

„Wirf einfach eine Granate rein.“ Murphy lachte. „Ja, klar. So einfach wird das sein.“

„Nein.“ Natürlich nicht. „Lass uns die Lage auskundschaften und dann weitersehen. Das ist alles, was ich sage.“

„Wie du meinst.“

Kapitel 9

Als die Weißen das Haus verließen, war es schon spät am Tag und unsere beste Option war, die Nacht auf dem Dachboden zu verbringen. Am nächsten Morgen machten wir uns auf die Suche nach einer Schrotflinte. Wir hatten Glück – im zweiten Haus, das wir durchsuchten, fanden wir eine alte doppelläufige Schrotflinte mit Läufen, die so lang waren, dass ich dachte, das Gewehr wäre vielleicht effektiver, um die Weißen aus der Ferne anzustoßen und sie von mir fernzuhalten.

So sehr ich auch von der tödlichen Wirkung einer doppelläufigen Schrotflinte schwärmte – ich war immer ein großer Fan von Actionfilmen, aber das hatte ich ja schon erwähnt – war das verdammte Ding so unpraktisch, dass es mehr schadete als nützte. Der Gedanke an zwei Schüsse, nachladen, zwei Schüsse, nachladen erschien mir nur wenig effektiver als meine Machete. Zwei Weiße konnte ich mit meiner Klinge ziemlich leicht erledigen. Das und mehr hatte ich schon unzählige Male getan.

Murphy überzeugte mich, dass jede Waffe – als Reserveplan – besser war als gar keine. Wir begannen, Häuser nach einer Metallsäge zu durchsuchen, um den Lauf zu kürzen – eine Idee, die mir sehr gefiel. Eine Handkanone mit kurzem Lauf und einer Streuung, mit der ich nicht danebenschießen konnte, hatte einen unermesslich hohen Coolness-Faktor wie im Film.

Es war kurz vor Mittag, als wir ein Haus durchsuchten, das vor vierzig Jahren noch ein modernes Design gewesen war. Jetzt war es einfach nur hässlich. Eines Tages würde es eine Ansammlung von Betonpfeilern und morschem Holz sein.

In der Garage des Hauses stand nichts außer einer staubigen Limousine – keine Rasenmäher, keine Wasserskis, keine Schaufeln und kein Werkzeug. Wir dachten uns, dass wir in dem Haus keine Metallsäge finden würden. Aber wir hatten bereits festgestellt, dass es keine Weißen gab, warum sollten wir es also nicht durchsuchen?

Ich durchstöberte gerade ein unordentliches Büro mit Blick auf den See, als Murphy aus einem anderen Zimmer rief. Ich rannte mit meiner Machete durch das Haus und rechnete mit allem.

Als ich durch die Tür sprang, bereit zu hacken, sah ich, wie Murphy auf einen hohen Waffensafe schaute, der in einem Schrank versteckt war. Die Tür hing leicht offen.

Ich sagte: „Das ergibt Sinn."

„Wieso?" Murphy schwang die Tür vorsichtig auf und trat dabei einen Schritt zurück. Warum eigentlich? Warum nicht? Man konnte nie wissen.

Ich reckte meinen Hals, um einen besseren Blick in den Safe zu werfen, und sagte: „Weißt du, bei all dem, was passiert ist, brauchte der Typ seine Waffen sicher griffbereit. Warum sollte er ihn abschließen?“

Murphy griff in den Tresor, in dem ein Dutzend Gewehre in einem Regal standen, alle aufgeräumt und jedes an seinem Platz. Er zog eines heraus - eine Art Gewehr mit einem Pistolengriff. Mit einem breiten Grinsen drehte er sich zu mir um, als er mir das Gewehr entgegenstreckte. „Schmeiß die alte Schrotflinte weg. Das hier ist das, was du brauchst.“

Ich lehnte die lange doppelläufige Opa-Flinte gegen die Wand und nahm die, die Murphy mir reichte. Sie war kompakt. Sie hatte keinen Kolben, was unnötig war, da ich auf diese Weise nichts treffen konnte. Ich würde buchstäblich aus der Hüfte schießen.

„Das ist eine Mossberg Tactical“, sagte er. „Ein tolles Gewehr.“

„Ist das eine Schrotflinte?“, fragte ich. Ich hielt sie hoch, um ein Gefühl für das Gewicht zu bekommen. Ich schaute mir den Lauf genau an, der vielleicht zehn oder zwölf Zentimeter über den Pumpmechanismus hinausragte. Sie gefiel mir.

Murphy sagte: „Der Lauf ist nicht so lang, dass es sich lohnt, ihn abzusägen.“

Zufrieden nickend sagte ich: „Das wird funktionieren.“

„Die Schrotflinte wird sechs oder acht Schüsse haben“, sagte Murphy. „Ich bin mir nicht sicher.“

„Besser als zwei“, lächelte ich. Die Mossberg fühlte sich wie eine echte Waffe an. „Ich muss sie ausprobieren.“

Murphy kniete sich vor den Waffensafe und schob ein paar Schachteln auf einem Regal hin und her: „Hier sind jede Menge Zwölfkaliberpatronen drin." Er fing an, sie herauszuziehen und zu halten.

„Ich glaube, ich mag den Kerl, dem das gehört hat", sagte ich, als ich mich im Raum umsah. „Ich hoffe, er hat es geschafft."

Murphy begann, mir die Schachteln mit den Patronen zu reichen. „Nimm so viel, wie du tragen kannst."

Ich setzte die Waffe ab, entledigte mich meiner Hello-Kitty-Tasche und öffnete sie. Ich hatte Platz. „Was ich brauche, ist ein Bandelier für die Patronen."

„Ja, so wie alle anderen auch, Pancho Villa." Murphy lachte. „Halte die Augen offen, wenn wir auf der Suche sind. Vielleicht stößt du auf etwas. In der Zwischenzeit solltest du dir angewöhnen, Patronen in deiner rechten Hosentasche zu tragen. Von dort kannst du nachladen."

„*No problemos*."

„Das Gute an diesen Schrotflinten ist, dass sie beliebt und billig sind. Jeder hat eine. Patronen sollten leicht zu finden sein." Murphy zeigte auf die Munitionsschachteln im Tresor: „So wie diese."

Kapitel 10

Später an diesem Tag fanden wir ein weiteres Boot, das auf Grund gelaufen war – nur eines von Hunderten, wenn nicht Tausenden von Booten auf dem See, die sich von ihren Ankerplätzen gelöst hatten und abgetrieben waren. Es war ein Wasserskiboot mit einem halbvollen Benzintank und einer Batterieladung, die ausreichte, um den Motor zu starten.

Wir fuhren eine Weile damit, bevor wir den Motor abstellten und zu einem langen Steg paddelten, der in den See ragte, in der Nähe einer Ansammlung von dicht gedrängten Häusern. Das Vorhandensein so vieler Häuser garantierte, dass einige der ehemaligen Bewohner, die durch das Virus weiß geworden waren, immer noch hier lebten.

Wir ankerten weit genug vom Ende des Stegs entfernt, damit keine übereifrigen Weißen in Versuchung kommen würden, den Sprung zu wagen, wenn sie Grund dazu hätten. Wir mussten bis zum Ende des Sees fahren, aber wir wollten keine Spur hinterlassen, die von den Hubschraubern leicht entdeckt werden könnte, wenn sie am Nachmittag von Süden nach Norden nach Hause flogen.

Zum Glück war es noch nicht zu spät, als wir einen einzelnen Hubschrauber unter den Wolken kreuzen sahen. Nachdem ich sie über einen Monat lang zweimal am Tag vorbeifliegen gesehen hatte, wusste ich, dass normalerweise täglich in beide Richtungen geflogen wurde. Die Anzahl der Hubschrauber schwankte zwischen einem und drei, aber an den Tagen, an denen mehr als einer flog, flogen sie zusammen.

Als sich das Geräusch verflüchtigte und der Hubschrauber sich in einen schwarzen Fleck verwandelte, bevor er verschwand, begannen Murphy und ich, mit unserem Boot zum Steg zu paddeln.

Wir waren sicher, unseren Test durchführen zu können.

Als wir am Ende der Anlegestelle waren, lehnte ich mich hinaus und schlang die Bugleine um eine Klampe. Ich wollte, dass sie leicht zu entfernen war, also wickelte ich sie nicht mehrmals. Ich kletterte aus dem Boot und schaute über fünfzehn Meter Holzplanken in den Hinterhof von jemandem.

Abgestorbenes Gras und knietiefes Unkraut bedeckten den Boden zwischen ein paar hohen Eichen, deren Äste sich weit ausbreiteten und den gesamten Rasen beschatteten. Die einzigen Sträucher wuchsen in einer Reihe an der Hauswand entlang. Als ich mir den Hof ansah, entdeckte ich nur ein paar Baumstämme und keine nennenswerten Büsche, hinter denen sich Weiße verstecken könnten. Das war fast immer mein erster Gedanke, wenn ich mir ein Gebiet ansah: Wo könnten sich die Weißen verstecken?

Für die Zwecke meines Tests war der Garten gut – nicht perfekt, aber gut. Alle Weißen, die sich nähern, wären schon eine ganze Weile vor Erreichen des Docks zu sehen. Wenn mein Test aus dem Ruder laufen würde, hätte ich noch genug Zeit, um mich in Sicherheit zu bringen.

Mit meiner Hello-Kitty-Tasche auf dem Rücken und meinen Hosentaschen voller Zwölfkaliberpatronen stellte ich mich auf halber Länge des Stegs auf. Ich drehte mich zu Murphy um, der an meiner Seite stand und das Ufer beobachtete. Ich sagte: „Ich würde mich besser fühlen, wenn ich meine Tasche im Boot lassen würde."

„Ja", stimmte Murphy zu. „Das wäre das Klügste, denke ich. Aber du bist ja schon mal damit geschwommen. Wenn du im Wasser landest, schaffst du das schon."

Ich seufzte.

„Außerdem hast du gesagt, du wolltest einen realistischen Test", sagte er mir. „Wir haben immer Rucksäcke dabei. So ist das Leben nun mal. Du musst dein Zeug mit dir tragen. Warum machst du den Test nicht, während du ihn trägst?"

Das ergab Sinn.

Murphy ging ein paar Schritte den Steg hinauf, um sich zwischen mich und das Boot zu stellen. Er machte sein M4 bereit, hielt aber den Kolben an seiner Schulter und zielte auf das Wasser. „Ich schalte sie aus, wenn du Hilfe brauchst. Ich will nicht, dass mein Nullpunkt noch mehr Bissspuren auf seiner schönen weißen Haut bekommt." Er lachte.

„Ich spüre die Aufrichtigkeit nicht."

Murphy grinste. „Fang an, wenn du bereit bist.“

Ich betrachtete die schwarze Schrotflinte in meinen Händen und bekam ein leichtes Kribbeln. Sie fühlte sich solide an. Sie fühlte sich mächtig an. Und sie sah knallhart aus. Ich stellte mich richtig hin, richtete das Gewehr aus und stabilisierte mein Handgelenk an meiner Hüfte. Ich richtete die Schrotflinte auf den dicken Stamm der nächstgelegenen Eiche und schoss. Der Donner des Schusses hallte vom Haus wider, unangenehm laut. Sofort heulten die Weißen in der Nähe auf.

Murphy lachte. „Dein Test wird in einer Minute hier sein. Willst du noch ein paar Runden schießen, bevor sie hier sind? Du weißt schon, um ein Gefühl für die Waffe zu bekommen. Vielleicht auch nachladen?“

Gute Idee. Ich pumpte das Gewehr und schoss fünf weitere Male auf den Baum. Er war ziemlich weit weg, aber ich wusste, dass zumindest einige der Schüsse Holz trafen. Ich beeilte mich, nachzuladen, bewegte meine Hände langsam und versetzte mich dabei in meinen ruhigen Zustand. Weiße heulten am Ufer entlang, Dutzende. Einige überquerten bereits den Hof und rannten auf das Ende des Stegs zu, auf den leckeren, dummen Mann mit dem lauten Gewehr.

Als der erste der Weißen mit den Füßen auf die Bretter stampfte, hatte ich sechs Patronen in der Schrotflinte und war so bereit, wie ich nur sein konnte.

Ich spürte, wie die Schritte der Weißen durch den Steg vibrierten. Ein infiziertes Mädchen folgte dem ersten bei seinem Sprint auf mich zu.

Ich feuerte. Er verlor das Gleichgewicht, drehte sich nach links und fiel ins Wasser. Es war zwar kein Volltreffer, aber genug Kugeln hatten ihn getroffen, um die Aufgabe zu erledigen. Das Mädchen war ein paar Schritte näher dran, als ich das zweite Mal schoss. Der größte Teil des Schusses traf es in die Brust. Seine Beine gaben nach und es schlug mit dem Geräusch eines großen Stücks Fleisch auf dem Steg auf.

Aufgeregt blickte ich zurück zu Murphy. „Verdammt. Das funktioniert."

Mit ruhiger Miene nickte er und zeigte über den Rasen. Es kamen immer mehr Weiße ins Blickfeld. Vielleicht zehn waren zu sehen, die durch das knietiefe Gras rannten. Ich hatte einen Moment Zeit, bevor einige von ihnen so nah waren, dass ich sie treffen konnte. Ich schob zwei weitere Patronen in mein neues Gewehr und wartete.

Sieben oder acht Meter verwitterte Bretter liegen zwischen mir und dem Ende des Stegs. Wenn man das sagt, schien es eine gute Länge zu sein, aber wenn rasende Weiße mit voller Geschwindigkeit über die Lücke rannten, merkte man schnell, dass das so gut wie nichts war. Und als die Weißen auf dem Rasen näher kamen und sich am anderen Ende zu versammeln schienen – nicht nur zwei, sondern mindestens ein Dutzend mehr Weiße, als ich Patronen in meiner Schrotflinte geladen hatte – wusste ich, dass ich mich in eine Situation gebracht hatte, in der es um Leben und Tod ging. Murphys gut bewaffnete, absichernde Präsenz hinter mir wurde zur Nebensache. Die Sicherheit des tiefen Wassers zu meiner Linken und Rechten war ein kleiner Trost.

Sobald ein Weißer den Steg betrat, schoss ich. Mein Schuss tötete einen, der ihm folgte, und verwundete einen anderen. Der erste Weiße war noch zwei lange Schritte entfernt, als mein zweiter Schuss ihm eine große rote Fontäne aus der Brust sprengte. Damit hatte ich noch drei Schüsse und im Moment keine Weißen auf dem Dock. Ich erledigte den Verwundeten mit einem einzigen Schuss und feuerte noch zweimal auf Weiße, die über den Rasen rannten. Sie waren zu weit weg. Ich verfehlte beide.

Ruhig.

Atmen.

Ich lud nach. Ich tat es schnell. Weitere Weiße würden in Sekundenschnelle auf dem Dock sein.

„Alles in Ordnung?“, fragte Murphy mit einer gewissen Anspannung in seiner Stimme.

„Ja.“ Ich drückte rasch sechs glatte Patronen in die Waffe, hob die Flinte an die Hüfte und feuerte, als eine Weiße das Ende des Docks erreichte.

Erwischt.

Mein Selbstvertrauen wuchs mit jedem Ausbruch von rotem Blut aus der weißen Haut.

Am anderen Ende des Docks kam eine weitere Gruppe an.

Zu viele.

Ich leerte meine Schrotflinte in geduldigen Schüssen auf sie und gab den Verwundeten und Sterbenden eine Chance zu fallen, bevor ich auf die Hinterbliebenen schoss.

Als die Schrotflinte leer war, kletterten immer noch zwei über die toten und sich windenden Körper auf mich zu.

Die Anzahl der rennenden Weißen, die über die Wiese kamen, war viel größer, als ich bewältigen könnte.

Ich begann nachzuladen und behielt dabei die beiden Weißen im Auge. Es war sofort klar, dass ich die Patronen nicht mehr rechtzeitig in meine Flinte bekommen würde. Alles geschah in adrenalingetränktem Zeitraffer. Ich ließ die Patronen aus der Hand fallen, zog meine Machete und hackte mit einer Bewegung zu, als der erste der beiden auf mich zukam.

Murphy schoss auf den zweiten, und er fiel vor mir auf den Steg.

Ich hackte mit meiner Machete nach unten und rammte die Spitze in die Bretter zu meinen Füßen, warf einen kurzen Blick auf die herannahenden Weißen und beschloss, dass ich Zeit zum Nachladen hatte, vorausgesetzt, meine Nerven ließen mich nicht im Stich und ich verpatzte den Versuch.

Das tat ich nicht. Ich schaffte das Nachladen.

Ich tötete vier weitere Weiße mit sechs weiteren Schüssen.

Inzwischen hatten sich so viele Infizierte am Ende des Docks versammelt, dass Murphy sagte: „Ich denke, wir sollten gehen."

„Ja." Ich fühlte mich gut und zog meine Machete aus dem Holz.

Murphy lief zum Boot und ich folgte ihm. Ich löste die Bugleine und schob ab. Wir schwammen fast ein Dutzend Meter hinaus, als ein

Läufer vom Steg sprang und nahe am Boot im Wasser landete. Ich erschoss ihn.

Murphy startete den Motor und ich schoss auf weitere Weiße, die den Steg hinaufliefen.

Als das Boot an Fahrt aufnahm, entspannte ich mich. Wir waren in Sicherheit.

„Guter Test?“, fragte Murphy.

„Ich glaube, die Schrotflinte war die richtige Entscheidung“, lächelte ich.

Es war gut, einen Freund zu haben, der Erfahrung mit echten Waffen hatte.

„Vergiss nur nicht den Lärm“, sagte Murphy.

„Es ist schwer zu ignorieren.“ Ich setzte mich auf den Beifahrersitz. „Ich weiß, dass Panik zu schlechten Entscheidungen führt, wenn die Zeit zum Schießen gekommen ist. Wir wissen beide nur zu gut, dass es schnell schlimm wird, wenn die Schießerei erst einmal losgeht. Die Schrotflinte ist der letzte Ausweg.“

„Vergiss es nicht.“ Er fing an, zu kichern. „Nullpunkt.“

Kapitel 11

Es war schon spät am Tag, aber immer noch hell, als Murphy und ich das Boot am Rand des Sees anlegten, wo das Wasser, ein baumbewachsener Hang und eine steile, felsige Seite des Deichs aufeinandertrafen. Der Deich verlängerte den Damm eine Viertelmeile nach Südosten und hielt das Wasser nur zurück, wenn der See überfüllt war, wie jetzt.

Es waren keine Weißen in der Nähe. Noch besser: Es gab keine Hubschrauber voller aggressiver Arschlöcher, die uns beschießen wollten.

Murphy band das Boot fest. Ich ließ die Schlüssel stecken und wir kletterten vorsichtig über die Felsen, um zur Spitze des Deichs zu gelangen. Wir waren allein und der Nachmittag begann ruhig zu werden, so dass die Gefahren, die bei Einbruch der Dunkelheit lauerten, nicht zu erahnen waren. Die Luft war absolut ruhig.

Vor dem Erscheinen des Virus war das Geräusch von Autos und Lastwagen, die mit hoher Geschwindigkeit über den Asphalt rasten, das Grundgeräusch des Lebens gewesen. Ich hatte gelernt, dieses

Geräusch zu ignorieren. Ich erinnerte mich daran, dass ich es bemerkte, als es durch ein neues, allgegenwärtiges Geräusch ersetzt wurde – Gewehrfeuer. Ich dachte daran, dass die Schießerei ein paar Tage, nachdem alles in die Hose gegangen war, ihren Höhepunkt erreicht hatte. Eine Zeit lang war es fast konstant – mal nah, mal weit weg. Als das Virus die Menschheit auffraß, wurden die Schüsse immer sporadischer, bis ich eines Tages dastand und mich umsah, weil ich spürte, dass etwas fehlte, aber nicht wusste, was es war. Genau wie das Ausbleiben des Verkehrslärms war auch das Ausbleiben der Schüsse schwer zu begreifen.

Zu dieser Zeit war das natürliche Geräusch der Welt das der Vögel, die überall zu zwitschern schienen – Haussperlinge, Rotkardinäle und Tauben. Kojoten liebten die neue Ordnung der Dinge, denn ich hörte ihr Heulen und Kläffen fast jede Nacht. Das einzige Geräusch, das von Menschen gemacht wurde, war das der Weißen. Ich vermutete, dass der Virus zwar ihre Sprachfähigkeit zerstört hatte, sie aber trotzdem das Bedürfnis hatten, ihre Stimme zu erheben, zu heulen und zu kläffen wie die Kojoten und zu schreien, wenn sie auf der Jagd waren oder von anderen Weißen gejagt wurden. Ob nah oder fern, ihre Stimmen waren fast immer im Wind zu hören.

Keines der lauten Tiere war in der Nähe, als Murphy und ich die Oberkante des Deichs erreichten, und wir sahen auch keine, die sich in der Nähe bewegten. Weit unten und flussabwärts am Ufer sah ich einige Weiße, die versuchten, ein kleines Tier zu fangen. Wenn es nicht in der Lage wäre, ins Wasser zu gelangen und schnell wegzuschwimmen, machte ich mir keine Hoffnungen.

Murphy und ich kletterten den langen, tückischen Hang auf der anderen Seite des Deichs hinunter und verließen ihn in der Nähe des Seitenstreifens der Ranch-to-Market-Road 620. Aus reiner Gewohnheit schaute ich in beide Richtungen, bevor ich die fünf Asphaltspuren überquerte, die bis auf die Autos und Lastwagen, die auf der Brücke standen, fast leer waren.

Auf der anderen Seite angekommen, versteckten wir uns in den dichten Bäumen und nahmen uns einen Moment Zeit, um zu verschnaufen.

„So weit, so gut“, sagte Murphy.

Ich zuckte mit den Schultern und suchte schweigend die Schatten unter den Bäumen um uns herum ab, in der Erwartung, dass dort eine Bande leiser, hinterhältiger Weißer uns auflauerte. Ich wusste, dass sie da draußen waren. Sie waren *immer* da draußen.

Wir machten uns auf den Weg zum Fluss und folgten einer schmalen Straße, die sich zwischen den Bäumen hindurch in Richtung der Niedrigwasser-Kreuzung schlängelte, an der wir unser Boot festgemacht hatten. Unterwegs sahen wir keine Weißen, aber wir konnten sie hören – es waren nicht viele, und sie waren nicht aufgeregt, sondern ganz normale Weiße, die ihren Geschäften nachgingen.

Als wir in Sichtweite des Wassers kamen, sah ich unser Boot an der Leine treiben, so wie wir es vor sechs Wochen zurückgelassen hatten. Sein Glanz war unter einer Schicht aus klebrigem Schmutz getrübt, Staub, der sich an trockenen Nachmittagen absetzte und zu Schlamm wurde, wenn der Tau über Nacht fiel.

„Du erwartest Ärger?“ Murphy nickte, als er das sagte. Er rechnete auch mit Ärger. Verdammt, wir rechneten immer damit.

„Ich will einfach nicht, dass es eine Überraschung ist. Weißt du, was ich meine?“

Murphy grinste. „Wo bleibt denn da der Spaß?“

Das war natürlich ein Scherz.

„Du gibst mir von hier oben Deckung“, sagte ich. „Ich gehe nach unten. Wenn irgendwelche Weiße kommen, um sich mit mir anzulegen, dann erschießt du sie, wenn du das kannst. Wenn nicht, und falls ich nicht mit ihnen fertig werde, springe ich ins Wasser und schwimme ein Stück flussabwärts. Dort können wir uns treffen.“

„Klingt nach einem Plan.“

Ich bewegte mich durch die Bäume, wobei braune Herbstblätter laut unter meinen Füßen knirschten, was mir gar nicht gefiel. Hinter dicken, knorrigen Stämmen hielt ich inne und sah mich in aller Ruhe um. Wir waren zu lange ohne Probleme unterwegs gewesen. Das beunruhigte mich, aber es passierte nichts.

Ich erreichte das Ufer, ging in die Hocke und suchte die andere Seite des Flusses ab, bevor ich durch knietiefes Wasser ins Boot kletterte. Der Schlüssel baumelte im Zündschloss. Alles war so, wie wir es verlassen hatten. Ich hob meine Schrotflinte an die Schulter, aber der Pistolengriff sah unbeholfen aus und ich kam mir albern vor. Ich ließ sie sinken und stützte mein Handgelenk auf die Hüfte, während ich das Gewehr nutzlos auf das ferne Ufer richtete. Ich lehnte mich an ein Dollbord und winkte Murphy, herunterzukommen.

Er machte fast kein Geräusch, als er sich durch die Bäume arbeitete. Als er ankam, löste er die Bugleine, sprang neben mir ins Boot und stieß sich ab. Er sagte: „Das war einfach.“

Ich nickte und antwortete: „Du bist Beifahrer, ich fahre“.

Kapitel 12

Wir waren in der Mitte des Flusses und begannen, stromabwärts zu treiben, als Murphy sein Gewehr senkte, mich ansah und dann zum anderen Ende des Dammes hinaufblickte. „Wir machen das auf die falsche Weise."

Ich schaute auf den hohen Hügel auf der anderen Seite des Flusses und sah zwischen den Bäumen gebaute Häuser. Ich schaute auf den Damm, um herauszufinden, wovon Murphy sprach, und sah mich dann im Boot um. „Was?"

Er sagte: „Wir müssen anfangen, in der Nachtschicht zu arbeiten."

„Murphy, hast du etwas Gras geraucht, von dem ich nichts weiß? Du redest wirres Zeug."

„Hey Mann, ich habe eine Inspiration." Murphy warf mir einen falschen Blick zu. „Ich versuche, unser Leben grundlegend zu verbessern."

„Oh, oh." Ich ließ den Anlasser des Motors an.

„Lass das Boot nicht an", sagte Murphy, als er sich auf den Sitz mir gegenüber setzte. „Hör mir mal zu. Ich weiß nicht, wie es dir geht, aber ich habe es satt, herumzuwandern und mit Booten den Fluss rauf und runter zu fahren."

Während wir im Boot saßen und zu treiben begannen, suchte ich die Ufer ab. „Abgesehen von den Arschlöchern im Hubschrauber ist es für uns sicher, diesen Weg zu gehen ... meistens. Auf dem Fluss legen sich die Weißen nicht mit uns an. Selbst wenn wir zu Fuß unterwegs sind, greifen sie uns meistens nicht an, es sei denn, wir fangen an zu reden oder zu schießen."

Murphy antwortete: „Was ich sagen will, ist, dass wir Nachtsichtgeräte haben."

„Und?" Es musste noch mehr hinter Murphys Eingebung stecken.

Murphy rutschte in seinem Sitz herum und lehnte sich nach vorne, bereit zu verkaufen. „Was wäre, wenn wir ein leises Auto hätten, das mit unseren Nachtsichtgeräten zusammenarbeitet? Dann könnten wir überall hinfahren."

„Okay, Batman, ich gebe auf", sagte ich, während ich flussabwärts schaute. „Meinst du, wir sollten vielleicht zu Sarah Mansfields Haus fahren und ihren Tesla holen? Ich bezweifle, dass die Batterien noch aufgeladen sind, aber er ist elektrisch. Er wird leise sein."

„Nein." Murphy grinste und zeigte auf das andere Ende des Dammes. „Einen Monat vor dem Ausbruch habe ich mir dieses Video im Internet angesehen. Da gibt es diesen Typen, Mitch oder so ähnlich, der einen Laden direkt an der 620 hat, gleich hinter dem Damm."

„Und?", fragte ich.

„Sein Ding war es, alte Muscle Cars auf Elektroantrieb umzurüsten.“

„Batteriebetriebene Muscle Cars?“ Ich konnte es nicht glauben.

„Ich schwöre, Mann, es ist wahr“, sagte Murphy. „Sein erstes Auto war ein alter Mustang aus den Sechzigern, den er *Zombie 222* nannte.“

„Okay, jetzt weiß ich, dass du mich verarschen willst.“ Ich startete den Bootsmotor.

„Ich meine es ernst.“

„Äh, hm.“ Ich legte den Gang ein, um den Propeller einzuschalten.

„Nein, wirklich“, sagte er. „Es ist eine echte Sache. Er baut diese Autos und sie sind verdammt schnell. Sie haben um die achtzehnhundert Pferdestärken. Ungelogen. Und sie sind leise.“

„Der Grund, warum ich *weiß,* dass du mich verarschen willst, ist, dass niemand, und ich meine *niemand*, jemals einen Elektromotor in ein Muscle Car einbauen würde. Das ist an sich schon ein Sakrileg.“

Murphy hielt inne und dachte nach. „Nein, er hat sich aus der Hightech-Branche zurückgezogen und es war sein Lieblingsprojekt. Er sagte, er könne mehr Drehmoment aus einem Elektromotor herausholen, und er stellte einen Geschwindigkeitsrekord auf. Ich will dich nicht verarschen.“

Murphy schien es wirklich ernst zu meinen. Ich ließ meine Hände vom Lenkrad fallen und legte sie in meinen Schoß. „Du meinst also, wir besorgen uns ein Elektroauto und fahren damit nachts durch Austin, wenn uns niemand sehen oder hören kann.“

„Ja“, sagte Murphy und schlug sich eine Handfläche auf den Kopf. „Wir haben den Vorteil des Nachtsichtgeräts. Ich weiß nicht, warum wir das nicht schon die ganze Zeit gemacht haben.“

„Ich auch nicht“, stimmte ich sarkastisch zu. „Das Aufladen könnte ein Problem sein. Die Hälfte der Zeit sind die Straßen voll mit Mist. Ein Elektroauto bietet uns keinen Schutz.“ Ich rieb mir das Kinn. „Habe ich sonst noch etwas vergessen?“

„Ja“, sagte Murphy. „Du hast vergessen, dich dafür zu entschuldigen, dass du ein Arsch bist, nur weil das hier nicht deine Idee ist.“

Ich verdrehte die Augen und wollte etwas sagen, aber mir wurde klar, dass er wahrscheinlich recht hatte. Ich seufzte und zwang mich zu einer Entschuldigung. Ich stellte den Motor des Bootes ab.

Murphy lachte und klopfte mir auf den Rücken, so fest, dass ich mir fast den Kopf an der Windschutzscheibe gestoßen hätte. „So bist du nun mal, Mann. Meinst du nicht, dass ich das inzwischen weiß?“

Ich rollte wieder mit den Augen. „Erinnerst du dich an die Karte, die wir gemacht haben, als wir bei Sarah Mansfield zu Hause waren? Hast du sie noch?“

Murphy schüttelte den Kopf. „Schon lange weg, Alter. Zu viel Verschleiß. Weißt du, was ich meine? Es ist zu viel Scheiße passiert.“

Ich nickte. „Hätten wir sie nur laminieren können.“

„Warum?“, fragte er.

„Eine Satellitenkarte würde uns zeigen, wo alle Häuser in Austin mit Sonnenkollektoren stehen.“

„Ja.“ Murphy grinste. „Alle unsere Tankstellen.“

Ich begann, die Idee zu akzeptieren. „Wir könnten ein Netzwerk von Orten in der Stadt einrichten, an denen wir bei Bedarf aufladen können. Ich habe mir mal mit einem Kumpel einen Nissan Leaf angeschaut. Sie sagten ihm, er müsse etwa fünfzehnhundert Dollar ausgeben, um eine Ladestation in seiner Garage zu installieren, aber wenn er irgendwo außer Haus sei, könne er das Auto einfach für dreißig Minuten oder so an eine normale Steckdose anschließen und eine halbe Ladung oder fünfundsiebzig Prozent oder so etwas bekommen.“

Das stärkte Murphys Vertrauen in seine Idee. „Wir könnten es also überall aufladen, wenn wir müssten.“

Ich zuckte mit den Schultern. „Viele Häuser in Austin haben Sonnenkollektoren.“

„Ich glaube, wir müssen ein Auto kaufen gehen.“

„Und diesen elektrischen Mustang gibt es wirklich?“, fragte ich, immer noch ein wenig skeptisch. In Wahrheit würde jedes Elektroauto ausreichen. Davon gab es in Austin eine Menge. Der alte Mustang gefiel mir auf eine sexy, unpraktische Art, die keinen Sinn ergab. Aber es fühlte sich gut an, darüber nachzudenken. Und dieses gute Gefühl war etwas, das mir schon eine Weile gefehlt hatte.

Murphy nahm ein Paddel in die Hand und lehnte sich über die Seite des Bootes, bereit, ins Wasser zu graben, um uns zum Ufer auf der anderen Seite des Flusses zu bringen. „Du kannst es googeln, wenn du mir nicht glaubst.“

Kapitel 13

Eine Stunde später war unser Boot an einem Baum angebunden, der an der anderen Seite des Flusses wuchs. Murphy und ich standen auf der Spitze eines kegelförmigen Hügels und blickten die Länge von FM 620 hinauf und hinunter. Wir waren etwas weniger als eine Meile vom Damm entfernt, konnten aber die Straße von unserem Standpunkt aus gut sehen. Die Fahrspuren der 620 waren mit vielen Autos übersät, aber sie war befahrbar. Müll und andere Dinge, die einst in Autos geladen oder eilig in Koffer gepackt worden waren, lagen auf der Straße, in den Bäumen oder waren in Haufen in die Straßengräben gespült worden. Die Überreste von Leichen – manchmal ganz, meistens aber nicht – lagen überall herum: gebrochene Knochen, Kleidung und Haarbüschel. Häufiger waren es dunkle, bräunliche Flecken auf dem gebleichten Asphalt, die die Stellen markierten, an denen Menschen geschlachtet und verschlungen worden waren.

„Schau“, sagte Murphy und zeigte vom Damm weg auf die 620. „Unten, gleich hinter den Kojoten auf der Straße. Siehst du auf der linken Seite, vielleicht eine Viertelmeile entfernt? Das hellbraune

Metallgebäude dort hinten in den Bäumen?“

„Klar.“ Ein Dutzend Metallgebäude standen hinten in den Bäumen entlang der Straße. Die sonnenverblasste Farbe von jedem von ihnen könnte man als braun bezeichnen. Aber egal.

„Das da, mit den ganzen Solarzellen auf dem Dach“, sagte Murphy.

„Du denkst, weil er elektrische Muscle Cars herstellt, hat er auch Solarzellen?“, fragte ich, während ich gleichzeitig vermutete, dass es Sinn machte.

„Klar, warum nicht? Solarzellen sind billig im Vergleich zu dem, was seine Autos kosten.“

„Wie viel?“, fragte ich.

„Ich weiß es nicht. Vielleicht hundert bis hundertfünfzigtausend?“

„Ernsthaft?“

Murphy zuckte mit den Schultern. „Ich weiß es nicht. Ein Tesla ist etwa neunzig, oder?“

„Ich denke schon.“ Ich starrte ausdruckslos auf die Straße und war immer noch nicht davon überzeugt, dass wir nichts anderes taten, als unsere Zeit zu verschwenden. Murphy hatte sich allerdings schon von der Idee mit dem Auto überzeugt. „Scheiß drauf. Lass uns ein Hundertfünfzigtausend-Dollar-Auto klauen, wenn es da ist.“

Kapitel 14

Trotz des offensichtlichen Vorteils, die Schilder vor den Geschäften entlang des Weges lesen zu können, entschieden wir uns, die Hauptstraße zu meiden – zu viel Sichtbarkeit in der Mitte von fünf asphaltierten Fahrspuren, wenn noch so viel Tageslicht am Himmel war. Von der Spitze des Hügels aus sahen wir einen indirekten Weg, der uns über ein paar Pfade, ein paar kurze Abschnitte eines Feldwegs und eine asphaltierte Straße zu dem Laden führte, in dem Murphy den elektrischen Mustang vermutete. Es sah nicht nach einem langen Weg aus, vielleicht einen Kilometer, vielleicht ein bisschen mehr.

Ich folgte Murphy auf einem Zickzackpfad von der Spitze des Hügels. Wir kamen auf eine staubige, holprige Straße zwischen dichten Zedernwäldern auf beiden Seiten. Wir gingen um eine lange, langsame Kurve, bis wir außer dem sich verdunkelnden Himmel über uns nur noch den Feldweg sehen konnten, der sich vor und hinter uns zwischen den Bäumen schlängelte.

Murphy blieb plötzlich stehen, riss sein M4 in Schussposition und blickte kurz zu mir zurück, bevor er wieder nach vorne schaute. Er sah zwischen den Bäumen hin und her.

Ich griff meine Machete und hob die Klinge, als ich neben ihn trat und stehen blieb.

Ohne das Knirschen unserer Stiefel auf dem Kiesweg, das die feinen Geräusche um uns herum überdeckte, hörte ich etwas in den Bäumen links von uns. Ich hoffte, dass es ein lautes Gürteltier war, aber ich wusste, dass es ein Weißer war.

Ich schaute mich nach Bewegungen in den Bäumen weit vor uns um. Aus irgendeinem Grund vermutete Murphy etwas dort. Ich nahm an, dass er recht hatte. Ich spähte in die dunklen Schatten der Bäume hinter und neben uns. Nichts. Ich warf einen Blick auf Murphy. Er nickte nach vorne. Er flüsterte: „Sie werden uns in einen Hinterhalt locken."

„Woher weißt du das?"

Sein Blick wanderte über meine Machete, als er meine Schrotflinte betrachtete. „Die musst du vielleicht benutzen."

„Sollen wir zurückgehen?", fragte ich.

„Ich glaube, sie sind vor *und* hinter uns", sagte er, als ein Hagel von scharfen weißen Kalksteinbrocken – ungefähr so groß wie ein Baseball – von den Bäumen auf beiden Seiten der Straße in unsere Richtung prasselte. Die Steine waren nicht gut genug gezielt, um uns beide zu treffen, es sei denn, durch Zufall. Aber es kamen viele.

„Ich schätze, ihnen sind die normalen Menschen zum Fressen ausgegangen", sagte ich und blieb trotz des Steinhagels ruhig, „und jetzt haben sie sich zusammengetan, um die Schwachen zu jagen."

„Ja, Professor, wie auch immer", sagte Murphy mit Dringlichkeit in seiner Stimme. Er nickte in die Richtung, aus der wir gekommen waren. „Ich schätze, dass sie in dieser Richtung am schwächsten sein werden. Ich gehe voran. Du behältst den Bereich hinter uns im Auge."

Einer der Steine traf mich an der Schulter und verfehlte meinen Schädel nur um Zentimeter. „Scheiße."

Murphy schaute zu den anderen Brocken, die noch kamen. „Wir müssen los." Während er sein Gewehr von einer Seite zur anderen schwenkte, beeilte er sich, aber er rannte nicht.

Ich folgte ihm und versuchte, seine massive Größe als Schutzschild zu nutzen, während ich immer wieder nach hinten und zur Seite schaute.

Die Weißen weit hinter uns – in der Richtung, in die wir ursprünglich gegangen waren – jaulten und knurrten. Sie schienen frustriert zu sein, dass ihr Plan nicht aufging. Die Äste der Bäume um uns herum knirschten, als die Körper daran vorbeistreiften. Zum Glück war das Laub dicht genug, um sie daran zu hindern, einfach durchzurennen und uns zu verschlingen. Die Weißen waren schlau genug, um die Falle aufzustellen, aber nicht schlau genug, um herauszufinden, wie sie reagieren sollten, wenn Murphy und ich aktiv etwas unternahmen, um nicht in die Falle zu geraten.

Murphys Gewehr feuerte mehrere schallgedämpfte Schüsse ab.

Ich schaute rechtzeitig nach vorne, um zwei Weiße zu sehen, die Steine fallen ließen, während sie stürzten.

„Schneller“, sagte er und beschleunigte das Tempo.

Hinter uns, wo meine Sicht auf die Straße durch den Bogen der sie säumenden Bäume abgeschnitten war, sah ich mehrere Dutzend Infizierte, die ihren Mut zusammennahmen, um uns nachzulaufen.

Ein besonders mutiger Weißer sprang aus dem dichten Laub zu meiner Rechten. Er stellte sich trotzig auf die Füße und knurrte mich nur zwei Sekunden lang an, bevor meine Machete ihm die Kehle aufschlitzte. Er fiel um und fragte sich wahrscheinlich, was bei seinem einfältigen Plan, uns zu bedrohen, damit wir zu den anderen in der Hauptgruppe zurückliefen, falsch gelaufen war.

Als ich sah, wie der blutende Weiße zusammenbrach, eilte ich Murphy hinterher und stieß von hinten mit ihm zusammen, als er abrupt stehen blieb. Mindestens ein Dutzend Weiße kamen vor uns aus den Bäumen.

„Ich nehme die hier“, sagte ich und trat um Murphy herum, während ich schnell meine Machete in die Scheide steckte und meine Schrotflinte hob. „Sie sind nah genug, dass ich sie treffen kann, oder sie werden gleich da sein.“ Ich nickte mit dem Kopf nach hinten und sagte: „Du hast ein größeres Problem da hinten auf der Straße.“

Murphy drehte sich und feuerte sofort in einem schnellen Rhythmus gut platzierte Schüsse ab.

Ich richtete den Lauf meiner Schrotflinte aus und ließ zu, dass meine Angreifer ein paar Schritte näher kamen und viel dichter gedrängt standen, als sie aus den Bäumen auf die Straße kamen. Ich zielte auf Beine und Knie und hoffte, mit jedem Schuss ein paar von ihnen zu

Boden zu bringen. Ich wusste, dass ich nur noch sechs Schuss hatte, bevor ich mich entscheiden musste, ob ich nachladen oder mit meiner Machete arbeiten wollte.

Ohne mich darum zu kümmern, was hinter mir war, konzentrierte ich mich und schoss. Murphy würde seinen Teil erledigen oder nicht. Wie auch immer, es lag nicht mehr in meiner Hand.

Nach meinem dritten Schuss lagen drei der Weißen, die auf mich zukamen, am Boden und ein paar andere humpelten. Die Weißen stürmten schneller und ich feuerte die letzten drei Schüsse hektisch ab. Ein paar Weiße blieben stehen. Sie waren noch klug genug, um das Gemetzel zu erkennen. Die Übrigen, die immer noch mutig oder dumm genug waren, sich auf mich zu stürzen, merkten, wie schnell ich von der leeren Waffe zur schwingenden Machete wechseln konnte. Ich tötete zwei von ihnen fast sofort.

Es war, als ob die Machete eine völlige Überraschung für sie darstellte. Vielleicht dachten ihre Gehirne durch den Virus langsamer, ich wusste es nicht. Aber es scheint, als hätten sie verstanden, was die Schrotflinte mit ihnen machte, und als sie sahen, dass ich sie fallen ließ, dachten sie, dass es sicher wäre, mich nun anzugreifen.

Ich rannte ein paar Schritte vorwärts, um an den beiden vorbeizukommen, auf die ich gerade eingehackt hatte. Zu meiner Überraschung war eine von ihnen nicht tot, was ich etwa eine halbe Sekunde zu spät bemerkte. Als ich einer laufenden Weißen in den Oberschenkel hackte, griff die sterbende Frau, die bereits am Boden lag, nach meinem Bein. Ich versuchte, ihrem Griff auszuweichen, aber ich rutschte auf dem losen Kies aus und stolperte, rollte über die scharfen Steine auf dem Boden und tat mein Bestes, um wieder auf die Beine zu kommen. Dabei zog ich mir ein paar blaue Flecken und Schnittwunden zu.

Die wenigen Weißen, die dazu in der Lage waren, zogen sich in die Bäume zurück. Die Toten, Sterbenden und Verwundeten säumten die Straße. Für einen Moment waren wir in Sicherheit.

Ich schaute zurück zu Murphy, als er gerade ein neues Magazin in sein M4 steckte. Die Straße in seine Richtung war mit blutverschmierten Weißen übersät.

„Wir müssen los", rief ich und wies den Korridor hinauf, den ich gerade geräumt hatte.

Murphy blickte zurück, sein Gesicht war grimmig. Er schaute nach vorne. „Zur Hölle mit diesen Typen." Er hielt seine Waffe an der Schulter und feuerte, dann setzte er sich in Bewegung.

In der Ferne hörte ich Heulen, das sich über den Hügeln wiederholte, die wir nicht sehen konnten. Das war die Rechnung für die Benutzung der Schrotflinte, die fällig wurde.

Ich eilte hinter Murphy her und stupste ihn von hinten an. „Sie kommen."

Ich hob meine Machete, um alle Weißen zu erledigen, die noch am Leben waren und nach unseren Beinen griffen, als wir vorbeirannten.

Zurück in der Richtung, die ich mit meiner Schrotflinte freigeschossen hatte, kamen wieder einige Weiße aus den Bäumen und sahen mich und Murphy an. Sie waren verwirrt. Ihre schwache Beute hatte sich als etwas Brutales und Tödliches entpuppt. Zumindest wollte ich das glauben. Vielleicht starrten sie nur auf ihre toten Kumpel, die ausbluteten – frisches Fleisch zum Nulltarif.

„Mach weiter“, sagte ich. „Sie fangen an, sich neu zu formieren.“

Murphys Feuerrate nahm ab, als wir uns bewegten.

Wir waren gerade dabei, uns aus dem Getümmel zu befreien.

Ich hackte auf eine greifende Hand ein und ein Weißer heulte, weil er sie verloren hatte.

„Okay“, sagte Murphy. „Bist du bereit, dich aus dem Staub zu machen?“

„Ich *bin* bereit.“

„Folge mir.“ Er rannte mit voller Geschwindigkeit los.

Kapitel 15

Als ich vor dem Laden stand, abgeschirmt von der Straße durch einen Bestand an krummen Eichen, sagte ich: „Das sieht nicht nach viel aus."

„Auf den ersten Blick tust du es auch nicht, aber niemand beschwert sich." Murphy lachte.

Ich sagte: „Du schon."

„Verdammt, ich bin eben ein echter Witzbold."

Ich wandte mich von ihm ab, um die Gegend nach Infizierten abzusuchen.

„Mach dir nicht ins Höschen", sagte er.

„Das mit dem Paisleymuster habe ich nur für dich angezogen", witzelte ich.

Murphy schaute sich nach Bewegungen um, um sich wieder der ernsten Sache zu widmen. Er sagte: „Die Weißen, die uns überfallen haben, waren nicht nackt."

Ich nickte und sagte: „Ich nehme an, du willst damit sagen, dass sie nicht Teil der nackten Horde waren."

„Ja, Professor."

„Sei kein Arschloch."

Murphy lachte. „Wenn ich das zu dir sage, ändert das nichts, also lass uns nicht so tun, als ob, okay?"

„Ist mir egal."

„Du weißt aber, was ich meine, oder?", fragte Murphy.

„Es scheint so, als ob immer mehr von ihnen im Laufe der Zeit ein bisschen schlauer werden?"

„Ja", nickte Murphy nachdrücklich. „Genau so sieht es langsam aus."

Ich zuckte mit den Schultern, um meine Vermutung zu unterstreichen, und sagte: „Vielleicht werden die Dummen durch eine höhere Sterblichkeitsrate aus der Population ausgemerzt, so dass die Übriggebliebenen – die ein bisschen schlauer sind – für uns besser sichtbar werden."

„Vielleicht lernen sie nur."

„Wer kann das schon sagen?" Ich zeigte auf die Tür. „Bist du bereit?"

Murphy warf einen letzten Blick in die Runde und trat mit erhobener Waffe vor. „Du machst sie auf. Ich schieße auf alles, was rauskommt."

„Wenn sie nicht verschlossen ist." Ich trat zur Tür und warf Murphy einen Blick zu, um ihm zu sagen, dass er sich bereit machen sollte. Ich drehte die Klinke. Sie war nicht verschlossen. Das war eine schöne Überraschung. Ich schwang die Tür weit auf, sprang zur Seite und hob meine Machete, bereit, alles zu zerhacken, was herauskam.

Nichts.

Murphy und ich tauschten einen Blick aus, während wir warteten.

Ich klopfte ein paar Mal mit meiner Machete auf den Türpfosten.

Keine Antwort.

Ich trat an die Tür, lehnte meinen Kopf hinein und sagte: „Kommt und holt es euch, ihr Schwachköpfe!“ Schnell lehnte ich mich wieder hinaus.

Murphys Gesicht verwandelte sich in eine stumme Frage.

„Was?“, fragte ich.

„Sind die Autos da drin?“

„Scheiße, Murphy. Ich weiß es nicht.“

„Wie kannst du das nicht wissen? Autos sind doch diese großen Dinger mit Rädern und so.“

„Verdammt“, schimpfte ich. „Ich habe ein paar Autos gesehen, aber ich habe nach Weißen gesucht.“

„Das weiß ich.“

„Manchmal kannst du so verdammt schwierig sein.“ Ich schlug wieder mit der flachen Seite meiner Machete auf den Türpfosten und lehnte mich hinein. „Hey. Ist da jemand drin?“ Ich fühlte mich ein bisschen mutiger und sprang nicht von der Tür zurück. Ich schaute weiter hinein. „Hey“, rief ich. Lauter.

Nichts.

Ich winkte Murphy, mir zu folgen, und betrat den Laden. Es war zu dunkel, um mit bloßem Auge etwas zu sehen, und für Nachtsichtgeräte war es zu hell. „Ein oder zwei Fenster würden nicht schaden.“ Sie hätten auch nicht viel geholfen, da nur diffuses Dämmerlicht hereinkam.

Murphy trat neben mich, stieß mich nach vorne und zog die Tür hinter mir zu.

„Mach sie nicht zu“, sagte ich. „Das einzige Licht kommt von der offenen Tür.“

Er streckte die Hand aus und legte einen Schalter neben der Tür um, und die Reihen von Lampen an der Decke warfen ein helles Licht auf uns, auf die ordentlich angeordneten Schränke mit Werkzeugen, Regalen und Autos.

Murphy schloss die Tür. „Hey, Mann. Ist hier jemand?“

Als ich mich im Laden umschaute und keine Bewegung sah, drehte ich den Türriegel und hörte, wie das Schloss einrastete. „Jetzt sind wir allein.“

Mit erhobenen Waffen gingen wir an der vorderen Wand entlang, mit den geschlossenen Garagentoren im Rücken, und hielten Ausschau nach allem, was uns auflauern könnte. Die Werkstatt war nicht sehr groß, vielleicht groß genug für ein halbes Dutzend geparkter Autos und mit viel Platz auf beiden Seiten für Werkzeugmaschinen, Lager und Werkbänke. Der einzige Raum, in den wir nicht hineinsehen konnten, war etwas, das wie ein abgeschlossener Bürobereich in einer

Ecke aussah. Die Tür zu diesem Raum war offen.

Wir schauten zwischen den Autos nach. Wir schauten unten nach. Wir blickten in jedes Auto, fanden aber nichts Lebendiges.

Wir gingen in den Bürobereich, der sich als etwas anderes herausstellte. Es war eher eine Männerhöhle mit Sofas, Bierschildern, Riffelblechen an den Wänden, einem Kühlschrank – der, wie sich herausstellte, leer war – und Schränken. Hinten, einen kurzen Flur entlang, befand sich ein Badezimmer. Ich klopfte an die Badezimmertür und bekam keine Antwort von innen. Ich schwang die Tür auf und sprang überrascht zurück, als ein weißhäutiger Körper herausfiel. Ohne nachzudenken, hackte ich ihm einmal auf die Brust.

„Er ist tot“, sagte Murphy in einem Tonfall, der mich glauben ließ, dass er sich nicht ganz sicher war.

Ich wartete darauf, dass sich der Körper bewegte, dass er reagierte. Das tat er nicht. Er lag einfach nur da.

„Er riecht ziemlich übel“, sagte ich. „Ich wünschte, ich hätte ihn einfach da drin gelassen.“

Murphy trat neben die Leiche und studierte einen Moment lang das Gesicht.

„Was?“, fragte ich.

„Ich schaue nur nach.“

„Warum?“, fragte ich.

„Ich dachte, es könnte Mitch sein“, sagte er.

„Wer ist Mitch?“

„Der Typ, dem der Laden gehört“, sagte er.

„Du kennst ihn?“

Murphy schüttelte langsam den Kopf und sagte: „Ich habe dir gesagt, dass ich ein Video im Internet gesehen habe.“

Ich rollte mit den Augen, als ich mich umdrehte, um die Männerhöhle zu verlassen. Mit Murphy im Schlepptau ging ich hinaus in die Werkstatt. Auf dem Boden standen mehrere glänzende Autos, bei einigen fehlten eindeutig die Motoren, bei einigen anderen schien alles in Ordnung zu sein.

Murphy zeigte auf einen glänzenden schwarzen Mustang aus den späten 60er-Jahren mit zwei leuchtend grünen Rennstreifen. „Das ist das Auto, von dem ich dir erzählt habe.“

„Ohne Scheiß? Das ist schön.“

Kapitel 16

Abgesehen von einer dünnen Staubschicht sah der Mustang so aus, als wäre er über Nacht in der Garage geparkt worden, um am nächsten Tag eine schnelle Spritztour zum Burgerladen zu machen. Das Einzige, was ungewöhnlich war, war ein dickes Kabel, das hinten aus dem Auto lief und dort angeschlossen war, wo früher der Tankdeckel war.

„Glaubst du, es ist aufgeladen?", fragte ich und deutete auf das Kabel.

Murphy zuckte mit den Schultern, ging hinüber, fuhr mit der Hand den Kotflügel auf der Fahrerseite und öffnete die Tür. „Die Schlüssel stecken."

Das weckte mein Interesse.

Murphy griff ins Auto und schob den Fahrersitz ganz nach hinten, dann klappte er sich hinein. Er grinste mich an, als ich mich durch das offene Fenster der Beifahrertür hineinbeugte. Er sagte: „Passt mir perfekt."

„Ich will dich ja nicht enttäuschen, aber wenn wir mit diesem Ding losfahren, ist es besser, wenn ich fahre."

Murphys Grinsen verschwand, als seine Augen über das schwarze und verchromte Armaturenbrett strichen. „Weil du nicht schießen kannst.“

Ich zuckte mit den Schultern. „Ja.“

„Mann, du nimmst der ganzen Sache mit der Apokalypse den Spaß.“

„Ich weiß.“ Ich ging zur Fahrerseite, während Murphy sich abmühte, auszusteigen. Ich setzte mich hinein, stellte den Sitz ein, schloss die Tür und stellte meine Spiegel ein. Mit beiden Händen am Lenkrad überprüfte ich das Armaturenbrett: „Es ist ziemlich genau wie ein normales Auto.“

Murphy nahm seinen Rucksack ab und legte ihn auf die Rückbank, dann setzte er sich auf den Beifahrersitz. Er richtete die Mündung seines M4 aus dem Fenster, um mit der linken Hand zu schießen.

„Kannst du so etwas treffen?“, fragte ich.

„Wenn ich Nein sage, kann ich dann fahren?“

„Du kannst fahren, wenn du willst, dass ich am Abzug bin“, sagte ich und machte es mir überraschend schnell hinter dem Steuer bequem. „Daran könnte ich mich gewöhnen.“

Murphy verzog das Gesicht. „Das habe ich mir gedacht.“

Ich griff hinüber und klopfte Murphy auf die Schulter. „Sei nicht neidisch, Mann. Ich bin nur der Fahrer. Es ist immer noch dein Auto, denn es war deine Idee, hierherzukommen und es zu stehlen.“

„Erben, meinst du.“ Murphy fuhr mit einer Hand über das Armaturenbrett. „Das gefällt mir. Funktioniert die Klimaanlage?“

Ich drehte an einem Knopf auf dem Armaturenbrett und ein Gebläse irgendwo unten im Motorraum blies Luft durch die Lüftungsschlitze – Luft, die schnell kalt wurde.

Murphy lehnte sich hoch, um sich die Luft ins Gesicht wehen zu lassen, und sagte: „Was kann man sich mehr wünschen?"

Ich probierte die Heizung aus. Sie funktionierte besser als in einem normalen Auto. Es wurde in Sekundenschnelle warm, ohne dass der Motor lief. Ich denke, dass das Konzept, auf den Motor im Leerlauf zu warten, um das Auto aufzuwärmen, bei einem Elektroauto überholt war.

Ich zeigte auf die Anzeige und sagte: „Sieht so aus, als würde das mir sagen, wie viel Ladung ich noch habe. Das wird gut zu wissen sein. Voll im Moment."

„Nett."

„Ich weiß." Ich blickte nach oben, obwohl ich nichts als den Dachhimmel des Autos sehen konnte. „Die Sonnenkollektoren auf dem Dach des Gebäudes haben es für uns bereitgehalten."

„Steht da auch, wie viele Meilen es noch geht?", fragte Murphy.

„So etwas sehe ich nicht." Als ich auf den Instrumenten las, sagte ich: „Es ist ganz einfach. Geschwindigkeit. Spannung. Und die geschätzte Restlaufzeit der Batterie."

„In dem Video, das ich im Internet gesehen habe, stand, dass das Ding über 270 Sachen schafft."

Ich lachte und musste aufpassen, dass ich mich schnell wieder beruhigte. „Es gibt keinen Grund, dass wir so schnell fahren. Also werden wir es nicht tun."

Murphy stützte sich auf seinem Sitz ab und sagte: „Willst du nicht einfach sehen, wie es sich anfühlt?"

„Du meinst, kurz bevor wir auf eine Straße voller verlassener Autos stoßen?", fragte ich. „Oder kurz bevor wir gegen irgendeinen Scheiß auf der Straße fahren, der einen Reifen platzen lässt und wir die Kontrolle verlieren und das Auto siebenunddreißig Mal überschlagen? Das glaube ich nicht."

Murphy seufzte. „Du klingst wie meine Mutter."

„Wir müssen nur schneller fahren können, als die Weißen rennen können", sagte ich ihm. „Das ist alles. Wenn wir langsam fahren, verringert sich außerdem der Luftwiderstand und wir haben eine größere Reichweite. Das ist wahrscheinlich das Wichtigste für uns, so viele Kilometer wie möglich mit einer Ladung zu schaffen."

„Halt die Klappe, Professor", sagte Murphy zu mir. „Mal sehen, ob sich das Ding bewegt."

„Okay, steig aus und zieh den Stecker aus dem Auto."

Murphy ging zum hinteren Teil des Wagens, zog den Stecker heraus und stieg wieder ein.

Da ich einen guten Meter Abstand zwischen der vorderen Stoßstange und dem Garagentor hatte, legte ich den Gang ein – oder das, was in einem Elektroauto als Gang galt, da es kein Getriebe hatte. Zumindest nahm ich an, dass dieses Auto in dieser Hinsicht wie ein Tesla war.

Theoretisch hatte es einen einfachen Elektromotor, durch den eine Achse lief. Um schneller zu fahren, musste man nur die Spannung erhöhen. Theoretisch ganz einfach.

Auf der Konsole hinter dem Schalthebel befanden sich einige unerklärliche Schalter, Tasten und ein Drehknopf, und auf dem Schalthebel selbst waren die Buchstaben, die normalerweise D für Fahren, P für Parken und R für Rückwärtsfahren bedeuten, stattdessen mit „O SHIT“ beschriftet.

Murphy und ich sahen uns das an. Keiner von uns hatte eine Vermutung. Na ja.

Ich drückte zaghaft auf das Gaspedal und das Auto rollte auf einem Teppich aus lautloser Magie vorwärts.

Murphy lachte laut.

„Alter“, schimpfte ich und deutete auf die isolierte Garagentür. „Wenn die Weißen da draußen sind, werden sie dich hören.“

Murphy zuckte mit den Schultern. „Scheiß auf sie. Dieses Ding ist so leise wie ein Geist. Ich liebe es. Wenn wir nach Einbruch der Dunkelheit mit dem Ding rausfahren und unsere Nachtsichtgeräte benutzen, werden die Weißen nicht mal merken, dass wir da waren. Das ist es, Mann. Kein Herumsuchen mehr nach Humvees ohne Schlüssel, die dir die Scheißkerle klauen, wenn du das erste Mal wegschaust.“

Da mir schon zwei gestohlen worden waren, musste ich darüber lachen. Ich ließ die Schlüssel am Zündschloss baumeln, das bei diesem Mustang einen Ein- und Ausschalter mit zwei Positionen hatte. „Wir müssen im Laden nachsehen, ob wir noch einen Satz finden, damit wir beide einen haben.“ Ich drehte den Schlüssel in die Aus-Stellung und stieg aus dem Auto. Murphy tat dasselbe.

Als ich die verletzlichen Scheiben des Mustangs und die schlanken Blechlinien auf der Motorhaube und den vorderen Kotflügeln betrachtete, sagte ich: „Weißt du, wir sollten vorsichtshalber eine Art Viehschutz aus Metall über den Grill schweißen.“

„Einen Kuhfänger?“ Murphy lachte. „Du meinst einen Zombieschutz.“

„Ja, wie auch immer.“ Ich ging auf ein paar lange Metallrohre und Winkeleisen an der anderen Wand zu. „Vielleicht sollten wir auch ein paar Streifen über der Windschutzscheibe anbringen, damit keine Körper durchkommen. Du weißt schon, für den Fall, dass wir sie überfahren müssen, während wir ziemlich schnell fahren. Und auch an den Seitenfenstern, damit sie nicht einsteigen können.“

„Mann“, sagte Murphy und schüttelte den Kopf. „Bei dir hört sich das so an, als ob das Anschweißen von zusätzlichem Metall so einfach wäre wie das Zusammenkleben eines Modellflugzeugs.“

Ich sah ihn mit hochgezogenen Augenbrauen an. „Ist es das nicht?“

Er schüttelte den Kopf.

Bei den Metallstapeln entdeckte ich eine Art großes blaues Schweißgerät. „Wirklich? Ich meine, ich habe es im Fernsehen gesehen. Man schließt einfach die elektrischen Teile an und klebt das Metall zusammen. Die Funken fliegen. Es verschmilzt. Richtig?“

„Im Ernst?“

Ja, es war mir ernst. „Im Fernsehen sieht es einfach aus. Hast du nie die Sendung *Gas Monkey Garage* gesehen? Die Jungs haben echt coole Sachen gemacht.“

„Manchmal kannst du so ein Dummkopf sein.“ Murphy schüttelte den Kopf. „Nichts ist so einfach, wie es im Fernsehen aussieht. Sag mir, dass du wenigstens so viel weißt.“

„Ja, ja.“ Ich rollte mit den Augen. „Wenn du meinst, wir sollten es nicht tun, dann tun wir es nicht.“

„Mach nicht so ein Jammergesicht“, sagte Murphy.

Ich ignorierte seine Bemerkung und sagte: „Das Schweißgerät läuft doch mit Strom, oder? Wir haben Sonnenkollektoren auf dem Dach, um Strom zu erzeugen. Vielleicht reichen die ja aus?“

Murphy ging zum Schweißgerät hinüber und sah es sich an. „Das ist das Schöne an diesem Ding. Dieses Schweißgerät ist eine Kombination – es ist ein Generator *und* ein Schweißgerät und sieht aus, als hätte es einen Plasmaschneider. Wenn du es benutzen willst und es nicht schaffst, dir einen Stromschlag zu verpassen – und ich will ehrlich sein, die Chancen stehen nicht schlecht, dass du das tust – dann wirst du den Lack dieses schönen schwarzen Autos ruinieren und ein paar Metallstücke darauf kleben lassen, so dass es total beschissen aussieht und ...“

Ich unterbrach ihn und sagte: „Ästhetik hat für mich nicht die höchste Priorität.“

Murphy schüttelte den Kopf und sagte: „Und wenn du das erste Mal auf etwas triffst, werden deine beschissenen kleinen porösen, spröden Schweißnähte brechen, weil es viel schwieriger ist, es richtig zu machen, als es aussieht. Dein Lichtbogen könnte zu lang oder zu kurz sein, die Stromstärke könnte zu hoch sein, du könntest zu schnell sein oder den falschen Füllstoff verwenden. Deshalb absolvieren die Leute eine Ausbildung, um zu lernen, wie man so etwas macht. Das ist alles, was ich damit sagen will. Aber wenn du das tun willst, dann mach einfach weiter. Du willst das Metall da drüben an das Metall hier drüben schweißen." Murphy klopfte ein paar Mal auf die Motorhaube des Mustangs. „Du weißt doch gar nicht, ob es dasselbe Metall ist."

„Dasselbe Metall?", fragte ich.

„Weißt du, ob Mitch wie-heißt-er-noch eine Aluminiumhaube auf das Ding montiert hat, damit es schneller fährt?"

Ich schüttelte den Kopf.

„Oder ob die Rohre aus Aluminium sind?"

Ich schüttelte wieder den Kopf und wandte mich von den ausgepressten Rohren ab. „Gut. Du hast deinen Standpunkt klar gemacht. Lass uns ein paar Schlüssel suchen und sehen, was wir sonst noch auftreiben können."

Murphy nahm eine Pose ein und machte ein Gesicht, das seine Überraschung vortäuschte. „Oh ... mein ... Gott."

„Sei kein Arsch", lächelte ich. „Das ist *mein* Job."

„Ich wollte gerade sagen, dass du einen Meilenstein in deinem Reifungsprozess erreicht hast.“ Murphy grinste.

„Ich sagte, du musst kein Arschloch sein.“ Ich drehte Murphy den Rücken zu und begann, einige Schubladen mit ordentlich aufbewahrtem Werkzeug zu durchwühlen.

„Du hast jemandem zugehört“, fuhr Murphy komisch-dramatisch fort. „Du hast etwas auf eine andere Art gelernt als auf die harte Tour. Ich glaube, ich muss eine Zeitung anrufen. Ich kann die Schlagzeilen schon sehen.“

„Niemand liest mehr Zeitungen.“

Kapitel 17

Murphy ließ sich Zeit, das Garagentor manuell zu öffnen. Wir wollten kein Risiko mit dem elektrischen Garagentoröffner eingehen. Manche waren ziemlich laut. Tarnung war unser neues Motto. Leise und unsichtbar. Keine Macho-Shooter mehr für uns.

Ja, nicht wahr?

Es hörte sich aber gut an, als wir es besprachen.

Wenigstens hatten wir das Auto.

Mit meiner Nachtsichtbrille fuhr ich langsam in die Nacht hinaus und erschrak über das Knirschen von zermahlenem Granit unter den Reifen. Murphy schloss die Garage hinter uns und stieg auf der Beifahrerseite des Mustangs ein.

„Fenster hoch oder runter?", fragte ich.

Murphy dachte einen Moment lang darüber nach.

Ich sagte: „Ich weiß, dass wir nicht wirklich darüber geredet haben, aber mit heruntergelassenen Fenstern kannst du jeden erschießen, der gerade erschossen werden muss." Ich legte eine Handfläche auf die

Scheibe. „Mit dieser dunklen Tönung kann niemand von außen hineinsehen. Zumindest nicht durch die Seitenfenster. Und ich glaube, das Auto wird leiser sein, wenn die Fenster oben sind."

„Wie kommst du darauf?", fragte Murphy. „Der Motor macht kein Geräusch."

„Luftwiderstand", sagte ich. „Das wird jetzt unser lautestes Geräusch sein. Wenn die Fenster unten sind, haben wir mehr Widerstand. Je mehr Lärm, desto größer die Chance, dass die Weißen uns hören, wenn wir vorbeirasen."

Murphy nickte und sagte: „Tarnung ist das richtige Wort. Darauf achten wir. Wenn ich dringend etwas erschießen muss, schieße ich durch das Glas."

Kapitel 18

Unser Plan war einfach. Aber das waren sie ja alle, wenn sie in der Konzeptionsphase waren. Wir würden den Nordwesten von Austin durchqueren und uns von den Autobahnen fernhalten. Das bedeutete, dass wir die 2222 nehmen würden. Sie führte durch die Hügel mit einigen ziemlich scharfen Kurven und steilen Anstiegen. Nichts, was unser Hot Rod Mustang nicht bewältigen könnte, aber wer konnte angesichts des Zustands der Welt schon ahnen, welche Gefahren auf dieser Strecke lauerten? Diese Straße hatten wir seit der Zeit vor dem Ausbruch der Flut nicht mehr befahren. Verdammt, einige der Niedrigwasserabschnitte der Straße gab es vielleicht gar nicht mehr.

Wie viele Dinge im Leben war auch die Entscheidung für 2222 ein Kompromiss aus nicht kalkulierbaren Risiken. Auf der einen Seite hatten wir eine unbekannte Straße, die den kürzesten Weg zu unserem Ziel darstellte. Andererseits führte die Straße, die wir zuvor gefahren waren, über einen Highway, auf dem wir doppelt so weit fahren mussten, um nach Camp Mabry zu gelangen. Das Risiko dabei war die Batterie des Mustangs. Wir wussten nicht, wie viele Kilometer wir damit noch fahren konnten. Zwanzig? Hundert? Fünfhundert?

Auf unserem Weg durch Austin wollten wir in Camp Mabry anhalten, um unsere tödlichen Spielzeuge aufzufüllen, bevor wir uns auf den Weg zum Mount Bonnell machten. Wie sich herausstellte, gab es auf dem Gipfel dieses Hügels einen Park, der an Sarah Mansfields altes Herrenhaus angrenzt und von dem aus wir die ganze Stadt überblicken können. Wenn die Hubschrauber in Austin landeten, brauchten wir nur den Morgen abzuwarten, um zu wissen, wo sie landen würden.

Einfach.

Wie sich herausstellte, war die Fahrt auf der 2222 gar nicht so schlecht. Wie jede Straße in Austin hatte sie ihren Anteil an verlassenen Autos und langen Abschnitten, in denen nichts auf der Straße darauf hinwies, dass die Welt aus den Fugen geraten war. Am Fuße des steilsten Hügels jedoch war eine Massenkarambolage von einem Dutzend Autos fast unpassierbar. Das sah nach einem schlimmen Unfall aus, der sich wahrscheinlich ereignet hatte, als jemand es eilig hatte, irgendwohin zu kommen, als gerade alles zusammenbrach. Die Menschen hatten noch Hoffnung, dass es irgendwo einen besseren Ort gab als dort, wo sie waren. Soweit ich das beurteilen konnte, gab es den nicht.

Das Gute daran war, dass wir einen Abschnitt von einem Kilometer erreichten, der leicht bergauf verlief und relativ gerade war, ohne dass etwas auf der Straße lag. Ich beschloss, das Gaspedal durchzudrücken, obwohl es nicht um Gas ging, um zu sehen, ob Murphys Begeisterung über die Leistung des Autos der Wahrheit entsprach.

Heilige mikrowellengeeignete Scheiße.

Ich war schon mit vielen Achterbahnen in Vergnügungsparks gefahren. Ich war auch schon von hohen Klippen in dunkle, tiefe Wasserbecken gesprungen. Ich hatte früher ein übermotorisiertes japanisches Motorrad und wäre bei einem Rennen auf genau dieser Straße fast umgekommen. Ich war auch schon in ziemlich schnellen Autos mitgefahren, die 400 Meter in weniger als zwölf Sekunden schafften. Aber dieses Ding beschleunigte so schnell, dass es beängstigend war.

In den anderthalb Sekunden, die ich brauchte, um zu merken, dass ich schneller beschleunigte, als es selbst mein Adrenalin-Junkie-Bedürfnis für eine gute Idee hielt, und in den nächsten anderthalb Sekunden, die ich brauchte, um den Fuß vom Gaspedal zu nehmen, erreichten wir über 160 Sachen.

Murphy brüllte und lachte und ich auch, als die Bremsen anfingen, das Auto vor einer Kurve abzubremsen, die viel, viel zu schnell auf uns zukam. Er sagte: „Ich muss wohl meine Hose wechseln".

„Äh, hm."

Wir erreichten die Tore von Camp Mabry in etwas mehr als eineinhalb Stunden, wobei wir sehr darauf achteten, das Gaspedal nicht zu sehr durchzudrücken.

Im normalen Verkehr, bevor alle zu hungrigen Weißen geworden waren, hätte die Fahrt vielleicht dreißig oder vierzig Minuten gedauert. Ich hatte ein gutes Gefühl, was die Fahrtzeit anging.

Ich verlangsamte den Mustang bis zum Stillstand auf der Straße vor dem südlichen Tor von Camp Mabry.

„Fühlst du es auch?“, fragte Murphy.

Ich nickte und sagte: „Jedes Mal, wenn wir hierherkommen, scheint alles im Arsch zu sein.“

„Meistens schon“, stimmte Murphy zu, während er sich in der Dunkelheit nach Gefahren umsah. „Ich sehe ein paar Weiße auf der Straße, aber sie scheinen nicht in diese Richtung zu schauen. Ich glaube nicht, dass sie wissen, dass wir hier sind.“

„Das ist gut.“ Ich schaute die Straße hinauf, die ins Zentrum des Stützpunktes führte, und die Erinnerungen an diesen Ort hielten meinen Fuß auf der Bremse. All die Abertausenden von Toten, die das Feld vor den Gebäuden bedeckten, auf dem die immunen Soldaten und Zivilisten ihren letzten Widerstand leisteten. All das verzweifelte Rennen und Schießen, um unser Leben zu retten.

„Wenn du immer noch nach den Typen in dem Hubschrauber suchen willst“, sagte Murphy, „würde ich es lieber mit ein paar mehr Handgranaten und Kugeln machen. Wenn ich herausfinden könnte, wie man einen Granatwerfer auf dem Dach anbringt, würde ich das auch tun. Ich bin mir ziemlich sicher, dass wir in Schwierigkeiten geraten werden.“

„Wie kommst du darauf?“, fragte ich und tat so, als wäre ich viel beleidigter, als ich tatsächlich war. „Nur weil diese Arschlöcher von ihrem Hubschrauber aus auf uns geschossen haben?“

„Das ist das eine“, sagte Murphy. „Noch wichtiger ist, dass du es tun willst. Das ist fast eine Garantie dafür, dass etwas Beschissenes passieren wird."

„Was?"

„Du weißt, dass es wahr ist", sagte er. „Vielleicht muss ich deinen Superheldennamen von Nullpunkt in M&M ändern."

„M&M?"

„Misere-Magnet". Murphy lachte laut auf. „Misere-Magnet. Das gefällt mir."

Ich schnaufte und ließ das Auto vorwärts in den Stützpunkt rollen.

Kapitel 19

Die Straße in den Stützpunkt – dieselbe, auf der Murphy und ich bei unserer letzten Flucht fast von der nackten Horde überfallen worden wären – war leer. Wir sahen nichts, als wir lautlos darüber fuhren; ein blasser Streifen sonnengebleichter Asphalt zwischen breiten Grashalmen und dichten Zedern. Erst als wir in Richtung der Bunker abbogen, sahen wir Reifenspuren über den Skeletten und dem zerdrückten Gras.

Ich hielt das Auto an und suchte das Feld nach Bewegungen ab, besonders bei den Bunkern.

„Jemand ist hier gewesen." Murphy schaute hin und her. „All die Tausenden toten Weißen waren drüben bei dem Gebäude, wo wir den Humvee gefunden haben." Murphy zeigte darauf. „Weit hinter den Bäumen da drüben. Letztes Mal gab es hier bei den Bunkern nicht so viele Tote." Er zeigte auf den Boden. „Und sieh dir diese doppelt so breiten Reifenspuren an. Jemand hat das Gras mit großen Lastwagen aufgerissen."

Das beunruhigte mich. „Denkst du, jemand anderes hat unser Arsenal gefunden?“

„Das ist kein Geheimnis.“ Murphy zuckte mit den Schultern. „Ich sehe hier keine Weißen.“ Er zeigte auf das offene Tor in dem hohen Maschendrahtzaun, der die Bunker umgab. „Warum fährst du nicht rüber, wendest das Ding für die schnelle Flucht durch den Zaun und wir gehen rein und sehen nach, was noch übrig ist.“

Ich wich den menschlichen Überresten und den tiefsten Spurrillen im weichen Boden aus, überquerte das Feld und schwenkte den Mustang herum. Ich fuhr rückwärts durch das offene Tor und bemerkte, dass die Türen der beiden Bunker offen standen. Die Dunkelheit im Inneren hielt den Inhalt geheim.

Als ich kurz vor dem ersten Bunker anhielt, sprang Murphy aus dem Auto, hob seine Waffe und richtete sie auf die schwarzen Schatten im Inneren.

Einen Moment später hatte ich die Autoschlüssel in der Tasche und stand hinten im Auto neben ihm, mit der Machete in der Hand, bereit, mich gegen jeden Weißen zu verteidigen, der sich uns in den Weg stellen wollte.

Eine Weile lauschten wir und blickten hinein.

Murphy nickte und ging vorwärts, wobei er seine Waffe hochhielt.

Ich folgte.

Als wir uns der Bunkertür näherten, konnte ich immer deutlicher sehen, was sich darin befand. Ich wurde immer wütender. Nur ein paar Schritte vor der Schwelle blieben wir stehen. Der Bunker war bis auf die Rückwand leer. Unfähig, meine Frustration zu zügeln, spuckte ich in die Dunkelheit: „Scheiße".

Das Geräusch von schlurfenden Körpern und Füßen im Inneren sagte mir sofort, dass es ein Fehler gewesen war, dieses Wort auszusprechen.

Es folgte ein Heulen.

Kapitel 20

Ein Weißer bog um die Ecke zu meiner Rechten und trat in die breite Türöffnung. Ich wartete nicht einmal den Bruchteil einer Sekunde, den er brauchte, um ganz herumzukommen. Ich hackte mit meiner Machete auf ihn ein, durchtrennte seinen Wangenknochen, schlug ihn halb bewusstlos und schnitt ihm das Schlüsselbein durch. Er stolperte und die robuste infizierte Frau, die sich hinter ihm drängte, heulte auf, als sie taumelte und ihren Hals für meinen nächsten Schlag freilegte.

Neben mir ging Murphy rückwärts und feuerte. Er schoss zwei Kugeln in einen Weißen, der von der anderen Seite kam.

„Die verdammten Dinger müssen auf beiden Seiten an der Wand gestanden haben", rief ich, als ich nach meiner dritten Weißen schlug.

„Klar", rief Murphy zurück, als er noch einen tötete.

Sie kamen einer nach dem anderen um die Ecke, anscheinend hatten sie sich aufgereiht und an die Wand gelehnt, während sie auf dem Boden saßen. Als sie auf mich zu rannten, verlangsamte sich ihr Tempo, weil sie über die Körper derer stolperten, die vor ihnen in der

Reihe standen. Das machte das Töten auf meiner Seite der Tür leicht, und als meine Klinge im Schädel eines dünnen Mannes stecken blieb, war ich schon fertig. Murphy erschoss zwei weitere und wir tauschten einen Blick mit der stummen Frage aus: „Ist das alles?“

Das war es.

Murphy lehnte sich durch den Türrahmen und spähte in die schummrigen Ecken auf beiden Seiten. „Es stinkt hier drin, Mann.“

Mit meiner Machete in der Hand ging ich auf den anderen Bunker zu.

Murphy holte auf und wir bogen vorsichtig um die Ecke vor dem Eingang des zweiten Bunkers. Auch er war leer – zumindest ohne Waffen und Munition. Zwei Weiße lugten um eine Wand herum und trauten sich nicht vorwärts.

Ich stürzte mich auf sie, obwohl sie weit außerhalb der Reichweite der Machete waren. Sie sprangen beide zurück und ich drehte mich zu Murphy um und grinste ihn an, sagte aber nichts.

Er nickte in Richtung Auto. Unser Ausflug nach Camp Mabry war reine Zeitverschwendung gewesen.

Minuten später rollten wir lautlos durch das Eingangstor wieder hinaus. Ich bog rechts ab und fuhr auf der 32nd Street in Richtung Mt. Bonnell Road.

„Zu Sarah Mansfields Haus also?“, fragte Murphy.

Ich nickte und dachte an all die Waffen und die Munition, die bei unserem letzten Besuch in Camp Mabry in den Bunkern gewesen waren, und fragte: „Was glaubst du, ist mit all dem passiert?“

„Jemand hat ein paar Lastwagen gebracht und alles abtransportiert."

„Ja", sagte ich, „aber wer?"

„Ist das wichtig?"

„Im Moment nicht", gab ich zu, „aber irgendwann könnte es das sein."

Als ich nach rechts auf die Mt. Bonnell Road abbog und den langen Bergkamm hinauffuhr, sah ich die Spuren der Brände, die ich vor ein paar Monaten mit der Benzinbombe gelegt hatte, die ich gegen die nackte Horde einsetzen wollte. Alle Bäume, die keine schwarzen Holzskelette waren, waren teilweise verbrannt oder mit Blättern bedeckt, die von der Hitze braun und abgestorben waren. Dutzende von Autowracks lagen in den Einfahrten vor den aschfahlen Ruinen. Nicht alle Häuser waren verbrannt. Das Feuer hatte in der Nachbarschaft wahllos und ohne erkennbares Muster gewütet. Geschwärzte Grundmauern standen neben Häusern, die unversehrt blieben. Andere Häuser waren teilweise verbrannt und einige Autos schienen den Feuersturm unversehrt überstanden zu haben.

Eine Sache war jedoch grausam und befriedigend zugleich. Die Überreste von verkohlten Leichen, abgenagten Knochen und zerfetzter Kleidung lagen überall verstreut. Ich wusste, dass ich nicht die ganze nackte Horde getötet hatte – bei Weitem nicht – aber ich hatte viel mehr von ihnen getötet, als ich vermutet hatte.

In diesem Moment, als ich an all die Toten dachte, wurde ich wütend auf mich. Wenn ich nur eine bessere Bombe gebaut hätte, hätte ich vielleicht genug von ihnen getötet, damit sie keine Gefahr für uns gewesen wären, als wir versuchten, unsere Leute in die Humvees zu laden, um nach Balmorhea zu fahren. Wenn genug von der nackten Horde auf diesem Berg gestorben wären, wäre Steph vielleicht noch am Leben.

Verdränge die Erinnerungen.

Das ist der einzige Weg, um nicht verrückt zu werden.

Vergiss es.

Als wir Sarah Mansfields Haus erreichten, waren alle Zedern, die das Haus von der Straße verdeckt hatten, zu fingerdicken schwarzen Stöcken verbrannt, die in den Himmel ragten. Die Mauer, die ich ein paar Monate zuvor auf dem Video gesehen hatte, war zerbrochen und mit den Überresten der Toten übersät. Die großen Grasflächen, die von den Roboter-Rasenmähern gemäht worden waren, waren voller Knochen und verkohlter schwarzer Klumpen, die einmal Menschen gewesen waren.

Das Haus selbst war angekohlt, aber erstaunlich intakt. Die meisten Fenster waren nicht zerbrochen. Es schien kein Feuer gefangen zu haben, obwohl alle tropischen Pflanzen in den bunten, glasierten Töpfen auf der vorderen Veranda verbrannt waren.

Ich zeigte auf den Stadtpark, der sich auf dem Gipfel des Mount Bonnell befand. „Ich weiß, dass wir dort vorbeifahren und zum Gipfel hinaufgehen wollten. Aber wir könnten reingehen und hätten von Sarahs Dach aus fast die gleiche Aussicht.“

Murphy zog eine Grimasse. „Ich will meine Schuhe nicht in dem ganzen Mist versauen.“

„Willst du mich verarschen?“

Murphy lachte. „Ich mache nur Witze. Ich denke, es ist Zeitverschwendung, aber wenn du da reingehen willst ...“, beendete Murphy mit einem Achselzucken und einem angewiderten Blick.

Ich hatte den Mustang schon in die Einfahrt gerollt.

Kapitel 21

Das Knirschen der Knochen unter den Reifen ließ mich weniger Gas geben, während ich vergeblich versuchte, den Wagen um die Leichen herum zu lenken. Als der Mustang auf den runden Hof vor dem Haus und der Garage rollte, gab ich diesen Versuch auf. Zu viele Leichen. Zu viele Knochen.

Bevor ich ausstieg und mich in der Dunkelheit umsah, sagte ich: „Die Garage sieht erstaunlich gut aus."

„Ein bisschen versengt", sagte Murphy.

„Sie hatte all diese Solarzellen auf dem Dach", sagte ich.

„Glaubst du, sie haben überlebt?"

Ich zuckte mit den Schultern. Ich hoffte. Zumindest begann ich zu hoffen, als ich da saß und die Garage betrachtete. „Ich habe die Zugangscodes zurückgesetzt, bevor ich ... du weißt schon. Vorher."

„Weißt du die Nummer noch?"

„Ich habe sie auf meine Geldautomaten-Pin-Nummer eingestellt, damit ich sie nicht vergesse."

„Gute Idee.“ Murphy schaute sich noch einmal um. „Dann lass uns mal nachsehen.“

Wir stiegen beide aus dem Auto aus. Ich schritt vorsichtig durch die menschlichen Überreste und versuchte herauszufinden, welche Flecken aus geschwärztem Dreck die verkohlten Pflastersteine der Einfahrt waren und welche Teile einer infizierten Person, die durch das von mir verursachte Feuer getötet worden war. Alles, was auch nur im Entferntesten weich war und unter meinen Stiefeln durchrutschte, jagte mir ein Kribbeln des Ekels über den Rücken.

Wir gingen hinüber zum Laufsteg und dem zuvor undurchdringlichen Tor neben der Garage. Es hing nur noch an einem Scharnier. Die nackte Horde hatte es geschafft, es zu zerstören. Ich flüsterte: „Wie haben sie das gemacht?“

Murphy schüttelte den Kopf und suchte weiter die Gegend um uns herum ab. Er hielt sein Gewehr an der Schulter und war bereit, auf das loszugehen, was er sicher erwartete – eine Horde nackter Weißer, die aus dem Haus strömte.

Wir passierten das kaputte Tor und gingen bis zu der Stelle, an der der Laufsteg zur Haustür den Hohlweg zwischen dem Haus und der Garage überquerte. Ich klappte die Abdeckung des Tastenfeldes neben dem Garagentor hoch. Obwohl die Abdeckung verunstaltet war, hatte sie die gummiartigen Silikontasten vor den Flammen geschützt, die kurzzeitig den ganzen Komplex verschlungen hatten. Zu meiner großen Überraschung leuchtete das Display des Tastenfeldes auf.

Ich berührte die Tastatur mit dem Finger und stupste Murphy an, damit er nachschaute. Ich lächelte.

Er zuckte mit den Schultern und richtete seine Aufmerksamkeit darauf, mir den Rücken zu decken, während ich meinen eigenen Plänen folgte.

Ich gab meine Nummer ein, das Türschloss klickte, und mit erhobener Machete schwang ich die Tür auf. „Verdammte Scheiße!"

Murphy wirbelte herum und richtete den Lauf seines Gewehrs über meine Schulter in die Garage.

„Verdammt, Zed", schimpfte Murphy. „Erschreck mich nicht so."

„Du bist schnell, wenn du erschrocken bist."

„Ich weiß", sagte er.

„Schau." Ich deutete auf die gut beleuchtete Garage, als ich über den makellosen Boden schritt. „Komm mit." Ich winkte Murphy, mir zu folgen. „Hier ist alles sauber. Hier sind sie nie reingekommen."

Murphy trat ein und ließ die Tür mit einem Klicken des Schlosses zufallen. Er durchsuchte die Garage nach allen Weißen, die sich darin aufhalten könnten. Er hörte auf, auf die gut beleuchtete Ordnung zu starren, und ich merkte, dass ich dasselbe tun sollte.

Murphy ging am Heck von Sarah Mansfields Tesla vorbei, der genau dort stand, wo ich ihn das letzte Mal gesehen hatte. Ich eilte zur Vorderseite des Wagens, nahe der Wand mit den geschlossenen Garagentoren, und begann meinen Spaziergang, parallel zu Murphys Weg – ich schaute die Reihe der Autos hinunter, dazwischen, hinein und unter sie. Wir kamen an der alten Corvette vorbei. Wir sahen uns den Mercedes an.

Nachdem wir den Humvee besichtigt hatten, dessen Türen immer noch offen standen und auf dessen Sitzen altes, getrocknetes Blut klebte – ein Teil davon stammte von Steph – schüttelte Murphy den Kopf und brach sein Schweigen. „Ich kann nicht glauben, dass das alles noch hier ist.“

Ich starrte immer noch auf die Blutkruste auf dem Sitz und dachte an die Nacht, in der wir in Sarahs Haus angekommen waren. Abwesend sagte ich: „Das heißt wohl, dass die Solarzellen durch mein Feuer nicht allzu sehr beschädigt wurden.“

„Oder zumindest nicht alle.“

Ich wandte mich von dem Blut ab und schloss die Tür. Ich schaute wieder zum anderen Ende der großen Garage hin. Ich zeigte auf den Tesla. „Wir könnten den Mustang reinfahren und ihn dort aufladen.“

„Ich denke schon“, stimmte Murphy zu.

„Wir sollten ihn wenigstens reinbringen und nachladen.“ Ich musste meine Gedanken von Steph ablenken. *Wie kann man weitermachen, ohne sich schuldig zu fühlen, wenn man versucht, zu vergessen? Wie vergisst man die schmerzhaften Momente, ohne die kurzen Glücksmomente daran festzumachen?* Ich sagte: „Das ist genau das, was wir in der Gegend von Austin zu finden gehofft haben, oder? Häuser mit Solarstrom, wo wir den Mustang aufladen können.“

Murphy schaute mich mit einer vorsichtigen Frage im Gesicht an.

„Was?“

Er schüttelte den Kopf und warf einen Blick auf die Seitentür der Garage, durch die wir gekommen waren.

„Was?“

Er seufzte. „Du denkst darüber nach, wieder einzuziehen, nicht wahr?“

„Nein.“ Das war die Wahrheit. Er hatte die Bedeutung der Distanz in meiner Stimme und die Plötzlichkeit meiner scheinbaren Abwesenheit falsch eingeschätzt. Nachdem Murphy mich immer wieder aus meinem Selbstmitleid über Steph herausgeholt hatte, hatte ich das Gefühl, ihn zu enttäuschen, indem ich mich in meinen Gedanken über sie verlor. Ich entschied mich für eine Lüge und spielte sie durch. „Vielleicht. Als wir hier wohnten, war das ein ziemlich schöner Ort.“

„Du warst wieder drinnen, nachdem dieser nackte Haufen Scheiß-Affen alles versaut hat.“ Murphy senkte seine Waffe und deutete mit dem Daumen in Richtung des Rasens. „Ganz zu schweigen von der Leichenfarm. Wie kommst du überhaupt auf die Idee, zu bleiben? Der Ort ist zu abgefuckt.“

„Das ist wie bei den Ranchern auf dem Land“, sagte ich, „die hängen die Kadaver der Kojoten an ihre Zäune, um die anderen Kojoten fernzuhalten. All die toten Weißen draußen halten die lebenden Weißen fern.“

„Schwachsinn“, sagte Murphy. „Ich will das nicht hören, Mann. Lass uns einfach den Mustang reinbringen und ihn aufladen.“

Kapitel 22

Es dauerte nur ein paar Minuten, bis wir die Autos in der Garage so umgestellt hatten, dass unser Mustang rückwärts auf den Platz des Tesla gefahren werden konnte. Im Kofferraum des Mustangs befanden sich neben einer Schicht elektronisch aussehender Geräte mit Hunderten von blau leuchtenden LEDs – vermutlich das Batteriesystem des Autos – auch Adapter für den Stecker des Autos und ein langes, dickes Kabel. Es sah so aus, als könnten wir es an alles Mögliche anschließen, auch an das Ladegerät des Tesla. Vielen Dank an Mitch, dass er die zusätzliche Zeit und Arbeit für diese Entscheidung investiert hatte. Als wir am nächsten Tag abreisten, beschlossen wir, den Tesla wieder an seinen Platz in der Garage zu stellen, damit wir ihn eingesteckt lassen konnten. Man wusste ja nie, wann man ein voll aufgeladenes Auto brauchen würde. Wir fanden draußen einen Platz, an dem wir den Garagentoröffner für den Fall der Fälle verstauten, und gingen vorsichtig ins Haus.

Zu meiner großen Überraschung war im Haus nichts verbrannt. Das war auf jeden Fall eine gute und eine schlechte Sache. Gut, weil es Hoffnung gab, dass das Haus gerettet werden konnte. Schlecht, weil alle intelligenten Infizierten, die die nackte Horde anführten, dem Zorn meiner verpufften Benzindampfbombe entkommen waren.

Das Haus stank nach altem Urin, Fäkalien, verrottenden Leichen und Schimmel.

In meinem Kopf begann ich, die Renovierungspläne durchzugehen. Ich wusste, dass das Haus mit Betonwänden – die immer noch sichtbar waren – und Betonböden gebaut worden war. Ich stellte mir vor, dass wir nur die stinkenden Möbel vom Balkon werfen und den zerstörten Holzfußboden herausreißen müssten. Danach könnten wir das Haus mehr als bewohnbar machen. Es gab noch fließendes Wasser, Strom, eine Klimaanlage und eine Heizung.

Es sah so aus, als hätte ein Großteil der Überwachungsausrüstung das Feuer überlebt, und zufälligerweise war der riesige Weinkeller im Keller von den Weißen, die das Haus übernommen hatten, nicht beschmutzt worden. Die Türen blieben geschlossen. Und obwohl die Glaswand mit allerlei menschlichem Dreck beschmiert war, war der Raum innen perfekt – die richtige Temperatur, die richtige Luftfeuchtigkeit, das richtige Maß an Licht und kein Geruch. Überhaupt nicht.

Was auch immer für ein System Sarah Mansfield installiert hatte, um die Atmosphäre im Weinkeller aufrechtzuerhalten, es übertraf die Spezifikationen und erfüllte seine Aufgabe.

Umso verlockender war es, eine Flasche eines schönen Rotweins in meine Tasche zu stecken, von dem ich noch nie gehört hatte. Ich nahm an, dass er mir unbekannt war, weil ich ihn wegen seines

Preises nicht auf dem Radar hatte, wenn ich im Getränkemarkt war. Außerdem war das kein Bag-in-Box-Wein.

Als wir es bis zum Dach schafften, dem Ground Zero meiner Benzindampfbombe, fanden wir Spuren der Explosion. Eigentlich fanden wir dort oben fast nichts. Offenbar war alles ins Jenseits gesprengt worden. Das war der Beweis dafür, dass etwas Großes und Gewaltiges passiert war.

Das geschwärzte Betonskelett der Außenküche stand noch. Die Metallsäulen, die die Pergola gestützt hatten, standen gerade und trugen nichts. Alle Liegestühle, Tische, Sonnenschirme, Topfpflanzen und vor allem die Leichen der Weißen, die sich zum Zeitpunkt der Explosion auf dem Dach befunden hatten, waren verschwunden. Der Pool war jedoch völlig intakt, und das automatische System, das das Wasser abschöpfte und filterte, leistete ebenso spektakuläre Arbeit wie das Klimasystem im Weinkeller. Das Wasser war perfekt aquamarinblau und so klar wie die karibische Brandung.

„Ich fasse es nicht“, sagte Murphy, als er den Pool sah.

„Ich auch nicht“, stimmte ich zu.

Kapitel 23

Am nächsten Morgen, nach einer Nacht bei angenehmen 22 Grad auf einem ungemütlichen, aber sicheren Garagenboden, waren Murphy und ich wieder auf Sarah Mansfields Dach. Wir teilten uns eine Dose Frühstücksfleisch und jeder von uns hatte eine Dose Obst. Pfirsiche für mich, Fruchtcocktail für Murphy.

„Wir müssen Schlafsäcke oder so etwas finden", sagte Murphy, während er sich den Nacken rieb.

Ich nickte. Zu dumm, dass die Weißen, die das Haus übernommen hatten, alles verschmutzt hatten, was man als Kissen, Matratze oder Decke verwenden konnte. „Wir sollten heute den Aufzug überprüfen, ob er noch funktioniert."

„Der verrückte Bombenleger bewertet seine Effektivität", lachte Murphy.

Ich ignorierte die Stichelei. „Ich meine ja nur, dass wir heute etwas Zeit totschlagen können. Ich meine, wenn wir an dem Plan festhalten, nach Einbruch der Dunkelheit zu fahren."

„Ja", nickte Murphy. „Auf der Fahrt hierher hat es super funktioniert.

Ich sehe keinen Grund, jetzt noch dümmer zu werden."

„Noch dümmer?", fragte ich und wusste genau, wovon Murphy sprach. Fast alles, was wir bisher getan hatten, war wohl eine dumme Idee. Aber wir waren beide am Leben. Mein Lieblingsargument zu diesem Thema behielt ich für mich: Die meisten Menschen waren *nicht* am Leben.

„Ich werde in den Pool springen und mich und meine Kleidung waschen", sagte Murphy, als er an den Rand trat.

Ich war so überrascht, dass ich nur zuschauen konnte, wie er sich in die Tiefe stürzte.

Nach einem großen Platscher stand er auf dem Beckenboden auf und rief: „Verdammt, ist das kalt!"

Ich reckte meinen Hals, um über den Rand des Daches zu sehen. Jedes laute Geräusch könnte die Aufmerksamkeit von Weißen auf sich ziehen, von denen man nicht wusstes, dass sie zuhörten. Ich drehte mich zu Murphy um. „Ich dachte, du kannst nicht schwimmen."

„Es ist nur eineinhalb Meter tief." Murphy spritzte mich ab. „Du könntest wahrscheinlich auch einen Sprung vertragen."

Ich schüttelte den Kopf und sagte: „Ich halte Wache. Außerdem war ich gerade im See schwimmen, mit all meinen Klamotten, wenn du dich richtig erinnerst."

„Hat dir deine Mutter nie gesagt, dass du jeden Tag baden sollst?" Murphy grinste.

Ich ignorierte ihn und ging hinüber, um mich an eine Wand zu lehnen, von der aus ich einen guten Blick auf die Stadt hatte.

Wir verbrachten den Vormittag damit, nicht viel zu tun – wir redeten über belanglose Dinge und zeigten auf Orte in der Ferne, wo wir ein Lieblingsrestaurant oder eine Bar hatten. Wir sprachen über alte Freundinnen und vermieden es, Mandi und Steph zu erwähnen. Wir spekulierten darüber, wie die Welt in fünf oder zehn Jahren aussehen könnte.

Wir ignorierten den Teppich aus Knochen und verkohlten, verrottenden Körpern, der sich über jede sichtbare freie Fläche unter uns ausbreitete. Wir beobachteten den Fluss und lauschten den Vögeln in den Bäumen. Es war fast friedlich.

Als die Hubschrauber kamen – zwei von ihnen flogen von Norden nach Süden, wie es ihre Gewohnheit war – erhob sich das Geräusch aus der Stille. An diesem Punkt hörten wir auf zu reden und sahen einfach zu. Sie flogen über die Skyline von Austin, aber bevor sie die höchsten Gebäude erreichten, gingen sie beide runter und kreisten in der Gegend südlich der Universität.

Ich zeigte darauf. „Es sieht so aus, als würden sie auf dem Gelände des Kapitols landen."

Murphy schüttelte den Kopf und sagte: „Das bezweifle ich. Sie schießen wahrscheinlich nur auf weitere Weiße wie uns."

„Nein", sagte ich. „Schau."

Die Hubschrauber sanken tiefer und tiefer.

„Siehst du die Spitze hinter dem großen Gebäude? Das ist das Kapitol. Ich glaube, sie landen.“ Manchmal half es, seinen Standpunkt zweimal zu wiederholen, damit er besser verstanden wurde.

Beide Hubschrauber verschwanden.

„Das wäre unsinnig“, sagte Murphy. „Das kann da unten nicht sicher sein. Die Weißen sind überall.“

„Es sei denn, die nackte Horde hat sie ausgeräumt, als sie durch die Stadt gezogen ist.“

„Auf keinen Fall“, widersprach Murphy. „Es gibt zu viele Menschen in Austin, als dass diese nackten Arschlöcher sie alle umbringen und aufessen könnten.“

„Nach Jeff Aubreys Berechnungen“, sagte ich, „sollte genau so etwas passieren. Wie lange ist es jetzt her?“

Murphy zuckte mit den Schultern. „Was ist jetzt, Ende November? Anfang Dezember vielleicht.“

„Alles begann im August. Drei volle Monate. Viele von ihnen könnten tot sein.“

„Aber wir sehen sie trotzdem überall, oder?“, fragte Murphy.

„Ja“, stimmte ich zu, „aber nicht so wie die riesigen Horden, die wir gesehen haben. Und nicht nur das, am Anfang waren sie unter jeder Matratze und hinter jeder Tür.“

„Trotzdem“, sagte Murphy. „Du denkst ganz falsch darüber. Nur weil wir uns eine Weile in dem Haus am See versteckt haben und die meiste Zeit keine Weißen in der Nähe waren, denkst du, dass sie alle weggegangen sind. Wir sind erst vor zwei Tagen losgezogen und wie viele Weiße haben wir gesehen?“

„Sehr viele“, sagte ich. „Aber ...“

„Kein Aber“, sagte Murphy. „Wir haben sie bei dem Haus gesehen, wo auf uns geschossen wurde. Wir haben sie im Camp Mabry gesehen ...“

„Wir sehen sie immer im Camp Mabry“, argumentierte ich.

„Das stimmt. Und da waren sie, genau wie immer.“

„Nein“, argumentierte ich. „*Nicht* wie immer. Normalerweise gibt es dort etwa eine Million von ihnen. Dieses Mal waren es nur ein paar Dutzend, die sich in den leeren Bunkern versteckt haben.“

„Gut. Wie du meinst.“ Murphy ärgerte sich. „Ich will damit nur sagen, dass wir sie immer wieder sehen. Sie sind da draußen – sehr viele. Sobald du denkst, dass wir die Kurve gekriegt haben und es nicht mehr so viele sind, wirst du etwas Dummes tun und versuchen, uns wieder umzubringen. Das ist alles, was ich sage. Also denk nicht so dummes Zeug.“

„Ich kann denken, was ich will“, sagte ich und fühlte mich ein wenig gereizt.

„Dann behalte den Scheiß für dich, denn ich will nicht von einem Rudel hungriger Weißer gefressen werden, okay?“

„Verdammt“, zwang ich mich zu einem Lächeln. „Du musst Starbucks echt vermissen.“

Kapitel 24

Da es kurz vor Thanksgiving war, ging die Sonne früher am Tag unter. Murphy und ich stellten die Autos so um, wie wir es besprochen hatten, schlossen die Garage und fuhren die Mt. Bonnell Road hinunter, mit einer vollen Ladung der Batterie des Mustangs und einer vollen Ladung unserer Nachtsichtgeräte. Leider hatten wir weniger Munition, als wir gerne gehabt hätten, und nur wenige Handgranaten.

Nichts ist jemals perfekt.

Wir hatten Halbmond und nicht viele Wolken. Durch die Nachtsichtbrille sah die Welt hell und lebendig aus. Kojoten streiften umher. Eulen stürzten sich lautlos von den Bäumen herab und spießten ihre Krallen in ahnungslose Ratten. Weiße, die zufällig auf die Straße blickten, hielten inne, um in ihren von Viren geschwächten Gehirnen zu verstehen, was der glänzende schwarze Schatten war, der leise vorbeischwebte. Nur wenige machten Anstalten, sich der Straße zu nähern, um einen besseren Blick zu erhaschen, ganz zu schweigen von einer vergeblichen Verfolgung.

Wir kamen am Camp Mabry vorbei. Es lag auf unserem Weg nach draußen. Wir fuhren über den Highway – Loop 1 – auf der Brücke, die zum Glück noch frei war. Das führte uns durch ein Labyrinth von Wohngebieten, die vom Shoal Creek durchschnitten wurden.

„Weißt du, wo du hin willst?“, fragte Murphy.

Ich hatte eine ziemlich genaue Vorstellung von dem Ziel. Ich war mir sicher, dass die Hubschrauber in der Nähe des Kapitols gelandet waren. Wenn ich dort ankam, brauchte ich mich nur ein paar Minuten umzusehen und schon wären wir von einem Haufen Arschlöcher mit Waffen umzingelt. Ich war mir nicht sicher, was danach kommen würde, aber wenn sich die Gelegenheit ergeben würde, einem von ihnen ins Gesicht zu schlagen – nun, darüber würde ich mich nicht beschweren. Jedenfalls war das so ziemlich mein Plan. Ich zeigte über die Motorhaube hinaus. „Da lang.“

„Ja, ich weiß.“ Murphy stieß einen übertriebenen Seufzer aus.

„Ich arbeite mich gerade durch das Viertel und suche nach offenen Straßen.“

Murphy nickte und sah sich in den Seitenstraßen um.

„Ich muss links abbiegen, wenn ich kann“, sagte ich. „Die letzten vier Straßen, die wir passiert haben, waren blockiert.“

„Denkst du immer noch an das Kapitol-Gebäude?“, fragte Murphy.

„Ja.“

Wir bogen links ab, fanden eine Nord-Süd-Straße und machten uns auf den Weg zur 15th Street. Diese breite Durchgangsstraße war erstaunlicherweise frei geblieben, zumindest bis zu dem Punkt, an dem sie in der Nähe des Brackenridge Hospitals mit verlassenen Autos und Militärfahrzeugen verstopft war. Das Fahren auf der freien Straße so kurz vor unserem Ziel machte mich jedoch stutzig. Sie führte direkt am nördlichen Rand des Kapitol-Geländes vorbei, weshalb ich drei Blocks vor der Ecke des Kapitolgeländes rechts abbog.

„Hey?“, sagte Murphy und zeigte auf die 15th Street, als wir abbogen. „Weißt du, wohin du fährst?“

„Ich will nicht wieder beschossen werden, falls die Arschlöcher da drüben auf dem Kapitolgelände sind.“ Ich schaute bewundernd auf den Innenraum des Mustangs. „Wir haben gerade dieses glänzende neue Auto bekommen.“ Ich lächelte. „Ich will nicht, dass es kaputtgeht.“

Murphy lachte.

Als wir die 12th Street erreichten, entdeckte ich ein Parkhaus, fuhr lautlos durch den Eingang und parkte den Wagen im fast menschenleeren zweiten Stock. Ich deutete nach Osten. „Das Kapitol liegt etwa vier Blocks in dieser Richtung.“ Ich wies nach Süden. „Weißt du, was da unten ist?“

„Ist das eine Fangfrage?“, fragte Murphy.

Ich schüttelte den Kopf. „Etwa vier Blocks in diese Richtung.“

Murphy drehte seine Handflächen nach oben. „Soll ich?“

„Das Gefängnis von Travis County“.

Murphy lachte. „Hier hat alles angefangen. Für uns jedenfalls.“

Ich schaute nach Süden und erinnerte mich an den Knast, den Aufstand und unsere Flucht. „Das war ganz schön beschissen.“

„Das war *alles* ganz schön beschissen.“ Murphy lächelte wieder und stieg aus dem Auto aus.

Ich stieg aus und ließ die Schlüssel in meiner Hand klimpern. „Hierlassen oder mitnehmen?“

Murphy tätschelte seine Jeanstasche, in der er den Ersatzschlüssel versteckt hatte. „Uns wurde schon zu viel geklaut. Wir nehmen die Schlüssel mit. Wenn ein anderer Wichser durchkommt und ein Auto klauen will, sollte er hoffen, dass oben noch mehr Autos stehen, denn unseres nimmt er nicht.“

Wir gingen hinaus.

Kapitel 25

Wir liefen einen Hügel hinauf, der östlich der 12th Street verlief, und hielten uns in den dunkelsten Schatten hinter Autos und anderen Trümmern auf, die durch die Stürme und das Chaos nach dem Virus auf den Straßen verstreut waren. Da der Hügel zwei Blocks westlich des Kapitolgeländes aufragte, sahen wir, dass wir am richtigen Ort waren.

Der Komplex des Texas State Capitol erstreckte sich über einen Platz im Zentrum von Austin, der auf jeder Seite vier Häuserblöcke lang war. Das Kapitolgebäude stand inmitten riesiger alter Eichen, die große Flächen von grünem Gras beschatteten, das so dicht und weich war, dass man am liebsten die Schuhe ausziehen wollte, um es zwischen den Zehen zu spüren.

Das Gras auf der Nordseite des Kapitols war Jahre zuvor ausgegraben worden, um einen riesigen Bürokomplex zu errichten, der über den ehemaligen Keller des Kapitols mit dem historischen Gebäude verbunden war. Das Ganze wurde mit ein paar Hektar Beton bedeckt, bis auf ein riesiges, perfekt rundes Loch, das über 30 Meter breit und drei Stockwerke tief war. Die runde Wand im Inneren des Lochs wurde von Granitsäulen, Balkonen und hohen Fenstern flankiert, durch die das Sonnenlicht einfiel, um die Bürokraten in ihren unterirdischen Räumen zu irritieren.

Der gesamte Komplex war an der Innenseite des Bürgersteigs von einem dekorativen Eisenzaun umgeben, der etwa einen Meter hoch war und an dessen oberer Kante kleine goldene Sternspitzen angebracht waren. Das ganze Eisen war jetzt verschwunden oder besser gesagt, es wurde versetzt.

Direkt am Bordstein hatten ein paar Leute einen fast fünf Meter hohen Wall aus Autos, Autoteilen, Anhängern, Metalltüren, verzinkten Blechen und so ziemlich jedem Metallstück, das man in der Nähe finden konnte, errichtet. Diejenigen, die ihn gebaut hatten, hatten alle Teile zu einer ziemlich glatten Wand zusammengeschweißt, die genau parallel zur Straße verlief. Der schwarze Eisenzaun, der früher die Touristen von der Wiese fernhielt, krönt jetzt den Wall.

Die Wand war in allen Farben des postindustriellen Hässlichen gehalten und wies eine Fülle von Rostflecken auf, wo die Teile zwar geheftet, aber nicht gestrichen worden waren. Farbe war ein Luxus. Die Teile oben überlappten die Teile unten wie Schindeln, so dass es keine offensichtlichen Haltemöglichkeiten gab. So sehr die Mauer auf den ersten Blick wie ein Haufen Schrott aussah, ein zweiter Blick zeigte, wie gewaltig sie war. Niemand würde sie ohne ein Seil erklimmen. So wie die Teile der Autos und Lastwagen aussahen, die in die Mauer eingearbeitet waren, vermutete ich, dass nicht einmal ein Abrams-Panzer sie umwerfen oder durchbrechen könnte.

In unregelmäßigen Abständen standen am oberen Rand des Walls so etwas wie Jägerstände. In einigen von ihnen hockten Männer mit Gewehren. Die Gewehre trugen die inzwischen bekannten sperrigen Schalldämpfer an den Enden ihrer Läufe.

„Siehst du, was ich sehe?“, fragte ich.

„Ja“, sagte Murphy. „Die Hinterwäldler haben sich ein Fort gebaut.“

„Ich frage mich, wie sie es geschafft haben, das zu bauen.“ Ich schaute die Mauer, die parallel zur Straße verlief, auf und ab. Selbst durch die Nachtsichtbrille war mir der Anblick vertraut. Vier Fahrspuren aus Asphalt und Beton, die vollständig mit den Überresten von Menschen bedeckt waren: Kleidung, Schuhe, Knochen und Körper in verschiedenen Stadien der Verwesung. Der Teppich der Toten war nicht still. Zwischen den Leichen wimmelte es von Ratten, Hunden und sogar hirntoten Infizierten, die so verzweifelt nach Nahrung suchten, dass sie Fleischstücke von den verwesenden Körpern abnagten.

„Sie haben hier unten eine Menge Weißer getötet“, sagte Murphy. „Mehr als oben in Mabry, glaube ich.“

Ich zeigte auf die vielen Kleidungsstücke unter den Toten und sagte: „Ich glaube nicht, dass diese Wand hier war, als die nackte Horde durch die Stadt kam.“

Murphy zuckte mit den Schultern und setzte eine unschuldige Miene auf. „Eifersüchtig?“

„Was?“ Ich warf ihm einen wütenden Blick zu. „Was soll das heißen?“

„Diese Jungs haben durchgehalten. Wir nicht.“

Ich schüttelte den Kopf und erinnerte mich daran, wie leicht die nackte Horde die Mauer um Sarah Mansfields Grundstück umgeworfen hatte: „Du weißt so gut wie ich, dass, wenn eine halbe Million nackter Weißer hier auftauchen würde, alle hier drin jetzt tot wären.“

„Was auch immer du dir einreden musst.“

Ich schnaufte und schaute wieder auf die Wand.

Murphy sagte: „Also, wie lautet der Plan, Batman?“

Ohne den Blick von der Wand abzuwenden, sagte ich: „Ich gehe rein.“

„Fällt dir denn nichts Dümmeres ein?“

„Sarkasmus?“, fragte ich.

Murphy zuckte mit den Schultern. „Es funktioniert.“

„Ich werde nicht an die Tür gehen und mich ankündigen.“

„Gut“, gluckste Murphy. „Denn man weiß ja nie, wenn man es mit dem tapferen Nullpunkt zu tun hat.“

Ignoriere ihn. Ignoriere ihn.

Ich schaute auf die dunklen Jägerstände mit ihren dünnen Metallstangen und sagte: „Der da ist leer. Ich wette, sie haben nicht genug Wächter für alle.“

„Oder sie schlafen“, sagte Murphy und schaute sich hinter uns um. „Oder sie essen zu Abend. Oder vielleicht ist die Wache auf der anderen Seite der Mauer und scheißt."

„Mehr als nur der eine ist leer", sagte ich. „Außerdem, wenn sie genug Leute hätten, dann hätten sie auch genug Leute für die Nachtschicht. Dann wären alle Wachtürme voll."

„Okay, Sherlock", sagte Murphy, „wenn ich sage, dass du recht hast, erzählst du mir dann deinen Plan?"

Kapitel 26

Ablenkung ist der älteste Trick, den es gibt?

Vielleicht.

Unter normalen Umständen ...

Wem mache ich etwas vor? Was weiß ich schon von normalen Umständen in Bezug auf militärische Operationen?

Nichts.

Ich denke, dass Menschen mit militärischer Ausbildung Ablenkungen erwarten, wenn sie glauben, dass ein Angriff bevorsteht. Warum? Weil sie funktionieren. Das Ablenkungsmanöver hatte auf Monk's Island funktioniert. Deshalb hatten wir es dort eingesetzt, um die Leute vor Jay Booth und seinen verrückten Freunden zu retten – oder eben nicht.

Meine Überlegungen, wie ich unbemerkt auf das Gelände des Kapitols gelangen konnte, basierten auf einem Ablenkungsmanöver, von dem ich glaubte, dass es aus einem einfachen Grund funktionieren würde. Der Mix aus Soldaten – und was auch immer der Rest von ihnen war – erwartete keinen Angriff von einem intelligenten, organisierten Feind. Sie erwarteten schwachsinnige Weiße. Wie die vielen verrottenden Leichen vor ihren Mauern bewiesen, konnten sie mit solchen umgehen. Vielleicht sahen sie die Weißen nicht einmal mehr als Bedrohung an, sondern nur noch als lästiges Übel.

Sie waren der nackten Horde wohl noch nie begegnet.

Das war jedenfalls die Grundlage für meine Überlegungen, als ich mich auf das Gelände der Gouverneursvilla schlich, das sich über einen ganzen Häuserblock neben der südwestlichen Ecke des Kapitolgeländes erstreckte.

An der Kreuzung an der südwestlichen Ecke des Anwesens, einem Bereich, in dem mich die Wachen in den Jägerständen nicht sehen konnten, lagen überall Verkehrsbarrikaden, ausgebrannte Fahrzeuge, Knochen und verbrauchte Patronenhülsen. Gewehre und Pistolen lagen rostend auf den Überresten der Leichen unter den Fetzen der Uniformen. Als ich die Kreuzung überquerte, wurde mir klar, dass die Zeiten, in denen wir Waffen in der freien Natur aufspüren konnten, vorbei waren. Nur die Waffen, die in den Häusern geschützt lagen, waren wahrscheinlich noch funktionsfähig.

Der Zaun an zwei Seiten des Hauses war fast vollständig umgekippt und das Unkraut wuchs hüfthoch durch das Schmiedeeisen. Polizeiautos standen in seltsamen Winkeln auf dem ehemals üppigen Gras geparkt. Der Gouverneur hatte offensichtlich versucht, sich in der Villa mit so vielen Staatspolizisten zu positionieren, wie er für nötig hielt. Oder vielleicht nur so vielen, wie er auftreiben konnte.

Pech für ihn.

Wenn er nicht durch die Hintertür geflohen war, als der Mob der Weißen, der den Zaun niedergerissen hatte, auftauchte, war er wahrscheinlich tot, trotz seiner Tapferkeit. Alle Polizisten, die ihn beschützt hatten, waren auch tot.

Im nächtlichen Schatten der Bäume erreichte ich die Mauer der zweistöckigen Villa im Plantagenstil und blieb stehen, um zu lauschen. Nur die Vögel in den Bäumen und der Wind, der durch die Blätter wehte, machten Geräusche.

Nachdem ich mit einer meiner ersten Highschool-Klassen eine Tour durch das Gouverneursgebäude gemacht hatte – in einem alten Leben, das mir wie ein anderer Albtraum vorkam –, kannte ich den groben Grundriss des Gebäudes. Ich wusste auch, dass die Einrichtung viele überladene Möbel, hässliche Tapeten und jede Menge unnützes und brennbares Dekorationszeug enthielt. Ich hoffte nur, dass nach dem Brand 2008 und der anschließenden Renovierung das meiste brennbare Zeug durch noch mehr nutzlosen, brennbaren Müll ersetzt worden war.

Als ich durch ein Fenster im Erdgeschoss in die Dunkelheit des Hauses kletterte, war ich froh, dass mein Gedächtnis mich nicht im Stich gelassen hatte. Ich befand mich in der Bibliothek, die sich über zwei Stockwerke erstreckte, mit einem Gang, der um den zweiten Stock herumführte und Zugang zu den deckenhohen Bücherregalen an allen vier Wänden bot. Mindestens die Hälfte der Bücher war im Raum verstreut, als hätte der Wind sie zu Sanddünen aus buchgroßen Körnern geweht. Die Möbel waren zersplittert, zerfetzt und umgestoßen. Überall gab es bräunliche Flecken und Spritzer. Es war klar, dass die Monster durch die Fenster in den Raum geströmt waren, als die Weißen die Polizei draußen überwältigt hatten, und der Kampf wurde drinnen fortgesetzt.

Patronenhülsen, die ihren Glanz verloren hatten, lagen inmitten des Durcheinanders auf dem Boden. Granatenexplosionen hatten den Boden und die Wände verbrannt. Ich fragte mich einen Moment lang, warum das Haus nicht ein zweites Mal gebrannt hatte, aber ich dachte mir, dass bei der Renovierung vor sieben Jahren wahrscheinlich ein robusteres Feuerlöschsystem installiert worden war. Als ich an der Decke die Sprinklerköpfe in zwei Stockwerken Höhe sah, vermutete ich, dass diese Systeme nicht mehr funktionierten. Kein Wasser. Kein Strom.

Kein Glück für ein altes Gebäude, das sowieso verrotten würde.

Ich hob den Benzinkanister hoch, den ich auf dem Weg zur Villa eingesammelt und zu zwei Dritteln mit gerettetem Benzin und Dieselkraftstoff gefüllt hatte. Ich kippte etwas von der übelriechenden Flüssigkeit auf die Bücherstapel an zwei der Wände.

Da ich beschlossen hatte, nur zwei oder drei Räume anzuzünden, bevor ich mich zurückzog, beeilte ich mich und bespritzte die Sofas in einem angrenzenden Raum, nachdem ich sie gegen die Wände gedrückt hatte. Ich wollte auf jeden Fall, dass die alten Holzwände Feuer fingen. Schließlich schüttete ich den Rest meines Kanisters über den Schreibtisch, die Regale und das Mobiliar im persönlichen Büro des Gouverneurs. Die Gewissheit, dass dieses Büro auf jeden Fall brennen würde, befriedigte mich aus Gründen, die ich nicht ganz verstand.

Vielleicht war der Gouverneur in meinem Kopf die Spitze einer Pyramide von autoritären Mistkerlen, deren Stiefelabsätze mich mein ganzes Leben lang unterdrückt hatten.

Vielleicht hasste ich Autorität nur, weil meine Eltern geltungssüchtige, repressive Arschlöcher waren.

Vielleicht war ich aus meiner Faszination für Flammen in der dritten Klasse nie herausgewachsen.

Nachdem ich den Benzinkanister auf dem Schreibtisch des Gouverneurs abgestellt hatte, ging ich in die zentrale Halle, wo mich die Neugierde übermannte, als ich die große Treppe betrachtete, die mit einer so dicken Schicht menschlicher Überreste bedeckt war, dass man die einzelnen Stufen kaum erkennen konnte. Überall an der Wand waren Einschusslöcher in den Putz gerissen, aus denen Splitter des darunter liegenden Holzes ragten.

Zwischen den verrottenden Leichen hindurch verfolgte ich den Verlauf des Kampfes die Treppe hinauf und fragte mich, wie viele Polizisten auf dem oberen Treppenabsatz gestanden hatten, um in die Masse der schreienden Monster zu schießen, die auf sie zustürmten. Es erinnerte mich an das Haus in Ost-Austin, in dem Murphy, Mandi, Russell und ich gefangen waren, als die Weißen die Treppe hinaufstürmten, um uns zu zerfleischen.

Als ich den oberen Treppenabsatz erreichte, sah ich, dass mehrere hohe Doppeltüren aus dickem Holz durch das Gewicht der Weißen aus den Angeln gehoben worden waren, die sie aufstießen, um an die

Leute dort zu gelangen. Ich dachte an den Schrecken, den die Menschen in den Räumen empfunden haben mussten, als sich die scheinbar undurchdringlichen Türen bogen und knarrten. Dann zerbrachen die eichenen Türen und das eigentliche Geschrei begann, als auch die letzten Kugeln den wilden Hunger nicht aufhalten konnten. Es war eine schreckliche Geschichte – eine, die sich in fast jedem Haus in der Stadt, im Land, vielleicht sogar auf der ganzen Welt immer wieder abgespielt hatte.

Ich sah mir die Leichen im Schlafzimmer des Gouverneurs an, verstreut zwischen der zerfetzten Matratze, den umgestürzten Kommoden und den zerrissenen Vorhängen. Mit einem von mehreren Feuerzeugen, die ich immer bei mir trug – Feuerzeuge sind praktisch – zündete ich die zerfetzte Matratze an und sah zu, wie das Feuer sich ausbreitete, bevor ich die Treppe hinunterlief, um etwas anzuzünden, in das mein Benzin bereits eingedrungen war.

Die Bibliothek war der letzte Raum, den ich in Brand steckte, bevor ich durch das große zerbrochene Fenster sprang, durch das ich kurz zuvor hereingekommen war.

Schleichend bahnte ich mir einen Weg durch den Hof des Gouverneurs, vorbei an den Streifenwagen, den Leichen und dem Zaun. Wenige Dinge ließen sich in Eile erledigen, wenn Weiße in der Nähe waren, besonders wenn ein Haufen Arschlöcher mit Gewehren und einem Hubschrauber nur einen Block entfernt waren.

Als ich die Straße erreichte, waren die Flammen durch die zerbrochenen Fenster an der Südseite der Villa zu sehen, und die Weißen begannen, aus den Gebäuden, in denen sie lauerten, und aus dem Inneren verlassener Autos, in denen sie nisteten, herauszuschauen. Ich war einen halben Block entfernt, als der erste von ihnen kreischend auf das Feuer zu rannte.

Ich lächelte. Ablenkung geschaffen.

Kapitel 27

Die Nachtsichtbrille gab mir einen Vorteil, als ich durch die dunklen Straßen joggte. Ich sah die meisten Weißen lange vor mir, bevor ich nahe genug war, dass sie mich hören oder sehen konnten. Fast alle von ihnen waren leicht zu umgehen. Einige zwangen mich, einen Umweg zu machen. Trotzdem hätten sie mich vielleicht in Ruhe lassen können, aber das war immer ein Glücksspiel. Man wusste nie, welches Verhalten von jemandem, der sich normal verhielt, die Weißen irritieren würde. Das Anlassen von Automotoren, Reden und das Abfeuern von Waffen waren die drei wichtigsten Verhaltensweisen, die fast jeder Weiße als Zeichen für essbare Normale erkannte. Eine Waffe zu tragen, eine Taschenlampe zu benutzen oder zu saubere und gepflegte Kleidung zu tragen, schien für einige wenige ein Auslöser zu sein.

Andere Weiße, das hatte ich schon zu oft gesehen, waren so etwas wie Tyrannen. Mit ihren Banden von Gefolgsleuten konnten sie alles angreifen – Menschen, Tiere oder andere Weiße – solange sie in der Überzahl waren. Da ich allein war und ein klassisches Beuteverhalten an den Tag legte, indem ich im Dunkeln rannte, befand ich mich in einer verletzlichen Position. Ich konnte nur hoffen, dass alle Probleme, die auftauchten, mit Aggression und Klingen gelöst werden konnten.

An der nordwestlichen Ecke des Kapitolgeländes wurde ich langsamer und hielt hinter einem ausgebrannten Auto an. Auf der anderen Straßenseite, nahe der Ecke des Schrottwalls, teilweise verdeckt durch niedrige Leichenhügel, erspähte ich Murphy. Er kauerte, um verborgen zu bleiben und gab mir ein Zeichen, dass ich kommen sollte.

Geradeaus die Straße hinunter sah ich über die Kreuzung an der südwestlichen Ecke des Kapitolgeländes. Weiße standen auf der Straße auf der anderen Seite der Gouverneursvilla vom Kapitol. Einige lungerten herum. Einige rannten in Richtung des Feuers, das inzwischen das alte weiße Plantagenhaus verschlungen hatte. Hunderte von ihnen heulten. Andere waren still.

Infizierte Stimmen schrien aus anderen Richtungen. Die Weißen wurden durch den Lärm geweckt. Die Stadt erwachte zum Leben.

Ich fand es interessant, dass sich die Weißen dort unten nicht auf die Straßen neben der Mauer um das Kapitol herum getraut haben. Hatten sie verstanden, dass das eine Tötungszone war? Waren sie alle lernfähig?

Relevante Fragen.

Ich scannte die Mauer entlang und ließ meinen Blick auf den Jägerständen verweilen, die kurz zuvor noch bemannt waren. Alle in der Nähe waren leer. Das schien mir genau die Art von Schachzug zu sein, den ein militärischer Befehlshaber mit zu wenig Personal machen würde, wenn er glaubte, einen Informationsvorsprung gegenüber seinem Feind zu haben. Er opferte die Stärke der Stellungen am Rand, wo es keine Bedrohung gab, um sich dort zu verschanzen, wo die Gefahr bestand – die wachsende Horde Weißer rund um den Gouverneurspalast.

Da sie noch am Leben waren, mussten die Männer im Inneren verstanden haben, dass es absolut notwendig war, einen Durchbruch der Mauern zu verhindern. Ein Durchbruch würde unweigerlich dazu führen, dass sie überrannt und getötet würden.

Allerdings wusste ich auch, dass jeder Kommandant, der klug genug war, um noch zu leben, seine Flanken stets im Auge behielt. Obwohl er seine Kräfte in die südwestliche Ecke des Kapitolkomplexes verlegt hatte, beobachtete er mit Sicherheit auch die anderen Mauern.

Ich sprintete über die Straße und rutschte neben Murphy zum Stehen. Ich flüsterte: „Machen wir das?“

Er nickte und zog geräuschlos eine Blechlasche zurück, so dass ein Spalt in der Wand entstand, durch den ich schlüpfen konnte.

Ich war mehr als erfreut, als ich auf der anderen Seite der Mauer auf eine Hecke aus zerlumpten Büschen traf, mit einem Auto auf der einen Seite und einem Müllcontainer ein Stück weiter links, beides Bestandteile der Mauer. Murphy quetschte sich neben mich und ließ die Blechklappe langsam wieder einrasten.

Ich schlich nach vorne, um einen Blick auf die Innenseite der Mauer zu werfen. Während die Vorderseite glatt war, um zu verhindern, dass die Infizierten hochklettern konnten, war die Rückseite ein Sammelsurium von Gegenständen unterschiedlicher Größe, die zum Bau der Mauer verwendet worden waren.

Ich schaute vorsichtig zu den dunklen Fenstern des Kapitolgebäudes. Ich sah dort nichts. Aber das bedeutete nicht, dass niemand drinnen war und herausschaute.

Murphy klopfte mir auf die Schulter und zeigte entlang einer Baumreihe in Richtung des unterirdischen Anbaus hinter dem Kapitol.

Ich nickte und flüsterte: „Bereit zu laufen?“

„Alter“, Murphy packte mich an der Schulter, als ich aufstehen wollte, und zog mich wieder runter, „nimm deine Waffe in die Hand, so dass du sie wie eine Wache trägst. Spring ganz schnell hoch und wir gehen zusammen an der Mauer entlang, in diese Richtung zurück.“

„Ah“, lächelte ich. „Für den Fall, dass uns jemand drinnen sieht. Im Dunkeln werden sie uns für ein Paar von ihnen halten.“

„Bist du bereit, du Genie?“, fragte Murphy.

Wir standen auf und gingen weiter, wobei wir auf die Wand schauten, auf sie zeigten und innehielten.

„Was siehst du da unten?“, fragte Murphy und nickte mit dem Kopf in Richtung der südwestlichen Ecke des Geländes.

Als wir zurückblickten, sagte ich: „Ich sehe mindestens ein Dutzend bewaffnete Kerle, aber wegen der Bäume und mit dem ganzen Zeug im Weg kann ich es nicht mit Sicherheit sagen.“

„Schau noch mal.“ Murphy nickte noch nachdrücklicher.

Ich schaute zurück und zuckte mit den Schultern. „Kerle mit Waffen? Was siehst du?“

„Keine Hubschrauber“.

Ich blieb stehen und drehte mich um, um sie eine Sekunde lang anzustarren. Verdammt. „Vielleicht sind sie auf dem Rasen auf der *anderen* Seite.“

Murphy zuckte mit den Schultern und ging weiter. „Vielleicht sind sie nicht hier.“ Er murmelte weiter: „Vielleicht sollten wir so verschwinden, wie wir reingekommen sind.“

„Wir sind jetzt hier.“

„Weißt du, was noch?“, fragte Murphy.

Sarkastisch sagte ich: „Ich liebe es, zu raten, aber warum sagst du es mir nicht einfach?“

„Keine Leichen.“

Das beendete meinen Sarkasmus. Ich riss meinen Kopf herum, als ich das Gelände absuchte. Murphy hatte recht. Keine Leichen. Keine Knochen. Keine der üblichen Überreste, die zurückblieben, wenn die Toten nach Essbarem durchsucht wurden. Ich sagte: „Ich schätze, sie haben den Ort aufgeräumt, als sie eingezogen sind.“

Von unserem Standort an der Westseite des Kapitols aus gingen wir über das Gras in Richtung der Rückseite. Wir kamen an einer Gruppe von Messingskulpturen vorbei – Kinder, die auf dem Gras herumtollten. Ich fragte mich, wie lange es wohl dauern würde, bis diese Szene wieder Realität werden würde. Vorbei an den Skulpturen umrundeten wir eine hohe Hecke und kamen an den Rand des großen Platzes, der den unterirdischen Bürokomplex umgab.

Dort, zwischen zwei langen Reihen von Oberlichtern, waren zwei Hubschrauber geparkt.

Murphy stieß mich grob mit seinem Ellbogen an und schob mich mit schnellen Schritten in eine andere Richtung.

Ich beeilte mich bereits, als ich meinen Kopf drehte, um die Gefahr zu sehen.

Wir kamen hinter einem kleinen quadratischen Gebäude zum Stehen, in dem die Aufzüge untergebracht waren, mit denen die Angestellten des Kapitols von unten nach oben fuhren.

„Was?“, fragte ich, als ich Splitter in der Betonwand bemerkte. Kugeln hatten sie getroffen. Die bräunlichen Flecken, die der Regen nicht ganz weggewaschen hatte, verrieten mir, dass einige der Kugeln ihr Ziel gefunden hatten.

Als er in die Richtung nickte, in die wir gegangen waren, und die Dunkelheit auf der Rückseite des Kapitols betrachtete, sagte Murphy: „Da drüben rauchen drei Typen.“

„Scheiße“, schimpfte ich mit mir selbst. Ich hatte sie nicht bemerkt.

Er spähte um die Ecke des Gebäudes und zeigte darauf. „Genau da, du kannst sie hinter der Reihe der Oberlichter kaum sehen. Bei dem

Treppenhaus."

Er lehnte sich zurück und ich warf einen kurzen Blick um die Ecke. Und tatsächlich, da waren sie, grün leuchtend im Nachtsichtgerät und mit hellen Sternenpunkten, die von ihren angezündeten Zigaretten leuchteten. „Ich sehe sie. Was hast du vor?"

Murphy ging auf die andere Seite des kleinen Aufzugsgebäudes und schaute in die andere Richtung. „Ich glaube, wenn die Typen zusammen sind, dann weil es ihnen langweilig ist, alleine herumzustehen und auf die Rückseite der Wand zu schauen."

Als ich sah, worauf Murphy mit diesem Gedankengang hinauswollte, sagte ich: „Du denkst, dass irgendetwas im Moment nicht bewacht wird."

Murphy nickte.

Wir gingen Seite an Seite über ein langes, breites Stück leeren Platzes zu einem kleinen Aufzugsgebäude, das dem Gebäude, hinter dem wir uns gerade versteckt hatten, ähnelte. Der ganze Platz war so gebaut, eine Hälfte ein Spiegelbild der anderen.

Ich blickte mehr als einmal zu den Rauchern zurück. Ich sah, wie sie uns mit immer längeren Blicken ansahen, aber nach jedem Blick befriedigten sie anscheinend ihre Neugier oder ihren Verdacht, den sie uns gegenüber hegten, und gingen zurück zu ihrem Gespräch und ihren Zigaretten. Aus der Ferne und im Dunkeln sahen Murphy und ich tatsächlich wie sie aus.

Wir bogen am Aufzugsgebäude links ab und gingen gemeinsam zu einem anderen kleinen, hausähnlichen Gebäude, dem Eingang zu einer der Treppen, die hinunter in die Bürokomplexe führten. Es stand auf der gegenüberliegenden Seite des Platzes, wo die drei Wächter die Zeit totschlugen. Wie das Gebäude, in dem sich die drei Männer aufhielten, war auch dieses in eine viereckige Betonnische eingelassen, die vermutlich dazu diente, die Menschen, die hier ein- und ausgingen, zumindest vorübergehend vor dem Regen zu schützen und ihnen Platz zum Öffnen und Schließen von Regenschirmen zu bieten.

Ohne allzu sehr die Neugier zu erregen, erreichten wir die Nische. Versteckt von fast allen Seiten, versuchte ich die massive Metalltür zur Treppe zu öffnen, während Murphy hinter uns Ausschau hielt.

Abgeschlossen.

Verdammt!

Ich versuchte es erneut mit der Tür und rüttelte leise daran.

Verdammt!

„Abgeschlossen?“, fragte Murphy.

Ich seufzte.

„Versuch es noch einmal“, sagte er.

Ich schüttelte den Kopf und fragte: „Warum?“ Ich schüttelte ihn trotzdem noch einmal.

„Was ist jetzt der Plan?“, fragte er, als er hinter der Mauer hervorlugte.

„Ich –“

Die Tür klickte von innen und schwang auf.

Ich stolperte über meine Füße, als ich aus dem Weg trat, und fing mich auf halbem Weg zum Boden am Türrahmen ab.

Ein Kerl in einer Pseudo-Militäruniform starrte mich mit großen Augen und offenem Mund an.

Kapitel 28

Der Mann in der Tür zeigte auf ihn und wedelte wütend mit dem Finger: „Ihr Dummköpfe. Geht zurück an die vordere Wand." Dann veränderte sich sein Gesicht. Er wusste, dass ich nicht richtig aussah, aber aus irgendeinem Grund machte er nicht den logischen Sprung zu dem, was meine Hautfarbe über mich aussagte. Vielleicht war es das Mondlicht, das ihn verwirrte.

Ich versuchte, mich aufzurappeln, während ich nicht wusste, was ich ihm antworten sollte.

„Bewegt euch, ihr Dumpfbacken", befahl er und wedelte wieder mit dem Finger. Er sah von mir weg und musterte Murphy, als sich sein Gesichtsausdruck veränderte. Irgendetwas klickte in seinem Gehirn.

Ich sagte: „No habla de Spanisch".

„Was?" Der Typ schaute mich wieder an, zog die Lippen zu einem Elvis-Grinsen hoch und schüttelte den Kopf. „Bist du blöd?"

Mit seiner Aufmerksamkeit auf mich Dummkopf gerichtet, sah der Typ nicht, wie Murphy seine Faust schwang. Der Schlag warf seinen Kopf zurück, er stürzte und rollte rückwärts die Treppe hinunter.

Ich stürmte hinein und eilte die Treppe hinunter, dem taumelnden Arschloch hinterher. Als der Kerl auf dem ersten Treppenabsatz ankam, stürzte ich mich auf ihn, drückte meine Hand gegen seinen Mund und legte mein Knie auf seine Kehle.

Die Tür über mir klappte zu, und Murphy eilte die Treppe hinunter und blieb neben mir stehen.

„Guter Schlag“, sagte ich und sah auf. „Er ist ohnmächtig.“

Kapitel 29

Ein Verhör schien die beste Option zu sein. Warum eigentlich nicht? Wir hatten den Mann. Wir konnten ihn nicht im Treppenhaus zurücklassen. Wir wollten Antworten und er wusste sicher mehr darüber, was im Kapitol vor sich ging als wir.

Mit wenig Mühe hob Murphy den Mann hoch und warf ihn über seine Schulter.

Aufgrund einer Tour, die ich vor ein paar Jahren mitgemacht hatte, wusste ich, dass der Anbau voller Büros, Konferenzräume, Anhörungsräume und vieler offener Räume war, in die das Licht von den Oberlichtern hereinfloss, um den unterirdischen Raum angenehmer zu machen. Jetzt dachte ich, dass eine Kapitolstour für einen Mann in den Zwanzigern eine ziemlich beschissene Art ist, einen Samstag zu verbringen. Aber hey, es war umsonst. Meine Kumpels und ich hatten schon seit vor Mittag getrunken. Wenn man betrunken ist, ist fast alles unterhaltsam, vor allem, wenn jedes Ornament und jedes architektonische Merkmal wie ein Phallus aussieht. Ich schwöre bei Gott.

Wir nutzten die Perspektive und posierten abwechselnd für Fotos vor einem bestimmten Muster auf dem Terrazzoboden, das wie ein riesiger rosa Penis aussah. Das war verdammt lustig, bis ein Wachmann kam, um das zu untersuchen.

So. Das war meine Entschuldigung dafür, dass ich freiwillig einen Samstag in einem Regierungsgebäude totgeschlagen hatte.

Zum Glück war ich nicht so besoffen gewesen, dass ich den ganzen Tag vergessen hatte. Nun, Teile des Abends tauchten nie wieder in meinem Gedächtnis auf. Deshalb habe ich auch nie herausgefunden, welcher meiner Kumpels auf meine Couch gekotzt hatte.

Ich kannte den Grundriss des Capitol Annex schon ziemlich gut.

Ich ging die Treppe hinunter. Schuhe, Brillen und die Überreste von Handys lagen auf der Treppe verstreut, zusammen mit diversem Zeug aus der Handtasche einer Frau oder der Aktentasche eines Mannes. Es war mir klar, dass die Weißen Menschen im Treppenhaus gefangen und getötet hatten. Die Leichen waren verschwunden, aber die Beweise blieben.

Drei Stockwerke unter der Erde öffnete ich die Tür zum Treppenhaus in die Dunkelheit. Das schwache Mondlicht, das durch die Oberlichter über dem Flur einfiel, bot nicht genügend Licht. Nur die Nachtsichtbrille erlaubte mir, etwas klar zu sehen.

„Ist da draußen etwas?“, flüsterte Murphy, als er mich von hinten anrempelte.

„Ich bin mir nicht sicher“, sagte ich und scannte die Dunkelheit ein paar hundert Meter zu meiner Linken, wo die lange, breite unterirdische Halle am Fuß des Kapitolgebäudes endete. Zu meiner Rechten, in gleicher Entfernung, am Ende des runden Atriums, drei Stockwerke unter der Erde, stand einer der Hubschrauber. Rundherum im untersten Stockwerk, in der Halle und unter den Balkonen, waren Kisten gestapelt, die mir bekannt vorkamen.

„Das musst du dir ansehen", sagte ich und schaute zu Murphy zurück.

Er lehnte sich über den Rand der offenen Tür. „Ist da unten jemand?"

Ich nickte und sagte: „Ich sehe keine Bewegung, aber da unten ist ein Licht, hinter den ganzen Kisten."

Murphy spähte und trat dann zurück ins Treppenhaus, wobei er den bewusstlosen Mann hochhob, damit er ihm nicht von der Schulter rutschte. „Wie haben sie den Hubschrauber runterbekommen?"

Ich trat mit Murphy ins Treppenhaus und ließ die Tür leise hinter mir schließen. „Die einzige Möglichkeit, wie sie es schaffen könnten, ist, dass ein Pilot mit großen Eiern durch das runde Atrium nach unten fliegt. Klingt irgendwie verrückt, aber ich denke, es ist sicher."

„Was waren das für Kisten?"

„Ich denke, Munition und Waffen", sagte ich. „Die sahen aus wie die Kisten, die wir im Camp Mabry in den Bunkern gesehen haben. Ich glaube, sie benutzen diese Etage als Munitionsdepot."

Murphy stieß die Tür auf und lehnte sich weit genug hinaus, um einen guten Blick zu erhaschen. Er kam zurück ins Treppenhaus. „Warum lagert die ganze Munition hier? Warum richten sie sich im Kapitol ein?"

Ich zuckte mit den Schultern. „Warum hat ein Haufen Arschlöcher in einem Hubschrauber auf uns geschossen und unser Boot versenkt? Warum haben sie eine blöde Festung um das Kapitol gebaut? Scheiße, Murphy, ich weiß es nicht."

„Mach dir nicht ins Hemd." Murphy schürzte die Lippen und fragte: „Was ist dann der Plan? Willst du, dass ich diesen Idioten wieder nach oben schleppe und ihn loswerde?"

Ich nahm mir einen Moment Zeit, um darüber nachzudenken. „Lass uns eine Etage höher gehen. Da der Hubschrauber und die Munition da unten sind, werden die Typen früher oder später hier erscheinen. Der zweite Stock scheint mir der beste Ort zu sein, um in das Büro eines Senators zu gehen und mit dem Kerl zu reden, wenn er zu sich kommt."

Kapitel 30

Die stinkenden und verwesenden Leichen lagen immer noch auf dem Boden der zweiten Ebene. Zumindest, was von ihnen übrig war. Die Böden waren damit bedeckt. Ich vermutete, dass die zweite Ebene von niemandem benutzt wurde. Wir fanden eine unverschlossene Tür, gingen direkt durch den äußeren Besprechungsraum und nahmen das innere Büro in Beschlag.

Mit einer Taschenlampe, die zur Beleuchtung an die Decke gerichtet war, sah ich mir unseren Gefangenen an. Mit allen Netzwerkkabeln, die Murphy und ich aus den Computern im Büro ziehen konnten, hatten wir ihn fest in einen rollenden Bürostuhl eingewickelt. Er war aufgewacht, als wir ihn fesselten, und er war nicht glücklich darüber.

„Was ist denn hier los?“, fragte ich ihn.

Der Mann spuckte etwas Blut auf den Boden und schniefte etwas von dem, was aus seiner Nase gelaufen war. Er antwortete nicht auf meine Frage. Stattdessen fragte er mich in einer schwer verständlichen Sprache: „Warum mir nicht sagen, wer du bist und was zum Teufel du machen?“

Murphy wollte ihm ins Gesicht schlagen, hielt aber vorher inne.

Der Mann zuckte zurück und drehte den Kopf.

Murphy gluckste. „Ihr Macho-Jungs macht mich wahnsinnig."

„Du kannst mich mal", sagte der Typ.

Murphy schlug ihm ins Gesicht.

Der Kopf des Mannes schnappte zurück und noch mehr Blut floss.

Ich starrte Murphy an.

Der Typ lachte. „Was ich mich bei euch Weißhäuten gefragt habe, ist ...", der Mann schien das nächste Wort nicht zu finden. „... Wisst ihr das? Dumm ihr seid?"

Ich wollte den Kerl selbst schlagen, aber ich war mir nicht sicher, ob er überhaupt verstand, was er zu sagen versuchte.

Er zwang sich zu einem weiteren Lachen. „Ihr ... müsst die Einsteins der Weißhäute-Welt sein. Ihr habt Knarren und ... so Zeug. Ihr redet noch, aber ihr müsst die Tage vermissen, als ihr noch ein ganzes Gehirn hattet." Er spuckte etwas Blut auf den Boden, aber vor allem auf mich. „Komm schon, Mann. Ich viel schlauer als du. Lass ... mich gehen. Haut ab. Ich vergesse es auch."

Murphy beugte sich vor und flüsterte mir halb ins Ohr: „Der Typ ist ein Idiot."

„Du weißt, dass das nicht wehtut, oder?" Der Typ sah mich an. „Ich bin Überlebender. Schwarze Augen. Kein Schmerz." Er grinste durch blutige Zähne.

Ich nahm die Taschenlampe und leuchtete dem Kerl in die Augen. Ich zog sie weg und leuchtete erneut hinein, bevor ich sie wegdrehte. „Scheiße, Murphy. Sieh dir das an."

Murphy lehnte sich nah heran.

Ich sagte: „Seine Augen weiten sich nicht." Ich wiederholte das Experiment.

Der Typ sagte: „Überlebender. Schwarze Augen. Keine Schmerzen."

„Du hattest das Virus?", fragte ich.

„Leck mich am Arsch, Dumpfbacke", antwortete er.

Murphy ballte eine Faust.

„Kein Schmerz", grinste der Typ wieder.

Murphy zuckte mit den Schultern und sagte: „Wenn du nicht willst, dass ich dir alle Zähne ausschlage, dann hör auf, ein Arschloch zu sein, und sag uns, was wir wissen wollen. Es tut vielleicht nicht weh, aber du wirst die Zähne sicher vermissen, wenn sie weg sind, so viel garantiere ich dir."

„Nicht sagen", sagte der Typ.

„Oh Mann", lachte ich. „Du tust so, als hättest du noch nie einen Film gesehen." Ich stand auf und begann auf und ab zu gehen. „So läuft der Scheiß hier. Wir fesseln dich. Du protestierst. Wir schlagen dich. Du wirst zum Macho. Wir schlagen dich noch mehr. Am Ende sagst du uns, was wir wissen wollen. So ist das nun mal." Ich setzte mich wieder vor ihn hin. „Es ist ja nicht so, dass du Regierungsgeheimnisse verheimlichst oder so."

Ich starrte ihn noch einen Moment lang an und sagte: „Wir wollen dich nicht schlagen, Mann. Ich bin Zed. Das ist Murphy. Hast du einen Namen?“

Der Typ starrte mich an.

„Kumpel“, sagte ich, „ein Arschloch zu sein, bringt uns nicht weiter. Sag mir einfach deinen Namen oder ich erfinde einen für dich.“

Er starrte noch mehr.

Ich ärgerte mich. „Gut. Du bist Marvin. Alles klar?“

„Marvin?“ Er bekam einen säuerlichen Gesichtsausdruck. „Nenne Don.“

Murphy fragte: „Wer ist Don?“

„Ich Don“, sagte der Mann.

„Don“, sagte ich. „Hör zu, so sieht es aus. Es ist ja nicht so, als ob wir russische Spione sind oder so. Ein paar Idioten in einem Hubschrauber haben unser Boot beschossen. Wir sind den Helikoptern hierher gefolgt und siehe da, wir haben euch gefunden. Leute mit Schwelbrand-Symptom, schätze ich.“ Ich zeigte auf Don. „Wir wollen nur herausfinden, was hier los ist.“

„Schwelbrand?“, fragte Don. „Überlebender. Ich Überlebender.“

„Was auch immer“, zuckte ich mit den Schultern. „So nennst du dich also, ein Überlebender?“

„Ich bin“, sagte er. „Wir alle sind Überlebende.“

„Cool“, sagte ich. „Warum bist du nicht weiß wie wir?“, fragte ich.

Don sah mich von oben bis unten an: „Du bist ein Weißhäutiger."

Ich musste lachen.

Murphy griff in seinen Schritt und sagte: „Ich habe deine weiße Haut."

Immer noch lachend, schaute ich zu Murphy hinüber. „Ich dachte, es wäre ein Mokka-Frost-Teebeutel."

Murphy fand das ziemlich lustig.

Ich wandte mich wieder an Don. Wir mussten wieder ernst werden. Ich sagte: „Du hast das Virus. Deshalb sind deine Augen geweitet und du spürst kaum Schmerzen. Aber dein Pigment hat sich nicht verändert."

Don schüttelte den Kopf.

„Du sagst also, dass alle Überlebenden, die ihr Pigment verlieren, Weißhäutige sind?", fragte ich. „Auch wenn sie genauso schlau sind wie du? Nur, damit ich das verstehe."

Er schüttelte den Kopf und ließ seine Wut erkennen: „Alle Weißhäutige sind dumm. Kannibalen. Weißhäute sind Weißhäute."

„Warum?", fragte ich. „Was ist der Unterschied zwischen dir und mir, außer der Hautfarbe? Wir haben beide überlebt."

Don verzog das Gesicht und sagte: „Du Dummkopf. Du Kannibale. Keine Weißhäutige schlau."

„Was ist mit uns?", fragte ich.

Das schien Don zu verwirren. „Ihr erste Weißhäute, die ich gesehen habe, konnten reden. Manche reden Blödsinn. Manche trainieren wir. Wie Hunde. Nicht schlau."

Ich trat zurück und schritt ein wenig umher.

Murphy saß auf einem Schreibtisch und sah mich an. „Ich glaube, er lügt."

„Keine Lüge", sagte Don.

Ich sah Murphy an und sagte: „Ja. Ich stimme Don nur ungern zu, aber ich glaube nicht, dass er klug genug ist, um zu lügen."

„Es sei denn, das ist die Lüge", sagte Murphy, „der Akt, dass das Virus ihn dumm gemacht hat." Murphy schaute zur Tür und dann wieder zu mir. „Wir sollten von hier verschwinden. Ich habe kein gutes Gefühl dabei."

Ich schüttelte langsam den Kopf. Ich musste mehr darüber erfahren, was vor sich ging. *Wenn* Don die Wahrheit sagte. Zum Teufel, Don *musste* zumindest eine Teilwahrheit sagen. Er war eindeutig ein Überlebender des Virus, aber in einer Form, die wir noch nie gesehen hatten. Ich fragte: „Wo hast du gelebt, als das Virus ausbrach?"

Don schürzte die Lippen und zögerte mit der Antwort.

„Meinst du, das ist wichtig?", fragte ich.

„Vielleicht."

Ich rollte mit den Augen. „Okay, ich sage dir, was ich denke."

Murphy fing wieder an, zu lachen. „Oh nein, es ist Zeit für Professor Zed." Er gähnte und sah Don an. „Du hättest reden sollen."

„Haha.“ Ich warf Murphy einen vernichtenden Blick zu. Zu Don gewandt, sagte ich: „Ihr müsst all diese Hubschrauber aus Fort Hood bekommen haben. Ihr könnt so tun, als wäre das ein Geheimnis, wenn ihr wollt. Es ist mir egal. Ich wollte damit sagen, dass wir in Austin keine wie euch gesehen haben.“ Ich legte einen Finger auf Dons Brust. „Ich frage mich, ob es in anderen Teilen des Staates ... ich weiß nicht ...“ Ich dachte eine Minute lang darüber nach. „Warum sollten die Menschen da oben, wo du herkommst, anders überleben als wir hier unten?“

„Ich Überlebender“, sagte Don. „Du Fleisch.“

Kapitel 31

Ein weiteres Verhör von Don erwies sich als Zeitverschwendung. Er erzählte uns nichts, was wir nicht auch selbst herausfinden könnten, indem wir in einer Seitenstraße saßen und das Gelände des Kapitols beobachteten. Als ich mit meiner Geduld am Ende war, schlug Murphy Don so fest auf den Kopf, dass er wieder ohnmächtig wurde und mitsamt seinem Stuhl zu Boden stürzte.

Wir ließen ihn im hinteren Büro bei geschlossener Tür auf dem Boden liegen, immer noch an den Stuhl gefesselt. Ich dachte mir, wenn er dort ein paar Tage festsaß, hörte ihn vielleicht jemand schreien, der durch den Flur ging. Wenn nicht, würde er sich schon selbst aus seinen Fesseln befreien, dachte ich.

Zumindest hatte ich mir das so zurechtgelegt. Ich wollte nicht denken, dass wir ihn an einen Stuhl gefesselt in einem abgelegenen Teil des Kapitols verdursten ließen.

Murphy sagte, wir sollten entweder Don töten oder das Gelände des Kapitols auf dem gleichen Weg verlassen, auf dem wir hereingekommen waren. Jeder andere Plan, so Murphy, sei dumm.

Trotzdem folgte Murphy mir widerwillig durch den Flur im zweiten unterirdischen Stockwerk und bewegte sich leise auf das Hauptgebäude zu.

Das Trappeln von Stiefeln, die die Treppe aus dem Kapitol herunterkamen, machte uns darauf aufmerksam, dass wir stehen bleiben und in den tiefen Schatten an den Wänden hocken sollten.

Wir warteten und lauschten.

Die Stiefel kamen näher. Sie befanden sich auf der Ebene unter uns und hätten wir über den Balkon geschaut, hätten wir sie direkt unter uns vorbeigehen sehen können. Das war aber nicht nötig, denn sie unterhielten sich, während sie gingen, so dass wir ihre Position nur am Geräusch erkennen konnten.

„Richter Baird sagte sechs – bring sechs“, sagte der eine zum anderen, als sie unten vorbeikamen.

„Wir gehen nachts nie mit ihnen raus“, sagte der andere Typ. „Hat er gesagt, warum?“

Der erste Mann lachte bitter auf. „Willst du Richter Baird fragen, warum?“

„Nein“, murmelte der zweite Typ. „Wo sollen wir sie denn hinbringen?“

Der erste Typ sagte: „Nach vorn. Er will, dass sie ein paar von den Jägerständen an die vordere Wand schleppen, damit wir heute Nacht mehr Gewehre da draußen einsetzen können.“

„Sie sind nicht so schwer“, sagte der zweite Mann. „Wir könnten sie selbst schleppen."

„Warum?" Der erste Typ lachte. „Wir haben Weißhäutige als Arbeitskräfte. Warum nutzen wir sie nicht?"

„Sie sterben, wenn wir sie zu hart schuften lassen", sagte der zweite Typ.

Als sie allmählich außer Hörweite gingen, sagte der erste Mann lachend: „Wir können noch mehr besorgen."

Murphy und ich blieben stehen und schwiegen, während wir darauf warteten, dass die beiden durch ein paar Türen hinter dem Hubschrauber gingen. Als sie drinnen waren, eilten wir los.

Am Ende der Halle, an der Haupttreppe, die ins Kapitol führte, hielten wir an.

„Wo lang, Batman?"

Ich war sauer. „Hör auf, mich Batman zu nennen."

„Du magst Nullpunkt nicht."

Ich zeigte auf die Treppe. „Ich denke, wir sollten uns vom Hauptgeschoss fernhalten."

„Warum bist du so daran interessiert, diese Kerle auszuspionieren?", fragte Murphy. „Denken wir darüber nach, uns diesen Typen anzuschließen? Denn wenn das dein Plan ist, ist das eine Sache. Wenn nicht, dann weißt du ja, was ich denke."

Ich zeigte den langen Gang zurück, den wir gerade heruntergekommen waren. „Meinst du, die reden über Leute mit

Schwelbrand, so wie Russell früher war?“

Murphy nickte und sagte: „Ja, das ist genau das, was ich denke. Sieht so aus, als würden sie sie als Sklavenarbeiter benutzen. Warum, hast du an etwas anderes gedacht?“

Ich schüttelte den Kopf und ging die Treppe hinauf, langsam und vorsichtig.

Das texanische Kapitol sah dem Kapitol der Vereinigten Staaten sehr ähnlich, nur dass es aus Sunset-Red-Granit bestand und von außen rosa statt weiß aussah. Das Innere war ähnlich wie das US-Kapitol aufgebaut, mit einer hohen Kuppel in der Mitte und zwei Hauptflügeln: die Senatskammer am östlichen Ende und die Repräsentantenhauskammer am anderen Ende.

Murphy und ich hatten gerade den Treppenabsatz im Erdgeschoss des Kapitols erreicht, als einige der hohen Holz- und Glastüren an der Vorderseite des Gebäudes geräuschvoll an schweren Bronzescharnieren aufschwangen. Ich bog um eine Kurve und huschte lautlos die nächste Treppe hinauf, während Murphy mir auf den Fersen war. Das Geräusch von Stimmen im ersten Stock veranlasste mich, weiter in den zweiten Stock zu rennen.

Wir hörten nichts als Stimmen, die vom Boden der Rotunde widerhallten, und traten in den Flur im zweiten Stock, der durch den ganzen Flügel zur Galerie des Hauses führte. Wir versteckten uns in einer Nische vor einer großen Tür und hielten inne, um Luft zu holen.

Murphy lehnte sich dicht an mich und flüsterte: „Ich hoffe, du hast einen Plan, wie wir hier rauskommen.“

„Keine Sorge“, sagte ich ihm, denn ich war mir sicher, dass die Sicherheitsvorkehrungen an diesem Ort nicht ausreichten, um uns zu schützen. Ich zeigte auf eine von Kugeln durchlöcherte Tür auf der anderen Seite des Flurs und winkte Murphy, mir zu folgen.

Nachdem ich mit leichtem Schritt die breite Halle durchquert hatte, griff ich nach der Tür und schwang sie langsam auf, in der Hoffnung, dass die alten, verzierten Scharniere nicht knarren und durch die Halle bis zur Kuppel der Rotunde hallen würden, um dann wieder zu den Leuten zu kommen, die durch die Vordertür eingetreten waren. Diese Leute stritten sich gerade über irgendetwas, aber ein unpassendes Quietschen von angerostetem Metall könnte sie unterbrechen.

Zum Glück waren die Scharniere gut geölt, und wir traten leise ein und zogen die Tür hinter uns zu.

Das Büro war riesig, mit alten Fenstern, die von Hüfthöhe aus zweieinhalb Meter hoch waren. Der quadratische Holzschreibtisch in der Mitte des Büros hatte ähnliche Ausmaße und war wahrscheinlich ähnlich alt. Seine ausladende Platte, groß genug, um ein kleines Auto zu parken, war bis auf die Flecken von getrocknetem Blut sauber. Der Rest des Büros war ein Trümmerhaufen aus Patronenhülsen, bräunlich-roten Flecken, zerrissener Kleidung und Knochen. Die Kleidung und die Knochen waren der Beweis dafür, dass die normalen Menschen, die hier Stellung bezogen hatten, verloren hatten. Zumindest sah es für mich so aus. Ich nahm an, dass einige von ihnen überlebt haben könnten und ihre Toten den Aasfressern überließen, die später kamen.

Überall waren Spuren des Todes zu sehen, in allem. Bemerkenswert waren die Orte, an denen es nicht offensichtlich war, dass dort jemand gestorben war.

Murphy ging zu einem der hohen Fenster hinüber und spähte zwischen den Jalousien hindurch in den Feuerschein. „Hey“, flüsterte er und winkte mich ungeduldig zu sich heran.

Ich ging über einen Stapel Bücher, die aus den Regalen an der Wand gefallen waren, und nahm neben Murphy Platz, um aus dem Fenster zu schauen. Die Villa des Gouverneurs stand in Brand und die Flammen griffen auf die alten Eichen auf dem Grundstück über. Die Straßen auf der anderen Seite waren voller Infizierter, Tausende und Abertausende von ihnen. Sie stürmten die Seitenstraßen hinauf und zogen sich zurück. Es sah so aus, als wollten sie den Mut fassen und die Mauern stürmen.

„Das ist komisch“, sagte ich.

„Ja“, stimmte Murphy zu. „Es ist, als hätten sie Angst vor diesem Ort.“

Kopfschüttelnd sagte ich: „Ich frage mich, was der Trick ist? Meinst du, es ist nur Konditionierung, wie bei der Ausbildung eines Hundes?“

„Mann, ich weiß es nicht.“ Er schaute zurück zur Tür und sah sich im Raum um. „Ich habe kein gutes Gefühl bei diesem Ort. Ich glaube, diese Typen sind durchgeknallt und ich glaube, sie sind dumm.“

„Wieso denn?“, fragte ich.

„Schau aus dem Fenster, Mann.“ Murphy zog die Jalousien auseinander. „Es ist nur eine Frage der Zeit, bis die Weißen herausfinden, dass sie diese Mauer einreißen können. Wir sind durchgekommen, und das war gar nicht so schwer.“

Ich nickte.

„Verdammt“, sagte Murphy. „Wenn die nackte Horde hierher zurückkommt, sind die Jungs am Arsch. Sie schaffen es nie, die Hubschrauber rauszuholen, bevor sie überrannt werden.“ Murphy schüttelte den Kopf und rieb sich das Gesicht. „Die sind doch alle irgendwie bescheuert oder so. Wer zum Teufel baut eine Festung mitten in Austin?“ Er deutete auf den lärmenden Mob auf den Straßen. „Mitten in all dem?“

Er hatte nicht ganz unrecht. Ich sagte: „Das ergibt doch keinen Sinn.“ Ich schaute aus dem Fenster auf die Masse der Weißen, die auf der anderen Seite der Mauer rot in den Flammen leuchteten. Viele Soldaten waren da draußen. Nun, nicht viele. Im Verhältnis zu der Anzahl der Weißen auf der anderen Seite der Mauer war die Anzahl der Soldaten lächerlich.

Ich sagte: „Die Wachen in der Halle klangen nicht so dumm wie Don.“

„Vielleicht sind sie immun“, sagte Murphy. „Vielleicht haben sie sich nicht mit dem Virus angesteckt, wie Don.“

Vielleicht. Don sagte aber, dass es Überlebende gab. Ich hatte das so verstanden, dass sie sich alle mit dem Virus angesteckt und dann überlebt hatten. „Vielleicht will dieser Baird, von dem die Wachen gesprochen haben, der nächste Gouverneur von Texas werden oder so. Vielleicht versucht er, die Regierung in Austin wiederherzustellen und das Kapitol zu übernehmen."

„Kurzmeldung, du Intelligenzbestie", sagte Murphy. „Es gibt kein Texas mehr. Nur Leute wie uns." Er deutete auf die Soldaten auf dem Rasen, in ihren Jägerständen, die bei ihren Humvees standen oder die Mauer beobachteten. „Ich schätze, Leute wie diese Arschlöcher. Ein paar normale Leute, die schlau sind und sich verstecken." Er blickte zurück auf die Horde auf der Straße. „Und die. Eine Menge von ihnen."

So sehr ich auch mit so ziemlich allem einverstanden war, was er sagte, wollte ein kleiner Teil von mir glauben, dass die Regierung zurückkäme, dass die Ordnung wiederhergestellt würde. Ich schüttelte den Kopf und trat vom Fenster weg.

„Was?", fragte Murphy.

„Nichts", sagte ich abwesend. Wollte ich wirklich in mein früheres Leben zurückkehren?

Nein.

Dieses Leben war die meiste Zeit beschissen, aber das alte war es auch gewesen, nur auf andere Weise.

Ich ging zurück zum Fenster und schaute hinaus. Könnten diese Idioten wirklich der Beginn des Wiederaufbaus sein? „Ja", sagte ich, „ich weiß nicht, was hier los ist, aber irgendwann wird es schiefgehen und all diese Schwachköpfe werden sterben." Ich klopfte Murphy auf den Rücken. „Du hattest recht. Lass uns von hier verschwinden."

Kapitel 32

Als wir das Büro durch die von Kugeln durchlöcherte Tür verließen, hörten wir Schreie, die durch den riesigen Raum unter der Kuppel des Kapitols hallten. Murphy und ich hielten inne und warfen uns einen Blick zu. Ich war mir sicher, dass er dasselbe dachte wie ich: Don hatte sich losgerissen und seine Kameraden alarmiert.

Es war an der Zeit, mein Vertrauen in meine Behauptung zu testen, dass die Arschlöcher zu wenige waren und der Kapitolkomplex zu groß war, um unsere Flucht zu verhindern.

Ich lehnte mich aus der Türnische, um festzustellen, was ich über die gesamte Länge des Gebäudes sehen konnte.

Der zweite Stock war frei. Ich lauschte einen Moment lang. Ich fragte: „Hörst du hier oben etwas?"

Murphy schüttelte den Kopf, fuhr aber fort, von einer Seite zur anderen zu schauen.

Ich verließ den Schutz der Nische und lief auf leichten Füßen durch die Halle, bis ich am Rande des Balkons war, der die Rotunde im zweiten Stock umgab. Ich ging auf Hände und Knie und dann auf den Bauch und kam nahe genug heran, um den runden, dekorativen Terrazzoboden mit dem Staatssiegel am Boden zu sehen. Die dicken Steinsäulen, die von den Hilfsarbeitern im Gefängnis und den schottischen Steinmetzen, die das Kapitol gebaut haben, in dekorative Formen gehauen wurden, boten einen guten Schutz, vor allem, wenn es nachts im Gebäude dunkel war.

Unten sah ich ein halbes Dutzend bewaffneter Männer, die vier andere mit auf dem Rücken gefesselten Händen umringten. Die vier mit den gefesselten Händen trugen Wüstentarnanzüge und Stiefel. Sie sahen diszipliniert aus, auch wenn sie keine Helme und Hüte trugen und nichts an ihren Gürteln hatten. Sie standen nicht gerade stramm, aber aufrecht, bis auf einen. Er hatte eine vertraute, seltsame Kurve in seiner Haltung.

Die sechs, die sie umgaben, sahen aus wie die meisten der anderen Jungs, die wir in der Kapitolbande gesehen hatten. Einige trugen Militärkleidung mit T-Shirts oder Sweatshirts. Einige von ihnen lümmelten herum. Sie zappelten. Sie waren Gesindel.

Der Mann, von dem ich annahm, dass er das Sagen hatte, stand vor den vier Gefangenen und schimpfte über irgendetwas. In dem großen Raum und mit dem Echo, das von der Kuppel über ihm zurückkam, war es schwer, mehr als ein paar Worte zu verstehen, die er sagte.

Murphy lehnte sich dicht an mein Ohr und flüsterte. „Das geht uns nichts an. Zieh deinen Nullpunkt-Umhang aus und HSA."

Ich nickte, bewegte mich aber nicht.

Warte! Was?

Ich sah Murphy an. „HSA?“

„Hau verdammt noch mal sofort ab!“ Er nickte dramatisch in Richtung der Treppe.

Ich flüsterte: „Dir fehlen ein paar Buchstaben in deinem Akronym.“

„Ist mir doch egal.“

Ich schaute wieder zu den Soldaten auf dem Boden der Rotunde hinunter. Irgendetwas an dem einen Mann mit der ungewöhnlichen Haltung kam mir bekannt vor, und ich musste herausfinden, warum. Ich stand auf und kroch auf Händen und Knien zu einem anderen Platz auf dem Balkon der Rotunde, von dem aus ich die Gefangenen unten besser sehen konnte.

„Zed“, zischte Murphy. „Zed! Was zum Teufel?“ Er zeigte den Flur entlang, weg von der Rotunde.

Ich ignorierte ihn und fuhr fort.

Als ich an der gewünschten Stelle ankam, legte ich mich wieder hin und schaute nach.

Eine Sekunde später war Murphy an meiner Seite. „Wir können die Treppe am Ende des Flurs hinuntergehen und uns einen Weg in den Anbau im Kellergeschoss bahnen.“

Dann sah ich es. Ich zeigte auf ihn: „Siehst du den Kerl da bei den Soldaten, der nicht ganz aufrecht steht?“

„Sicher.“ Murphy warf einen oberflächlichen Blick. „Wenn das nicht der Bruder ist, den du nie hattest, sollten wir gehen."

Ich schüttelte den Kopf und flüsterte: „Sieht der Typ nicht aus wie Sergeant Dalhover?"

„Nein", sagte Murphy zu mir. „Er ist es nicht. Top ist ungefähr hundert Jahre alt. Er ist draußen in West-Texas. Der Kerl da unten ist vielleicht dreißig." Murphy nickte wieder nachdrücklich in Richtung der Treppe. „HSA."

„Ich sage nicht, dass er es ist." Ich blinzelte und versuchte, das Gesicht zu erkennen. „Es *sieht aus* wie er, das ist alles, was ich sage."

„Was du sagst, ist nie alles, was du sagst." Murphy seufzte dramatisch und schüttelte den Kopf. „Du weißt, dass sie auch Waffen haben. Das ist nicht so, wie auf Weiße zu schießen. Es ist nicht einmal so, als würde man auf Jay Booth und seine Idioten schießen. Wir sind waffentechnisch unterlegen."

Ich sagte: „Ich frage mich, ob das vielleicht der Sohn von Dalhover ist."

„Top hat nie gesagt, dass er einen Sohn hat", sagte mir Murphy. „Kein einziges Wort über seine Familie."

„Trotzdem." Je genauer ich hinsah, desto mehr war ich davon überzeugt, dass der Typ da unten zumindest mit Sergeant Dalhover verwandt sein musste. Die Ähnlichkeit war unheimlich.

„Vielleicht beeinträchtigt das Virus deine Sicht", sagte Murphy, „aber das ist nicht sein Sohn. Es sei denn, er ähnelt seiner Mutter, denn der Typ sieht nicht aus wie Top."

Der Typ unten beendete seien Tirade und deutete. Ein paar von seinem Gesindel führten die vier Soldaten weg.

Ich sah Murphy an und sagte: „Das ist vielleicht nicht sein Sohn, aber es muss sein Neffe sein oder so.“

Murphy schüttelte den Kopf. „Ich hasse Nullpunkt.“

Kapitel 33

Wir trabten den Flur hinunter. Schweigen war wichtiger als Geschwindigkeit. Ich führte den Weg in ein Treppenhaus direkt vor dem Plenarsaal und schaute in die Lücke zwischen den Treppen.

Scheiße.

Ich lehnte mich schnell zurück und flüsterte Murphy zu: „Jemand ist unten im Kellergeschoss.“

Er lehnte sich dicht an den Rand und lauschte. Er sah mich an und schüttelte den Kopf.

Ich spähte wieder über das Geländer und sah ein Licht in der Nähe des Bodens, das sich nach unten bewegte. Ich beobachtete es weiter, bis es in dem langen Kellerflur verschwand, der sich über die gesamte Länge des Gebäudes erstreckte. „Jetzt ist alles gut“, sagte ich und drehte mich wieder zu Murphy um. „Aber es sind viele Leute hier.“

Murphy sah mich an und wollte etwas sagen, von dem ich wusste, dass es unhöflich gewesen wäre, entschied sich aber dagegen. Stattdessen winkte er mich nach vorne und ich führte den Weg die

Treppe hinunter. Dabei blieb ich dicht an der Außenwand, um sicherzugehen, dass sie meine weiße Haut im Mondlicht, das durch die Fenster einfiel, nicht sehen würden, wenn zufällig ein paar von den Arschlöchern das Treppenhaus betraten.

An jedem Treppenabsatz hielt ich einen Moment inne, um zu lauschen. In jedem Stockwerk blieb ich stehen, um einen Blick in den Flur zu werfen, bevor ich weiterging.

Im Kellergeschoss angekommen, nahm ich mir besonders viel Zeit, um den langen, dunklen Flur zu untersuchen. Ich sah kein Licht in der Schwärze, außer dem wenigen, das durch die Treppenhäuser nach unten kam. Ich warf Murphy einen Blick zu, um ihm zu sagen, dass er sich bereithalten sollte. Ich rannte los.

Es waren nervöse hundert Meter, denn ich erwartete, dass der Typ, den wir mit der Taschenlampe gesehen hatten, jeden Moment aus einer der Türen kommen würde.

Das tat er aber nicht.

An der Ecke, die zur zentralen Treppe führte, drehte ich mich etwas zu heftig und rutschte auf dem glatten, gewachsten Boden aus. Ich landete klatschend und mit dem Klirren von Metall auf dem Boden, als meine Machete abprallte und den Gewehrlauf traf.

Ich biss die Zähne zusammen und kniff unwillkürlich die Augen zusammen, in der Hoffnung, diese Geräusche irgendwie in der Luft einzufangen und sie zurückzuziehen, bevor sie das falsche Ohr hörte.

Ich hielt meinen Atem an und lauschte.

Murphy griff nach unten, packte mich unter dem Arm und zerrte mich auf die Füße, scheinbar ohne abzubremsen.

Während ich noch versuchte, das Gleichgewicht zu halten, hüpfte er schon die Treppe hinunter, winkte mir nach und rief: „Beeil dich, verdammt noch mal".

Das tat ich.

Die Treppe aus dem Keller des Kapitols führte zum unterirdischen Anbau, wo ich vermutete, dass Bairds Lumpengesindel die Soldaten hingeführt hatte.

Murphy erreichte einen Treppenabsatz und blieb stehen, als er um eine Ecke lugte.

Ich blieb mit dem Rücken zur Wand stehen und schaute die Treppe zum Keller des Kapitols hinauf. Ich lauschte.

Murphy schaute zu mir rüber. Er grinste.

Er war genauso ein Adrenalinjunkie wie ich.

Ich lächelte zurück und unterdrückte ein Lachen. Wer auch immer mit der Taschenlampe im Kellergeschoss gewesen war, war entweder verwirrt und sah sich in der Dunkelheit um oder er hatte Angst und spähte um die Ecken nach lärmenden Geistern.

Ich flüsterte: „Sind sie da unten?"

Murphy nickte: „Ungefähr auf halber Länge des Anbaus. Im unteren Stockwerk."

„Willst du in den ersten Stock mitkommen?" Ich fragte, weil ich wusste, dass wir über das Geländer schauen konnten, um sie alle unten zu sehen.

„Du musst leise sein“, sagte Murphy, bevor er um die Ecke bog.

Auf Zehenspitzen laufend, um den Lärm nicht zu übertönen, entfernte ich mich für ein paar Schritte von der Mauer und warf einen kurzen Blick über das Geländer. In der Tat führten die Pseudosoldaten die echten Soldaten zum Hubschrauber.

Murphy hielt bei einem Seitenkorridor an.

Als ich wieder neben ihm stand, sagte ich: „Das ist der Ort, an dem die anderen Typen die Weißhäutigen holen wollten.“

Murphy sagte: „Vielleicht haben sie da unten ein paar Räume zu Gefängnissen oder so etwas umgebaut. Weißt du noch, was da unten ist? Du bist doch der Kapitol-Tourist, oder?“

Ich zeigte darauf. „Hinter den Hubschraubern sind ein paar verdammt große Konferenzräume.“

„Wenn sie einen Haufen Weißer irgendwo gelagert haben, wäre es logisch, sie in einem großen Raum unterzubringen“, sagte Murphy. „So ist es einfacher, sie zusammenzuhalten.“

„Das stimmt.“

Murphy rannte wieder los und lief lautlos zum nächsten Quergang.

Von dort aus sahen wir direkt in das runde Atrium hinaus. Viel Mondlicht strömte herein und tauchte uns in viel mehr Licht, als mir lieb war. Ich schlich mich weiter in den Schatten der Halle zurück, als ich unten und auf der anderen Seite des Atriums herumlungernde

Bewegungen entdeckte. Mindestens eine Wache war dort drüben. Ich wusste, dass jemand die Hubschrauber bewachen musste, auch wenn ich sie vorher nicht gesehen hatte.

„Was denkst du?“, fragte ich.

„Du kennst den Ort“, räumte Murphy ein. „Du bist der mächtige Nullpunkt.“

„Tapfer“, murmelte ich. „Der *tapfere* Nullpunkt.“ Ich zeigte den Gang hinunter in die Dunkelheit. „Wenn wir da lang gehen, können wir eine Runde drehen. Nach der Stelle zu urteilen, an der die Treppen auf dem Platz auftauchten, könnte es dort hinten eine Treppe geben, die wir benutzen können, um auf die untere Ebene zu gelangen und uns vielleicht von hinten an die Wachen heranzuschleichen.“

„Hinter?“, fragte Murphy und schüttelte den Kopf. „Die Jungs wissen doch gar nicht, in welche Richtung sie Wache halten sollen.“ Er zeigte in die Runde. „Es gibt Treppen in alle Richtungen.“

„Wenigstens kommen wir nicht durch die Haupthalle“, sagte ich ihm. „Das scheint der Weg zu sein, den alle benutzen, wenn sie kommen und gehen.“

„Und wenn wir da unten sind“, fragte er, „was dann?“

Ich zuckte mit den Schultern. „Wissen wir das jemals?“ Ich rannte in die Dunkelheit davon.

Wir fanden die Treppe, genau wie ich es vermutet hatte. Wir stiegen unbemerkt auf die unterste Ebene hinunter, schlichen leise einen kurzen Teil des Ganges hinauf und ich hatte das Glück, im richtigen

Moment um die Ecke zu spähen.

Zwei Wachen standen weniger als ein Dutzend Meter entfernt und blickten über den Boden des Atriums in Richtung des Hauptgebäudes des Kapitols, während sie zwischen dem Hubschrauber und den Stapeln von Munitionskisten standen. Beide Männer trugen Gewehre.

Ich zog meinen Kopf schnell zurück. Meine Nervosität war deutlich zu sehen. Ich hob einen Finger an die Lippen, damit Murphy wusste, dass er leise sein sollte, dann hob ich zwei weitere Finger und zeigte auf die Ecke. Ich wies Murphy zurück in Richtung des Treppenhauses, über das wir gerade den Flur betreten hatten. Als wir drinnen waren und die Tür leise hinter uns geschlossen wurde, flüsterte ich: „Ich habe eine Idee."

Kapitel 34

Murphy, der nie davor zurückschreckte, mir zu sagen, wie schlecht meine Ideen waren, gab sich alle Mühe, das von dieser Idee zu sagen. Leider hatte er keine bessere Idee. Also meinte ich: „Es sei denn, du hast etwas anderes zu sagen."

„Ja", antwortete er, „wir vermuten, dass der vermeintliche Dalhover-Verwandte in einem der Konferenzräume gleich um die Ecke ist."

„Dort sind die Wachen", sagte ich ihm. Für mich machte das absolut Sinn.

Murphy blickte durch das Treppenhaus nach oben. „Die Typen waren auch da oben. Haben sie Leute bewacht, die sich in den Büschen versteckt haben?"

„Ja", sagte ich und tat so, als wäre es mir völlig ernst.

„Quatsch." Murphy schüttelte den Kopf und sah sich um. „Gut. Aber eine Sache noch."

„Ja?", fragte ich.

„Wir rennen da rüber und befreien diese Soldaten, weil du denkst, dass einer von ihnen irgendwie wie Dalhovers Sohn aussieht.“ Murphy verdrehte daraufhin die Augen. „Was mich stört, ist, dass du nicht weißt, ob diese Hinterwäldler hier die Guten oder die Bösen sind. Und du weißt nicht, ob die Soldaten die Guten oder die Bösen sind.“

„Die guten oder die bösen Jungs?“ Ich unterbrach ihn. „Das ist kein Cowboy-Film.“

„Menschen, die dich töten wollen oder nicht“, erklärte Murphy.

Das verstand ich.

„Was ist, wenn sie uns alle umbringen wollen?“, fragte Murphy. „Und das könnten sie alle. Du weißt, dass das wahr ist, oder?“

Ich nickte. Ich konnte nicht widersprechen. Eigentlich hatte ich es sogar fast erwartet. Trotzdem fühlte ich mich Dalhover gegenüber loyal und wenn die Möglichkeit bestand, dass der Soldat sein Sohn war – und ich war mir ziemlich sicher, dass es so war – dann musste ich ihm aus der Patsche helfen. Wenn er mich umbringen wollte, dann sollte er das ein anderes Mal tun. Ich sagte: „Wir holen sie raus, und wenn dir nicht warm ums Herz wird, gehen wir getrennte Wege, sobald wir über die Mauer sind.“

„Warmes Herz hin oder her“, sagte Murphy, „du weißt genauso gut wie ich – du predigst es mir ja immer wieder – dass wir und Normale nicht zusammenpassen. Es ist nur eine Frage der Zeit. Schon bald geht alles wieder den Bach runter.“

Ich nickte. Das stimmt. „Wir werden sie rausholen. Dann teilen wir uns auf.“

Da Murphys Einwände für den Moment auf Eis gelegt waren, erklärte ich ihm den Plan. Er war einfach. Das waren sie alle. Na ja, vielleicht nicht alle. Aber die, die eine Chance hatten, zu funktionieren, waren es. Bei komplizierten Plänen ging immer etwas schief.

Kapitel 35

Im Treppenhaus rüttelte ich einmal an der Türklinke, um sie laut gegen den Rahmen zu schlagen, bevor ich sie aufzog. Etwas lauter als natürlich sagte ich: „Ich höre, was du sagst. Ich verstehe nur nicht, warum er immer auf uns herumhackt.“

„Das liegt daran, dass du nicht aufhörst, ständig zu reden“, sagte Murphy und spielte seine Rolle in unserem Schauspiel.

Wir waren schon ein paar Schritte in der dunklen Halle.

„Wenn er mich nicht mag“, argumentierte ich, „warum sagt er es mir nicht einfach. Das ist alles, was ich will.“

Eine der Wachen, die vor den beiden Konferenzräumen gestanden hatten, lehnte sich um die Ecke und warf einen kurzen Blick in die Halle. Scheinbar zufrieden, hielt er sich nicht lange auf.

In der Dunkelheit war es schwer, zu erkennen, dass Murphy und ich hellere Haut als die anderen hatten.

„Vielleicht hörst du nicht zu, wenn er mit dir spricht.“ Murphy sah mich mit einer Frage im Gesicht an.

Ich nickte. Es schien zu funktionieren.

„Was wäre, wenn ..."

Ein verzweifelter Schrei hallte vom Flur herauf.

Murphy und ich erstarrten.

Der Schrei kam wieder.

Scheiße.

Es war Don.

„Was ist das?", fragte ich Murphy, während ich mich beeilte, um die Ecke zu kommen.

„Ähm", sagte Murphy, „ich weiß es nicht. Eine Katze?"

Don rief wieder und versuchte, jemanden zur Hilfe zu holen.

Ich bog um die Ecke und sah die beiden Wachen. Sie waren ein paar Schritte in die Richtung von Dons Geschrei gegangen, aber sie warteten, die Hände an den Waffen, und überlegten, was sie tun sollten. Einer von ihnen blickte mich an.

„Was ist hier los?", fragte ich, als er sich umdrehte und zurück in den Flur schaute. Dann sah ich, wie er sich anspannte und sich schnell wieder zu mir umdrehte.

Es waren nur ein paar lange Schritte, um ihn zu erreichen. Gerade als er den Mund öffnete, um etwas zu sagen, stürzte ich mich auf ihn.

Die Worte kamen nicht, aber ich traf ihn mit der Schulter in der Mitte und trieb ihm mit einem lauten *Umff* die Luft aus den Lungen.

Wir stießen mit der anderen Wache zusammen und fielen alle drei durch ein Gewirr von Armen und Beinen zu Boden.

Sie fluchten. Sie schlugen, stießen und traten.

Ich absorbierte die Schläge und versuchte mein Bestes, um sie einfach auf dem Boden zu halten.

Einen Moment später erstarrte der eine und dann auch der andere.

Ich sah den Lauf von Murphys M4, den er in einer Hand hielt, an das Gesicht eines Wachmanns gepresst. In der anderen Hand drückte er seine Pistole gegen die Wange des anderen Mannes. Murphy nickte und sagte: „Ja, du hast es herausgefunden. Jetzt bleib so. Wenn sich einer von euch bewegt, BAM! Versteht ihr mich?"

Don heulte wieder vom Flur her.

Ich löste mich, nahm die Waffen der Wachen und schob sie über den Boden, bevor ich aufstand.

„Helft mir doch", rief Don.

Ich blickte zu Murphy auf.

Er sah enttäuscht aus. Es war meine Entscheidung gewesen, Don am Leben zu lassen. Ich fragte mich, ob ich in der Lage sein würde, die Kosten für diese Freundlichkeit zu tragen. Ich flüstere Murphy zu: „Sag nichts."

Einer der Wächter begann zu flehen, aber ein harter Blick von Murphy brachte ihn zum Schweigen.

Laufende Schritte hallten den langen Korridor hinauf.

Murphy sagte: „Lasst uns mit der Show beginnen.“

„Hast du die Jungs?“, fragte ich und deutete auf die auf dem Boden liegenden Wachen.

Murphy nickte.

Ich sprang zu einer der Konferenzraumtüren und hoffte, dass ich richtig lag. Ich riss kräftig daran. Sie ließ sich nicht öffnen. Ich blickte zurück zu Murphy. „Verschlossen.“

Murphy drückte sein M4 so fest gegen den Kopf des Wachmanns, dass der Kopf des Mannes mit einem hörbaren Knall auf dem Boden aufschlug. „Schlüssel her, du Wichser.“

Ich schätze, der Typ verstand Murphys Tonfall genauso gut wie ich. Es würde keine zweite Aufforderung geben. Der Wachmann verschwendete keine Sekunde, kramte in seiner Tasche, holte die Schlüssel heraus und schob sie über den glatten Boden zu mir.

Murphy schenkte mir ein kurzes Grinsen, bevor er seinen wütenden Blick wieder auf die beiden liegenden Wachen richtete.

Ich hob den Schlüsselbund auf. Vier Schlüssel. *Ach.* „Welcher ist es?“, fragte ich.

Murphy drückte seinen Lauf fester gegen den Kopf des Mannes.

„Der aus Messing“, antwortete er. „Von Schlage.“

Ich schaute auf die Schlüssel hinunter. Zwei waren aus Messing. Nur bei einem stand der Markenname auf der Seite. Schlage.

Murphy sagte: „Sie kommen.“

Ich schloss die Tür auf und schwang sie halb auf, als mich der Geruch mit einer Mischung aus Plumpsklo und Körpergeruch traf. Der Konferenzraum, in dem vielleicht hundert Personen Platz hatten, war voll mit Weißen. „Scheiße." Ich schob die Tür zu und steckte den Schlüssel zurück ins Schloss. „Warte", sagte ich laut.

„Warte was?", fragte Murphy.

„Weiße", sagte ich ihm.

Ich rannte zu den Türen des anderen Konferenzraums.

„Die guten oder die schlechten?", fragte mich Murphy.

Ich sah zu Murphy hinüber. „Was?"

Murphy fragte nicht mich, sondern die Jungs auf dem Boden.

„Gut?", antwortete der fügsame Mann.

„Hier drin?", fragte ich, während ich den Schlüssel in das Schloss der anderen Tür steckte.

„Kerle", sagte er. „Aggies."

„Was?", fragte Murphy.

Die fügsamen Typen stammelten eine Erklärung, als ich die zweite Tür öffnete. Ich sah Murphy an: „Sie sind da."

„Komm schon, komm schon", rief ich in den Raum und winkte.

Die vier Soldaten im Raum sprangen von ihren Stühlen auf und rannten auf die offene Tür zu. Ich ließ sie los, als ich wegtrat.

Murphy schaute am Hubschrauber vorbei auf die zweite Ebene und sagte: „Sie sind da oben. Hier wird es ziemlich schnell spannend werden."

„Ihr zwei", sagte ich zu den entwaffneten Wachen auf dem Boden. „Da rein." Ich zeigte auf den Raum, aus dem die Soldaten kamen.

„Jetzt", knurrte Murphy.

Die beiden Jungs auf dem Boden standen schnell auf, eilten in den Raum und drängten sich an den vier Soldaten vorbei.

Ich sah denjenigen an, den ich für Dalhovers Sohn hielt, und sagte: „Dalhover?"

Er sah mich völlig verwirrt an. „Was?"

„Dein Name", erklärte ich, obwohl ich schon wusste, dass ich es vermasselt hatte. Er hätte den Namen gewusst, wenn es seiner gewesen wäre.

„Fritz", sagte er. „Ich bin Parker Fritz."

„Hab ich dir doch gesagt." Murphy lachte.

Ich reichte Fritz die Schlüssel. „Sperrt die Wachen ein." Ich zeigte auf die Waffen auf dem Boden und schaute die anderen an. „Nehmt sie. Wir holen euch raus."

Zwei der Soldaten sprangen auf und griffen nach den Waffen. Der dritte starrte mich einfach an. Er sagte: „Du bist normal?"

„Nimm dir eine Waffe, Dummkopf." Ich zeigte auf die zwei Gewehre und zwei Pistolen, die die anderen aufhoben. „Jeder bekommt eine."

Fritz drehte sich wieder zu mir um und reichte mir die Schlüssel.

Ich wollte sie nicht. Ich zeigte auf die andere Tür und sagte:

„Entriegle die Tür und stütze sie auf. Pass auf. Sie ist voll von Weißen."

„Weiße?", fragte Fritz. „Du meinst Infizierte." Er steckte bereits den Schlüssel ins Schloss.

„Ja", sagte ich ihm. „Ich glaube, sie sind die Sanftmütigen." Ich schaute den Flur hinauf. „Wenn nicht, dann rennst du wie ein Verrückter, denn die Dinge werden sehr schnell sehr interessant. Weißt du, was ich meine?"

Einer der Soldaten mit einem Gewehr fragte: „Was nun? In welche Richtung?"

Kapitel 36

„Hey du."

Ich schaute den Flur hinunter. Zwei Männer lehnten über das Geländer im zweiten Stock und sahen uns an.

„Ach, scheiß drauf." Ich schwang meine Schrotflinte in ihre allgemeine Richtung. Sie waren viel zu weit weg, aber wenn sie nur halb so weit weg wären, hätte ich sowieso keine Chance gehabt, sie zu treffen. Ich feuerte drei Schüsse ab. Ich schaute zu Murphy hinüber, während ich auf den Hubschrauber zeigte. „Du weißt nicht zufällig, wie man den fliegt, oder?"

„Du hast zu viele Filme gesehen, Dumpfbacke." Murphy lachte, als er auf die Treppe zuging, über die wir uns an die Wachen herangeschlichen hatten.

Die fliehenden Soldaten folgten Murphy. Fritz hatte die Tür geöffnet und zwei der Infizierten kamen schon heraus – nicht drängend, nicht jagend, nur neugierig. Ich wünschte mir fast die Verrückten. Hundert von ihnen, die im Kapitol frei herumliefen, würden uns bei unserer Flucht sehr helfen.

Ich bog um die Ecke und rannte erst mit voller Geschwindigkeit, dann wurde ich langsamer. Murphy stand in der Tür des Treppenhauses und schaute nach oben. Die drei Soldaten wurden langsamer, als sie sich näherten.

In der Zeit, die ich brauchte, um die Strecke zurückzulegen, trat Murphy aus der Tür und schob sie zu. „Sie kommen runter."

Ich schaute an die Decke, um mich zu orientieren. Ich dachte, dass die anderen Jungs nur dann schon herunterkommen konnten, wenn sie oben auf der Treppe waren, als ich die Schrotflinte abfeuerte. Ich erinnerte mich an die Raucher, die wir auf dem Platz gesehen hatten. Verdammtes Pech. Sie mussten genau oben im Treppenhaus gewesen sein.

Aus dem langen Korridor, der zum Kapitol führte, ertönten weitere Stimmen. Befehle wurden geschrien. Die Männer koordinierten einen Angriff. Verstärkung war im Anmarsch. Die Dinge würden sich ziemlich schnell von aufregend zu schrecklich entwickeln.

Fritz lief neben mir her und zeigte auf zwei Metalltüren an einer Wand, von denen ich annahm, dass es sich um eine Hausmeistertoilette handelte. „Da durch", sagte er.

Zwei der Soldaten rannten auf die Türen zu und knallten sie fest zu. Sie rührten sich nicht. Als sie zurücktraten, sah ich sofort, dass die beiden Türen bis zum Eckpfeiler verschweißt waren. *Mist!*

Ich blieb stehen, drehte mich um, schaute den Flur hinauf, holte tief Luft und dachte über die Situation nach. Ich wandte mich an Fritz: „Wohin führt dieser Gang?"

Er zeigte darauf. Das Gebäude nebenan. Er zeigte auf andere Ecken des unterirdischen Komplexes. „Die Gänge verbinden sich mit allen benachbarten Regierungsgebäuden."

„Das hier ist zugeschweißt", sagte Murphy, falls es noch niemand bemerkt hatte.

„Wie viele Granaten hast du noch?", fragte ich.

„Vier." Murphy hatte schon eine herausgezogen.

„Sucht euch Deckung", befahl Fritz seinen Leuten.

Ich drehte mich um und folgte den Soldaten von Fritz in einen Seitengang. Eine Sekunde später kam Murphy um die Ecke gerannt und zwängte sich in eine Nische, in der die meisten von uns bereits zusammengekauert waren.

Die Granate explodierte mit einem Knall, der in dem engen Raum fast ohrenbetäubend war.

Nach der Explosion war es einen Moment lang still. Die Füße hörten auf zu laufen. Die Stimmen hörten auf zu schreien. Oder vielleicht waren meine Ohren vorübergehend taub.

„Gehen wir", rief Fritz.

Anscheinend konnte ich noch hören.

Fritz rannte den Flur hinauf. Seine Leute rannten ihm hinterher. Murphy sah mich einen Moment lang fragend an. *Ich dachte, wir hätten das Sagen?* Er rannte los, und ich auch.

Als ich um die Ecke bog, wich einer der Soldaten zur Seite aus. Ich hörte Schüsse und sah, wie das Blut aus seinem Schädel spritzte – und das in einem einzigen Moment des Schreckens.

Ich schrie: „Scheiße!“, wurde aber nicht langsamer und sprang über den sterbenden Mann, während ich rannte.

Die beiden Metalltüren, die kurz zuvor noch zugeschweißt waren, schwangen nun auf, ein wenig krumm, aber dennoch offen. Staub erfüllte die Halle und ließ uns alle husten, als wir die Wolke betraten. Murphy rannte zwischen den Türen hindurch und Fritz schob ihn zur Seite, während ich ihm folgte. Ich hob eine Faust, um Fritz für das, was ich zuerst für einen Angriff hielt, zu verprügeln, aber ich hörte, wie er Murphy zurief: „Gib mir eine Granate.“

Murphy duckte sich hinter einer der Metalltüren. Ich schob mich durch den Spalt und drückte mich gegen die andere Seite des Ganges, um den dicken Stahl der Tür zu nutzen.

Die Gewehre knallten. Kugeln trafen auf Metall und prallten von Beton ab.

Murphy gab Fritz eine Granate.

Fritz zeigte den Flur hinauf, wo zwei seiner Männer knieten und ihre Gewehre in unsere Richtung richteten. Er sagte: „Geht, ich werde den Jungs etwas zu denken geben.“

Murphy sah mich an, als würde er um Erlaubnis bitten. Ich winkte ihm, zu gehen.

Fritz stellte sich hinter eine der verbogenen Türen und drückte. Ich machte es ihm mit meiner Tür nach.

Als ein Spalt von etwa einem Meter übrigblieb, klemmten die verbogenen Türen. Fritz fluchte.

Schüsse schallten durch den Flur und schlugen an den Türen ein. Fritz warf sich gegen die Wand.

„Kumpel“, rief ich, „was hast du vor?“

Er hielt die Granate hoch, den Stift herausgezogen, den Löffel eingedrückt. „Schließt die Türen, damit ich das Ding in den Spalt stecken kann.“

Ich schüttelte den Kopf und sagte: „Scheiß drauf.“ Ich hüpfte auf seine Seite der breiten Halle, schnappte mir die Granate und warf sie mit aller Kraft durch den Spalt. Ich drehte mich wieder um und rief: „Lauf!“

Murphy, der bei den knienden Soldaten kauerte, machte sich auf den Weg, um weiter den Flur hinaufzukommen. Er kannte mich gut genug, um zu wissen, dass „laufen“ so viel wie *„rennen wie verrückt“* bedeutete.

Fritz brüllte: „Lauft!“

Die beiden Soldaten standen auf und verschwanden, als wir sie passierten.

Fritz wurde langsamer und schaute zurück.

„Lass es“, sagte ich ihm. „Ich habe auf den Hubschrauber gezielt.“

„Oh –“

Die Granate explodierte.

Es folgte eine weitere Explosion.

Eine gewaltige Explosion erschütterte den ganzen Komplex und ließ uns auf dem glatten Boden herumwirbeln.

Ich kletterte bereits auf meine Füße, als ich ins Schleudern geriet.

Die anderen waren nicht weit dahinter.

Irgendeine Art von Munition explodierte, die wie eine laute Kette von Knallkörpern klang.

Wir erreichten die hinteren Türen, die nur ein paar hundert Meter von den beiden entfernt waren, die wir aufgesprengt hatten. Zum Glück waren sie nicht verschweißt und wir drängten uns hindurch, als eine weitere gewaltige Explosion eine Schockwelle durch den Flur schickte, die uns von den Füßen riss.

„Verdammte Scheiße“, rief ich, als ich eine Treppe hinaufstieg. Ich hatte keine Ahnung, wohin ich gehen sollte. Wie jedem, hinter dem Dinge in die Luft flogen, war es mir egal. Ich wollte nur noch weg.

Am oberen Ende der Treppe schob ich mich durch eine weitere Tür und kam in eine verglaste Lobby. Auf der anderen Seite der Straße, die mit verrottenden Leichen übersät war, stand die baufällige Metallwand des Kapitolkomplexes. Wir waren auf der Außenseite.

Innerhalb der Mauer stieg ein riesiger Ball aus rotem Feuer und schwarzem Rauch in den Himmel. Das Kapitol, die Mauer und die umliegenden Gebäude leuchteten in seinem Schein.

Ich war so sehr auf das Ausmaß der Explosionen fixiert, dass ich nicht bemerkte, dass die anderen neben mir stehen geblieben waren.

„Danke“, sagte Fritz durch sein Keuchen hindurch.

Ich sah ihn an und dachte zuerst, er sei sarkastisch, weil einer seiner Männer eine Kugel durch den Schädel bekommen hatte. Ich wollte etwas Hartes erwidern, bis ich merkte, dass ich der Arsch war. Fritz war aufrichtig. Ich sagte: „Das mit deinem Mann tut mir leid.“

Die anderen Jungs bedankten sich kurz.

„Wohin als Nächstes?“, fragte Fritz.

Ich zeigte auf eine Straße in Richtung Westen. „Wir haben ein Auto in dieser Richtung, knapp einen Kilometer entfernt.“ Noch während ich das sagte, kamen Weiße aus den Gebäuden, liefen, gafften und rannten.

Murphy winkte in die Richtung, in die ich gedeutet hatte. „Dieser Fluchtweg ist von der Liste gestrichen.“

„Wir müssen hier weg“, sagte ich, als ob irgendjemand meine Hilfe bei dieser Schlussfolgerung bräuchte.

„Such dir eine Richtung aus, in der es keine Weißen gibt und nichts brennt, und lass uns loslaufen.“ Murphy begann, durch die Lobby zu joggen.

Der Rest von uns folgte.

Kapitel 37

Wir stürmten aus einem Paar Türen an der nordwestlichen Ecke des Gebäudes. Die 15th Street verlief zwischen uns und mehreren leeren Parkplätzen auf der anderen Straßenseite – leer bis auf ein paar Weiße, die sich in Richtung des Feuers in der Gouverneursvilla bewegten, oder zum lautem, explodierendem Feuer, das im Atrium des unterirdischen Bürogebäudes brannte.

Murphy rannte mit uns allen im Schlepptau zur Ecke eines Gebäudes im Westen. Viel zu viele der Weißen auf dem Parkplatz sahen die Soldaten bei uns und verstanden sofort, was los war. Die Normalen waren unterwegs.

„Verdammt." Ich zeigte auf die Weißen, die ihre Richtung änderten und zu uns rannten. Ich machte meine Machete bereit und zog meine Pistole.

Wir erreichten ein Paar Glastüren am neuen Gebäude. Sie waren verschlossen. Murphy blieb stehen und dachte über den nächsten Schritt nach. Die Soldaten blickten auf die Weißen, deren Haut in den roten Flammen leuchtete. Die Soldaten hoben ihre Waffen und hatten

Angst in ihren Augen.

„Murphy“, rief ich, „feuere ein paar Schüsse durch das Glas. Wir können nicht hier draußen bleiben.“

Murphy trat zurück und gab drei Schüsse ab, die ein Spinnennetz aus Rissen durch das Glas erzeugten. Er stürzte sich darauf und durchbrach es in einem Schauer aus scharfen kleinen Teilen.

„Los!“, rief Fritz und führte die beiden anderen Soldaten dazu, Murphy zu folgen.

Ich ging als Letzter hinein und folgte der Reihe der anderen, vorbei an einem Schreibtisch in der Lobby, vorbei an der Aufzugsgruppe, einen Flur hinunter und zu einer anderen Tür – einer Metalltür mit einem Notausgangsschild darüber.

Ich hoffte, dass die Batterie der Alarmanlage leer war. Ich hoffte, dass keine Weißen vor der Tür standen.

Murphy prallte auf die Tür, ohne langsamer zu werden, und drückte den Schließmechanismus mit seinem Gewicht herunter. Wir stürmten alle auf den Bürgersteig.

Eine Bande von Weißen kam um eine Ecke zu unserer Rechten. Murphy hob sofort seine Waffe und schoss.

Wir hatten keine andere Wahl, als Lärm zu machen. Die Infizierten waren zu viele. Fritz und seine beiden Soldaten schossen mit ihren Waffen.

Ich stürzte mich in die Meute, schwang meine Machete und schoss auf jeden Weißen, der mir zu nahe kam.

Vor mir tat sich ein Weg auf, und ich hoffte, dass die anderen ihn hinter mir einschlugen. Schüsse hallten von den Wänden des Gebäudes wider. Explosionen schossen Flammen in den Himmel über dem Kapitol. Blut spritzte in die Luft und Weiße schrien vor Entsetzen oder vor Freude. Für mich hörte sich das alles gleich an.

Als sich die Menge lichtete, bog ich nach links in eine Gasse ab, um eine andere Tür zu suchen. Eigentlich lief ich in die Richtung, in der es am wenigsten Weiße gab.

Eine gewaltige Explosion erschütterte die Nacht hinter uns. Ein weiterer Feuerball wogte auf und warf noch mehr rotes Licht und scharfe schwarze Schatten.

Ich hackte mich an ein paar Weißen vorbei, entdeckte eine brüchig aussehende Holztür an einem alten Backsteingebäude und stürmte darauf zu. Ich hoffe auf das Beste. Ich schlug zuerst gegen die Fliegengittertür und merkte kaum, wie das halb verrottete Holz der anderen Tür dahinter zerschellte – größtenteils. Das untere Viertel hielt stand und ich stürzte in die Küche eines Restaurants voller ranzigem, glitschigem Öl und verfaulten Leichen.

Ich stand auf, als die anderen nach mir eintrudelten.

Ich setzte mir meine Nachtsichtbrille auf den Kopf, um durch die enge Küche zu sehen.

Die Soldaten hinter mir schossen zurück aus der Tür. Das konnte nicht so bleiben. Sie würden bald keine Munition mehr haben. Alles, was sie hatten, war in den Magazinen der Gewehre.

Verdammt!

Ich verfluchte mich dafür, dass ich nicht daran gedacht hatte. Ich verfluchte *sie* dafür, dass sie nicht daran gedacht hatten, den Wachen die restliche Munition zu nehmen, als sie die Waffen mitnahmen.

Ich rannte aus der Küche durch eine Pendeltür, vorbei an einer Kellnerstation und in ein Chaos aus umgeworfenen Stühlen und Tischen. Ich trat und schubste gegen das Mobiliar. Auf meinem Weg zur Tür kletterte ich über noch mehr.

Hinter mir hörten die Schüsse auf. Ich drehte mich um und sah die beiden Soldaten aus der Küche kommen, gefolgt von Fritz. Eine Pause später rief ich: „Wo ist Murphy?“

„Er kommt“, sagte Fritz, als er sich durch das Durcheinander arbeitete.

Ich machte mich auf den Weg zur Eingangstür, die bereits von Plünderern, Vandalen oder vielleicht auch nur Weißen aufgebrochen worden war. Ich drehte mich um und wartete.

Scheiße! Wo ist Murphy?

Gerade als ich den ersten Schritt zurück machte, kam Murphy schwer atmend und mit einem breiten Grinsen im Gesicht aus der Küche.

Verdammt, dieser Wichser konnte bei allem lächeln.

Bevor Murphy mehr als ein paar Schritte in den Morast der Möbel gemacht hatte, kämpften zwei Weiße miteinander, die versuchten, sich gleichzeitig durch die Pendeltür der Küche zu zwängen. Ich hob meine Pistole und schoss – einmal, zweimal, wieder und wieder – bis ich endlich das Glück hatte, beide zu treffen.

Murphy schaute zurück. „Schön, dass du etwas treffen kannst." Er rannte auf die Straße hinaus, um den anderen zu folgen. Ich folgte ihm auf den Fersen.

Fritz befand sich schon auf der anderen Straßenseite und versuchte, eine verschlossene Tür einzutreten. Die beiden Soldaten waren schon fast bei ihm.

Eine Horde Weißer, die mehrere hundert Mann stark war, rannte und schrie die Straße zu unserer Rechten hinunter. Die Rotorblätter der Hubschrauber hallten am Himmel über uns wider.

Ich sah auf, als ich rannte. *Was zur Hölle?*

Kapitel 38

Der Hubschrauber flog über uns hinweg und machte einen Bogen nach links. Ein anderer Hubschrauber schwebte ein paar Blocks weiter.

Die Tür, an der Fritz gearbeitet hatte, brach auf.

Scheiß auf die Hubschrauber.

Ich drehte mich um und rannte mit Vollgas über die Straße und durch die Tür.

Scheiße. Scheiße. Scheiße.

Mehr Weiße.

Sie stießen und traten sich gegenseitig mit den Ellbogen, um durch die Tür zu kommen, die Fritz gerade aufgebrochen hatte. Der Raum auf der anderen Seite der Tür musste voll von ihnen gewesen sein.

Ich stolperte und versuchte, mich aufzuhalten.

Einer der Soldaten lag schreiend und kämpfend am Boden, mehrere Weiße knieten mit schnappenden Kiefern auf ihm.

Fritz entlud seine Pistole auf die Weißen, die seinen Kameraden angriffen. Der andere Kerl schoss auf die, die aus der Tür kamen.

Murphy war bereits neben ihnen und nahm die Straße ins Visier.

Die Weißen auf dem Soldaten waren schon tot oder zuckten noch, als ich neben Fritz auf die Knie fiel, der versuchte, den pulsierenden Blutstrom aus dem Hals des Soldaten zu stoppen, der die Augen weit aufgerissen hatte.

„Wir müssen los", rief Murphy. Er leerte ein Magazin und schob schnell ein neues in sein Gewehr.

„Ich habe keine Munition mehr", sagte der andere Soldat in Panik.

„Nimm meine Schrotflinte", sagte ich und reichte sie ihm.

Als er auf den blutenden Mann neben uns hinunterblickte, rief Fritz: „Er ist tot."

Er war nicht tot, aber er blutete so stark, dass es klar war, dass er sterben würde. Ich stand auf und schaute weg. Wir wollten den Mann im Stich lassen. Es war notwendig, das Einzige, was wir tun konnten. Der Versuch, ihn wegzuschleppen, damit er ein oder zwei Blocks weiter verbluten konnte, hätte mit ziemlicher Sicherheit noch mehr von uns das Leben gekostet. Aber verdammt noch mal, es fühlte sich so falsch an.

Der bald tote Soldat streckte die Hand aus und packte meinen Knöchel.

Scheiße.

Ich schaute zu der herannahenden Horde auf. Die Zeit war fast vorbei.

Ich sah auf den Kerl hinunter, als er etwas murmelte.

Fritz war auf den Beinen. Murphy reichte seine Pistole an Fritz weiter. Wir waren alle wieder mit geladenen Waffen ausgerüstet – zumindest für den Moment.

Ich ließ mich wieder auf die Knie fallen und beugte mich dicht an den Soldaten heran, in der Hoffnung, er würde einfach sterben und es uns allen leicht machen. Trotzdem fühlte es sich beschissen an.

Er murmelte wieder. Ich konnte seine Worte bei dem ganzen Lärm nicht verstehen. Ich lehnte mich nahe heran.

„Wir müssen los!", rief Fritz und trat zur Seite.

Murphy trat mich. „Komm schon, Alter."

„Granate", sagte der Typ. Sein Mund sagte es leise wieder.

Er wollte eine Granate.

Ich sah zu Murphy auf. Er hatte immer noch mehrere.

„Murphy, gib mir eine Granate", rief ich. „Jetzt sofort!"

Ohne eine Pause zu machen, riss Murphy eine von seiner MOLLE-Weste und ließ sie zu mir herunter.

Ich zog den Stift. Ich ahnte, was der sterbende Soldat dachte, und drückte ihm die Granate in die Hand.

Er hielt ihn fest in einem Griff, von dem wir beide wussten, dass er nicht lange halten würde. Er versuchte zu lächeln, trotz des Blutes in seinem Mund und der Angst in seinen Augen. Er wollte nicht sterben.

Wer zum Teufel wollte das schon?

„Danke“, sagte ich zu ihm und sprang auf. Ich sah die anderen an, als ich mich in Bewegung setzte. „Lauft!“

Wir rannten einen kurzen Häuserblock entlang. Die Granate explodierte hinter uns und ich drehte mich um, um zu sehen. Die Horde hatte den Soldaten erreicht. Mindestens ein Dutzend Weiße lagen um ihn herum auf der Straße, krümmten sich und schrien vor Schmerz, statt vor Blutrausch.

„Da lang“, rief Murphy und führte uns alle in eine Seitenstraße.

Im Moment sah ich keine Weißen.

Murphy bog in eine Gasse hinter einer großen Bank mit einem halben Dutzend Drive-Through-Spuren ein. Zwei Weiße lungerten in der Mitte der Gasse herum und schauten sich um, als ob sie nicht ahnten, was die ganze Aufregung sollte – als ob sie nicht wüssten, was sie dagegen tun sollten.

Murphy erschoss sie beide.

Gott sei Dank hatte er einen Schalldämpfer an seinem M4.

Er hielt neben einem Müllcontainer an, der an die Rückwand der Bank geschoben war, und sah nach oben.

Da im Moment kein Weißer in Sicht war, dauerte es nur eine weitere halbe Sekunde, bis alle erraten hatten, was Murphy dachte. Wir kletterten auf den Müllcontainer. Ich war als Letzter oben. Immer noch sicher. Murphy half Fritz bereits auf das Dach.

„Komm schon.“ Murphy sah mich an.

Er machte seine Hand zu einem Steigbügel. Ich stieg ein und er hob mich hoch, als ich sprang. Schon war ich halb auf dem Dach und kletterte über die Kante, um mich ganz nach oben zu bringen.

Sobald ich über die Brüstung fiel und auf dem Kiesdach aufschlug, kam der andere Soldat herübergeklettert. Fritz lehnte sich bereits zurück und griff nach unten. Ich sprang neben ihm hoch und griff nach Murphy. Er packte uns an den Händen und kletterte hoch, rollte über die Mauer und kam nach einem Sturz mit blauen Flecken zu Boden.

„Ach du Scheiße, das war heftig." Murphy ging auf die Knie und seine Augen waren so breit wie sein Lächeln.

Ich spähte über die niedrige Mauer, die das Dach umgab. Die Weißen waren bereits zurück in der Gasse. Weitere befanden sich auf der Straße. Ich konnte die Straße vor der Bank nicht sehen, nicht ohne mich hinzustellen und zu riskieren, von unten gesehen zu werden. Ich sagte: „Ich glaube, für den Moment sind wir sicher."

Von unserem Aussichtspunkt aus konnten wir sehen, wie erst der eine, dann der andere Hubschrauber auf den Ort zusteuerte, an dem der Soldat die Granate gezündet hatte, um uns etwas Zeit zu verschaffen. Ich schaute in diese Richtung und verdrängte den Gedanken an den toten Soldaten. Ein weiterer Tod auf einer langen, langen Liste. Wenigstens war sein Tod in einem einzigen schmerzlosen Augenblick vorbei.

Murphy kniete neben mir und schaute in den Himmel: „Wir können nicht bleiben." Er zeigte auf die Hubschrauber. „Ich weiß nicht, ob diese Arschlöcher nach uns suchen oder nur Weiße jagen, aber wenn sie uns zufällig auf dem Dach sehen, geht die Sache für uns ganz schnell in die Hose."

Ich schaute mich um und sagte: „Ich möchte auf keinen Fall, dass die Dinge für uns in die Hose gehen." Ich setzte ein Lächeln auf, um den Scherz zu unterstützen, aber es verschwand schnell wieder.

Fritz zeigte zu den Hubschraubern hinauf. „Sie suchen nach uns."

Kapitel 39

Murphy sagte: „Ich schätze, wir haben ein paar Dinge verpasst, als wir im Haus am See Urlaub gemacht haben.“

Ein Hubschrauber flog auf der anderen Seite des Gebäudes nebenan vorbei. Wir versteckten uns auf der gegenüberliegenden Seite eines großen Klimaanlagen-Moduls.

Ich zeigte auf den Hubschrauber und sah Fritz an: „Wer sind diese Typen und warum wollen sie dich unbedingt haben?“

„Wer ist Dalhover?“, fragte Fritz und durchbohrte mich mit seinen Augen.

„Hey, Vernehmungsjunge“, sagte ich zu ihm und ließ etwas von meiner Anspannung in Wut umschlagen, „komm mir nicht mit diesem Verhalten. Du kannst deinen bösen kleinen Arsch wieder vom Dachrand springen lassen und dich selbst verteidigen.“

Fritz' Gesichtsausdruck veränderte sich nicht.

„Bleibt cool“, sagte Murphy zu uns.

Der Soldat von Fritz legte mir eine Hand auf den Rücken und sagte:

„Danke, dass du uns da rausgeholt hast, Mann.“ Er stützte die Schrotflinte auf sein Knie und streckte seine andere Hand aus, um meine zu schütteln. „Es sieht vielleicht nicht so aus, aber wir wissen es wirklich zu schätzen.“

Ich nickte unverbindlich. „Tut mir leid wegen deiner Jungs.“

Er schüttelte den Kopf. „Wir gehen das Risiko jedes Mal ein, wenn wir rausgehen.“ Er schaute wieder zu Fritz.

Fritz schaute seinen Soldaten an und dann wieder zu mir. Er sagte: „Wir wissen zu schätzen, was du getan hast. Ich weiß nur nicht, *warum* du es getan hast.“

Eine Gruppe von heulenden Weißen rannte an der Bank vorbei, in Richtung der Brände im Kapitol.

Ich schaute Fritz von oben bis unten an. „Ich dachte, du wärst jemand anderes.“

Murphy lachte und sagte: „Ich habe es dir gesagt, Mann.“

„Wer ist dieser Dalhover-Typ?“, fragte Fritz.

„Ich dachte nicht, dass du er bist“, sagte ich. „Ich dachte, du wärst vielleicht sein Sohn oder so. Ich will verdammt sein, wenn du nicht wie eine jüngere Version von ihm aussiehst.“

„Ist er ein Freund von dir?“, fragte Fritz.

Ich nickte und schaute zu den kreisenden Hubschraubern hinaus. „Sie haben herausgefunden, dass wir nicht da drüben sind und fangen an, sich umzusehen.“ Ich schaute wieder zu Fritz. „Wenn sie wirklich scharf auf euch sind, müssen wir vom Dach runter.“

Dieselmotoren dröhnten aus der Ferne und ich stand halb auf, um auf die Straße vor der Bank zu sehen. Drei gepanzerte Humvees rasten vorbei und fuhren auf die Stelle zu, an der wir den letzten Soldaten mit der Granate verloren hatten. Ich schaute zu Fritz zurück. „Mein Gott, haben wir gerade die ganze Armee verärgert?“

Fritz zuckte mit den Schultern. „Wir sollten jetzt gehen.“

Es schien, als würden alle Weißen der Stadt auf die Straße gehen.

Wir gingen alle an den Rand des Daches, wo wir hochgekommen waren. Ich beugte mich vor und schaute die Gasse hinauf und hinunter. Drei Weiße trabten in unsere Richtung. Ich nickte in ihre Richtung. Murphy verstand den Hinweis, legte sein Gewehr über die Brüstung und zielte.

„Nicht“, sagte Fritz.

„Ich habe einen Schalldämpfer.“ Murphy deutete auf das Gerät, das am Ende seines Gewehrlaufs befestigt war.

„Es ist nicht der Lärm“, sagte Fritz, als er in den Himmel schaute. „Hier unten gibt es keine Lichter, außer dem Feuer im Kapitol. Mündungsfeuer könnte unseren Standort verraten.“

„Scheiße“, gab Murphy zu, „du hast recht.“

Ich steckte meine Pistole in den Halfter, legte eine Hand auf die Oberkante der kurzen Wand und sprang mit der Machete in der Hand auf den Müllcontainer.

Als meine Füße gegen den Deckel des Müllcontainers stießen, fanden die drei Weißen einen Sinn für ihr Leben und sprinteten auf mich zu.

Fritz warnte mich mit einem Grunzen und einer halben Silbe.

„Ich schaffe das“, sagte ich ihm.

Murphy begann, vom Dach der Bank zu klettern.

Der erste der Infizierten sprang ein paar Schritte entfernt auf den Müllcontainer zu. Er landete auf halber Höhe des Deckels und ich hackte ihm in den Nacken, als er nach meinem Bein griff. Sein Griff lockerte sich und er rutschte ab, während die anderen beiden den Müllcontainer erreichten, umklammerten und mit schrillen Stimmen schrien. Ich glaube, mein Anblick hatte etwas in ihren langsamen Gehirnen erschreckt oder verwirrt.

Während sie versuchten, herauszufinden, ob ich ein Weißer wie sie war oder nicht, hackte ich einer Frau die Hand ab und schlug dem anderen Weißen ins Gesicht. Dieser fiel zu Boden, aber die Frau verfolgte mich mit neuer Entschlossenheit. Ich beendete sie mit einem Schlag auf die Seite ihres Kopfes, der ihren Schädel öffnete und einen Schwall von Blut und Hirnmasse auf den hellbraunen Ziegelstein an der Seite der Bank landen ließ.

Ich sah zu Fritz und dem anderen Soldaten auf, als ob sie eine Anweisung bräuchten. „Gehen wir.“

Einen Moment später joggten wir die Gasse hinunter. Wir hielten uns dicht an den Wänden und nutzten die großen Müllcontainer, um von Passanten auf der Straße nicht gesehen zu werden.

Wir schafften fünf oder sechs Häuserblocks ohne Zwischenfälle, verhielten uns ruhig und legten etwas Abstand zwischen uns und den letzten Ort, an dem die Mistkerle in ihren Hubschraubern uns vermuteten. Je weiter wir uns vom Kapitol entfernten und je mehr die Brände niederbrannten, desto weniger rotes und gelbes Licht erhellte die Straßen. Der Lärm der Schüsse und Explosionen aus dem Kapitol wurde immer lauter und gab uns etwas Deckung für die Geräusche, die wir machten. Der Lärm lockte auch alle Infizierten aus dem Stadtzentrum an.

Der Kampf um das Kapitol war im Gange.

Sechs oder sieben Hubschrauber waren zu diesem Zeitpunkt in der Luft und schossen auf die Weißen. Gepanzerte Humvees und gepanzerte Mannschaftstransporter rumpelten durch die Straßen, hin und her, ohne dass wir ein Ziel ausmachen konnten, und schossen auf alles, was sich bewegte. Vielleicht waren sie nur auf der Jagd nach Weißen.

Murphy führte uns in ein Gebäude, das bei dem ersten Ausbruch offenbar stark beschädigt worden war. Das meiste Glas im ersten Stock war herausgebrochen. Ausgebrannte Autos standen Stoßstange an Stoßstange auf dem umliegenden Bürgersteig und bildeten eine unwirksame Mauer. In der Lobby lagen die Überreste von Hunderten von Toten auf dem Boden. Getrocknete Blutspritzer befleckten die Wände.

Vor einer Tür, die aus den Angeln gerissen worden war, warteten wir bei einem Treppenhaus.

Wie zum Teufel konnte das passieren, fragte ich mich? Die Tür war aus Stahl und schwer.

Murphy ging leise ins Treppenhaus, lauschte und blickte zwischen den Stockwerken auf und ab, um zu sehen, was er sehen konnte. Er schüttelte den Kopf, um uns mitzuteilen, dass der Raum leer zu sein schien. Er forderte uns auf, näherzukommen. Er flüsterte: „Ich glaube, wir müssen einen Ort finden, an dem wir uns für die Nacht verkriechen können."

Fritz sah sich die ausgebrannten Autos an und fragte: „Meinst du, wir sind zu nah am Kapitol?"

Murphy zuckte mit den Schultern. „Wie weit ist weit genug? Können sie die ganze Stadt nach euch beiden durchsuchen?"

„Nein", sagte Fritz. „Sie haben nicht so viele Leute. Außerdem müssen sie das Kapitol verteidigen."

Ich sagte: „Es ist gefährlich auf der Straße." Klar, das war offensichtlich. Wir wussten es alle, aber es musste gesagt werden.

Wir sahen uns gegenseitig an und kamen zu einem stillen Konsens.

Murphy führte uns die Treppe hinauf.

Kapitel 40

Als ich im achten Stock in einem ehemaligen Wohnzimmer stand und durch die hohen Fenster an der Außenwand schaute, sah ich das Kapitol in der Ferne zwischen zwei anderen hohen Gebäuden. Ich sagte: „Ich glaube, sie geben auf."

Murphy war in der Küche und durchwühlte Schränke und holte leere Behälter aus der Speisekammer. „Es wäre schön, wenn sie uns etwas zu essen übrig gelassen hätten", sagte er.

Ich warf einen kurzen Blick in die Wohnung. Im Großen und Ganzen war alles in Ordnung. Niemand hatte in den Wänden der Wohnung um sein Leben gekämpft. Keine menschlichen Überreste lagen auf dem Teppich verstreut und hinterließen den Gestank der Verwesung in jedem durchlässigen Stoff und Kissen. Das war der Hauptgrund, warum wir diese Wohnung unter den anderen Wohnungen im siebten Stock auswählten, die wir uns angesehen hatten. Es war die erste, in der sich der Besitzer anscheinend aus der Stadt verzogen hatte. Seine Leiche lag wahrscheinlich in einer anderen Straße oder seine Knochen lagen in einem Autowrack und wurden von Ratten angefressen.

Fritz kam zum Fenster, um das Kapitol in der Ferne zu sehen. „Du sagtest, du hättest ein Auto in der Nähe, richtig?“

Kopfschüttelnd zeigte ich in Richtung Nordwesten und sagte. „Ganz da oben.“ Ich sah mich auf den dunklen Straßen weit unten um. „Ich wusste gar nicht, dass wir so weit gelaufen sind. Ich glaube, das ist die 6th Street da unten.“

Hinter mir legte der Soldat mit meinem Gewehr das Gewehr auf den Couchtisch, setzte sich hin und fing an, daran herumzuspielen. Reinigen oder Zerlegen – ich war mir nicht sicher, was er vorhatte. Ich sagte: „Gewöhn dich nicht zu sehr an das Ding. Ich behalte es, wenn wir getrennte Wege gehen.“

Er sah beleidigt aus, stand auf und streckte mir die Schrotflinte entgegen. Ich winkte ab. „Du kannst das erst einmal behalten.“

Murphy lehnte sich an den Küchentisch. „Ich schaue mal in den anderen Wohnungen auf dieser Etage nach, ob ich etwas finde.“

„Ich glaube nicht, dass das eine gute Idee ist“, sagte ich ihm.

„Wir haben nicht viel Wasser“, argumentierte er, „und wir haben kein Essen mitgebracht.“

Der Typ mit meinem Gewehr sagte: „Ich gehe mit dir.“

Ich drehte mich um, sah Murphy an und sagte: „Bleib auf dem Stockwerk, okay?“

„Ja, Dad.“ Murphy ging zur Haustür und der andere Soldat folgte ihm.

Ich rollte mit den Augen und sah Fritz an. „Was ist mit dir los?“ Ich zeigte auf das Kapitol, das immer noch im Schein der Feuer um es herum glühte. „Was ist mit diesen Typen los? Sind die von der Armee oder was?“

Fritz lehnte sich gegen die Scheibe und verschränkte die Arme. Er sah mich an, wollte etwas sagen und hielt dann inne. Er war perplex.

„Was?“, fragte ich.

Er brauchte einen Moment. „Deine Haut.“

Ich schaute auf die Narben an meinen Armen hinunter, Bisswunden, die verheilt waren. „Was ist damit?“, fragte ich und überlegte, ob ich stolz oder verlegen sein sollte.

„Du siehst aus wie sie“, sagte er.

Ich schaute hinunter zur Straße. „Die Infizierten?“ Natürlich, die Infizierten.

Fritz nickte.

„Du sagst das, als ob du das noch nie gesehen hättest.“

Er schüttelte den Kopf. „Ich schon. Bei den Infizierten. Aber nicht bei jemandem wie dir. Du scheinst normal zu sein.“

„Das bin ich auch“, sagte ich ihm.

Er beugte sich nah zu mir, um meine Augen zu sehen. „Und deine Pupillen, bleiben die geweitet? Genau wie die anderen?“

Da es mir unangenehm war, Fritz so nah zu haben, lehnte ich mich zurück. „Ja. Und meine Temperatur ist ein bisschen heiß. Na und?“

Fritz schüttelte den Kopf und sagte: „So einen wie dich habe ich noch nicht gesehen."

„Wir sind überall." Ich winkte mit der Hand in Richtung der Stadt.

„Ich habe keinen gesehen", sagte er.

„Ich schätze, du wohnst in einer anderen Gegend", sagte ich ihm. „Ich bin schon einigen begegnet."

„Wie du?", fragte Fritz. „Du hast dich eindeutig mit dem Virus angesteckt. Du hast dich erholt und jetzt bist du normal. Meistens."

Ich fing an, ja zu sagen. Da waren Russell und Nico gewesen. Der Typ und das Mädchen in dem Haus oben am See. Jerome. *Jerome, der Lügner*, wie Murphy ihn genannt hätte. Der verrückte Mark. All diese verrückten intelligenten Infizierten. Ich schüttelte den Kopf und sagte: „Ein paar. Murphy und ich haben eine ganze Reihe von Infizierten kennengelernt. Ich schätze, einige sind wie ich."

„Hier in Austin?", fragte Fritz.

Das schien eine merkwürdige Frage zu sein. „Natürlich. Wo warst du denn die ganze Zeit?", fragte ich. „Hier?"

Fritz schüttelte den Kopf. Er zeigte nach Osten. „Zurück in Richtung Houston."

„Wie läuft es in Houston?", fragte ich und schweifte ab, obwohl ich das gar nicht vorhatte.

„Ein Chaos", sagte Fritz. „Wie hier. Was nicht verbrannt ist, ist von Infizierten überrannt. Das meiste ist aber schon vor den Fluten verbrannt."

„Ich glaube, der größte Teil von East Austin ist auch abgebrannt“, sagte ich, als ich meinen Hals reckte, um in Richtung dieses Stadtteils zu schauen. Ich konnte nichts außer Dunkelheit und schwach beleuchteten Silhouetten von Gebäuden sehen.

Fritz schaute vage nach Osten und sagte: „Das haben wir gesehen, als wir in die Stadt kamen.“

„Aus der Nähe von Houston im Osten?“, sagte ich, um die Zweideutigkeit zu unterstreichen, mit der Fritz mich zurückgelassen hatte. Er hatte nicht genau gesagt, woher er kam. „Wie lange bist du schon hier?“

„Ein paar Tage“, antwortete er.

„Und es gibt keine wie mich in dieser namenlosen Stadt, in der du gelebt hast?“

„Keinen einzigen“, sagte Fritz. „Sie sind entweder weiß und total verrückt, wie die meisten von ihnen, oder sie sind wie die Typen mit den Hubschraubern – Überlebende, aber durchgeknallt.“

„Durchgeknallt?“, fragte ich.

„Sie sind nicht ganz richtig im Kopf“, sagte Fritz. „Die meisten von ihnen sind irgendwie normal, aber nicht wirklich. Es ist, als wäre ein Teil ihrer Gehirnverdrahtung kurzgeschlossen. Sie neigen zu irrationalem, impulsivem und oft auch gewalttätigem Verhalten.“

Ich lachte bei dem Gedanken und sagte: „Zombie-Leichtversion?“

Fritz lächelte. „So kann man es auch sehen.“

Etwas machte ein leises, pochendes Geräusch. Sowohl Fritz als auch ich hörten auf zu reden und schauten zu unserer offenen Wohnungstür.

Das Geräusch hämmerte wieder, irgendwo draußen in der Halle.

Beim dritten Klopfen stürzte eine Tür auf.

Wir waren schon auf dem Weg zur Tür, als eine infizierte Stimme heulte, einsam und traurig, hungrig und bösartig.

Jemand fluchte.

Weitere Schreie der Infizierten vereinten sich zu einem Chor der rasenden Not. Körper stolperten über Einrichtungsgegenstände und stießen gegen Wände.

Mehr Fluchen.

Ich war schon am Laufen und kam um die Ecke aus der Tür. Ich sah Murphy am Ende des Flurs. Er lag auf dem Rücken auf dem Boden und hatte sich mit einem Fuß in einem kaputten Teil der Tür verkeilt, die er gerade eingetreten hatte. Der Soldat, der ihn begleitete, hatte eine Hand auf Murphys Fuß und versuchte, ihn zu befreien. Die andere Hand hielt die Schrotflinte zur Seite, nutzlos.

Eine infizierte Hand griff aus dem Türrahmen und packte den Soldaten am Ärmel. Der Soldat sprang weg und zerrte einen dünnen Infizierten halb durch die Tür hinaus.

„Erschießt sie!“, rief ich, als ich zum Ende des Flurs sprintete.

Fritz lief hinter mir her.

Murphy hörte auf, zu versuchen, sein Bein freizukämpfen und zog sein Gewehr, um zu schießen. Ich sah einen Blitz aus dem Ende seines Gewehrs, als die Infizierten begannen, durch die Tür zu drängen.

Der Soldat kämpfte darum, seinen Arm wegzuziehen. Er war für Murphy keine Hilfe mehr. Er hatte sein eigenes Leben zu retten.

Ich schrie so laut, dass die Weißen, die durch die Tür kamen, für einen halben Moment innehielten und nachsahen, was da auf sie zustürmte.

Meine Machete war draußen und ich hatte eine Pistole in der Hand. Ich wagte nicht zu schießen, während ich rannte. Ich hatte keine Chance, zu treffen.

Mir wurde klar, dass es egal war, ob ich etwas traf.

Ich schoss zweimal in die Decke und ließ die Weißen an Ort und Stelle erstarren – mit großen Augen und hungrig.

Der Lärm war in diesem Moment das Wichtigste.

Ich feuerte erneut und ihre Aufmerksamkeit wandte sich von Murphy ab und richtete sich auf mich, den dummen, lauten Menschen mit der Waffe. Zumindest funktionierte so ihr einfaches Gehirn. Schüsse bedeuteten zwangsläufig normale Menschen. Normale Menschen waren Nahrung.

Ich wusste, dass sie schnell genug herausfinden würden, dass Fritz' Kamerad der schmackhafteste und nächstgelegene der menschlichen Leckerbissen in der Halle war, aber das war nicht wichtig. Ihre langsamen Gehirne würden ein paar Sekunden brauchen, um diese Schlussfolgerung zu verarbeiten. Bis dahin ...

Und ich war da, in Machetenreichweite, und hackte in den Unterarm des hageren Infizierten, der den Ärmel des Soldaten festhielt. Er heulte eine neue Art von Schrei, nicht so sehr vor Schmerz – na ja, vielleicht so etwas in der Art – sondern vor lauter Frustration.

Ich trat ihm ins Gesicht und versetzte ihn in einen Schockzustand, während ich einer riesigen Frau den Hals durchhackte.

Der Soldat hatte inzwischen die Schrotflinte gehoben und sagte mir, ich solle aus dem Weg gehen.

Ich trat aus der Türöffnung und die Schrotflinte feuerte drei schnelle Schüsse ab.

Murphy nutzte die Ablenkung, um sein Bein freizubekommen, stellte sich auf die Beine und richtete sein M4 auf die Tür, während der Soldat noch ein paar Schüsse abfeuerte.

Als ich sah, dass Murphy bereit war zu schießen, hob ich eine Hand, um den Soldaten davon abzuhalten, weiter zu schießen.

Murphy machte sich an die Arbeit und tötete den letzten der Weißen, indem er über die Toten im Eingangsbereich der Wohnung kletterte.

Ich rannte bereits in Richtung des nächstgelegenen zentralen Treppenhauses des Gebäudes.

Fritz war hinter mir und fragte: „Wohin gehen wir?“

Ich zeigte auf die Tür im Treppenhaus. „Ich muss wissen, ob jemand auf dem Weg ist.“

„Verstanden.“ Er wusste, dass ich die Infizierten meinte.

Als wir die Tür erreichten, hielt ich davor an und zeigte auf das andere Ende des Flurs. „Sieh du dort nach."

Ich öffnete die Tür einen Spalt, spähte auf den Treppenabsatz, sah, dass er leer war und trat hinein, wobei ich leise ging und auf Geräusche lauschte, ob sie oben oder unten waren.

Scheiße.

Etwas war da unten, nicht im Treppenhaus, sondern im Gebäude.

„Scheiße."

Ich trat aus dem Treppenhaus.

Weglaufen? Das Risiko eingehen und bleiben? Die Infizierten kamen. Ich wusste nicht, wie viele. Ich wusste nur, dass sie im Moment nicht das Treppenhaus hochkamen, aus dem ich gerade halb herausgetreten war.

Als ich zurück in den Flur schaute, war es offensichtlich, dass Murphy und der andere Soldat fertig waren. „Hey", rief ich, wobei ich mich sehr bemühte, nicht zu laut zu sein.

Murphy und der Soldat sahen mich beide an. Ich zeigte auf das Ausgangsschild über meinem Kopf und sagte: „Überprüft die Treppe da unten."

Mit einem kurzen Nicken rannte der Soldat los.

Murphy kam in meine Richtung.

Ich drehte mich um, um Fritz' Status zu überprüfen. Er war gerade in seinem Treppenhaus angekommen.

Ich hatte eine Sekunde Zeit zum Nachdenken, und alle meine Schlussfolgerungen liefen auf eine einfache Sache hinaus. Unsere Anonymität war verloren. Die Weißen waren im Anmarsch. Es war an der Zeit, aus der Stadt zu verschwinden.

Fritz öffnete die Tür ein paar Zentimeter, bevor er sie zudrückte und in meine Richtung zurücklief.

Der ängstliche Blick auf seinem Gesicht zeigte mir, was ich wissen musste.

„Sie kommen“, rief er, als er den Flur hinauflief.

„Weiße?“, fragte Murphy, als er neben mir zum Stehen kam. „Oder Arschlöcher?“

„Ich ...“ Ich lächelte und hätte fast gelacht. „Ich schätze, es könnten die Hubschrauber-Arschlöcher gewesen sein.“ Ich schaute an ihm vorbei. Der andere Soldat stand mit offener Tür da und versuchte zu signalisieren, dass das Treppenhaus frei war. Ich fragte: „Was denkst du, Kumpel, das oder das andere?“

Murphy schaute über seine Schulter, blickte auf Fritz hinunter und warf einen Blick auf die Tür zum Treppenhaus, die ich offen hielt. Er zeigte mit dem Daumen den Flur hinauf, weg von Fritz.

Ich war einverstanden.

Ich drehte mich um, winkte Fritz zu und sagte: „Dein Mann hat freien Weg. Los!“

Wir rannten.

Kapitel 41

Wir hüpften so schnell die Treppe hinunter, dass wir uns alle blaue Flecken an den Wänden der Plattform am Ende jedes Stockwerks holten. Keiner von uns brach sich einen Knochen oder verstauchte sich einen Knöchel, ein echtes Risiko bei unserer rücksichtslosen Geschwindigkeit, aber ein Risiko, das wir eingehen mussten. Wir wussten, dass die Infizierten auf dem Weg nach oben in das Stockwerk waren, das wir gerade verlassen hatten, wenn sie das richtige Stockwerk erraten hatten, nachdem sie ihre Treppe hinaufgestiegen waren. Wir wussten nicht, wie viele Weiße sich in den unteren Etagen des Gebäudes aufhielten. Das machte das Treppenhaus zu einer potenziellen Todesfalle, und die einzige Möglichkeit, das Risiko zu minimieren, war, die Zeit, die wir dort verbrachten, so kurz wie möglich zu halten.

Wir keuchten alle, als wir unten ankamen.

Wir hielten an, standen in der nahen Dunkelheit und lauschten. Das Heulen hallte im Gebäude wider, aber noch nicht im Treppenhaus darüber. Die Weißen rannten und sie suchten. Die Schrotflintenschüsse verrieten ihnen, dass Fleisch auf dem Tisch lag.

Sie waren wie besessen davon, es zu finden. Es dauerte nur wenige Augenblicke, bis sie das Treppenhaus oben erreichten.

Murphy legte eine Hand auf die Tür, um das Gebäude zu verlassen, sah uns an und sagte: „Ich schaue raus. Wenn die Luft rein ist, gehen wir. Wenn nicht ...“

Und wenn nicht?

Ich war mir nicht sicher, ob wir eine andere Wahl hatten. Sich in einer der Wohnungen zu verstecken, würde wahrscheinlich nicht gut ausgehen. Es würde sogar garantiert schlecht ausgehen, da die Infizierten das Gebäude bereits durchkämmt hatten. Uns den Weg nach draußen freizuschießen war ein beschissener Hämorrhoidenplan, aber das hatten wir schon die ganze Nacht gemacht. Wir konnten nur hoffen, dass uns das Pech nicht einholen würde.

Die Tür knarrte in ihren Angeln. Murphy schaute durch seine Nachtsichtbrille in die schattige Nacht.

Er stieß die Tür ein wenig weiter auf und steckte seinen Kopf heraus.

Über uns, vielleicht drei oder vier Stockwerke höher, knallte eine Tür gegen die Wand und die Schreie von Infizierten erfüllten das Treppenhaus. Fritz und sein Soldat schoben sich gegen uns – ob sie es absichtlich taten oder ob es eine angeborene Reaktion auf angespannte Nerven war, wusste ich nicht. Murphy stürzte nach vorne, stieß die Tür auf und murmelte Flüche, während er versuchte, sich auf den Beinen zu halten.

Es gab kein Zurück.

Ich folgte ihnen nach draußen. Als Letzter schloss ich die Tür so leise wie möglich, um den Weißen oben nicht zu verraten, dass sie uns so nah waren.

„Da sind einige etwa einen Block in diese Richtung“, sagte Murphy.

Ich schaute zu meiner Rechten. Ein paar Weiße waren dort unten und schenkten uns noch keine Aufmerksamkeit. Ich schaute nach links. Einige waren auch in dieser Richtung. Jeder infizierte Bastard in der Stadt war wach. Warum rannten sie nicht einfach zum Kapitol, anstatt hier herumzulungern und uns zu verarschen?

Vielleicht war es der Rauch, der die Straßen in einen Dunst hüllte, der alles in der Dunkelheit in einen Grauton verwandelte.

Das könnte zu unserem Vorteil sein.

„Kommt schon.“ Murphy winkte uns, ihm zu folgen, und joggte zwischen einem großen Pick-up und einem umgestürzten Lieferwagen auf die Straße. Am Heck des Pick-ups hielt er inne und schaute nach links und rechts, bevor er weiterlief.

Wir rannten und überquerten eine Kreuzung auf der Diagonale. Überall in den Straßen waren Weiße unterwegs. Die meisten schienen sich irgendwo herumzutreiben und wussten nicht, wohin sie gehen sollten. Die Dunkelheit war für sie genauso ein Hindernis wie für uns – jedenfalls für Fritz und seinen Kameraden. Murphy und ich trugen die Nachtsichtbrillen. Solange wir nicht redeten, ein weiteres dummes menschliches Geräusch machten oder zu nahe kamen, waren wir wahrscheinlich sicher. Sicherheit war ein relativer Begriff.

Beeilung.

Murphy wich einer Bushaltestellenbank aus, die auf die Straße geschleift worden war, sprang auf den gegenüberliegenden Bordstein, machte noch ein paar Schritte und sauste durch eine zerbrochene Glasscheibe an der Fassade eines übermäßig schicken Barbecue-Restaurants an der Ecke. Fritz schaffte den Sprung und sein Kumpel auch.

Ich war mir sicher, dass ich durch das zerbrochene Fenster über die niedrige Mauer springen konnte, aber stattdessen blieb ich stehen und drehte mich in der Hocke um, um nach oben und unten sowie auf die andere Straßenseite zu schauen. Ich richtete meine Aufmerksamkeit auf die Tür an der Seite des Wohnhauses, aus dem wir gerade herausgekommen waren. Kein wütender Mob von Weißen strömte heraus.

In der Gewissheit, dass wir in Sicherheit waren, kletterte ich durch das zerbrochene Fenster, wobei ich darauf achtete, meinen Stiefel langsam auf den Glasscherben abzusetzen, um das laute Knirschen zu verringern.

Murphy und der Soldat waren bereits durch das Esszimmer und durch eine Tür, die in die Küche führte. Fritz stand in der Tür und winkte mir stumm zu, dass ich ihm folgen sollte.

Den Speisesaal zu durchqueren ging nicht schnell, und es war schwierig, leise zu sein. Es war ein weiteres Chaos aus Stühlen, Tischen, Silberbesteck und zerbrochenen Tellern auf dem Boden. *Zerbrochene Teller auf dem Boden.* Wer zum Teufel serviert Barbecue auf einem Teller? In Texas liegt es auf einem Blatt Packpapier mit einer optionalen Pfütze Barbecue-Soße. Ich schüttelte den Kopf und murmelte: „Verdammte Kalifornier“.

Oder vielleicht waren die Besitzer einfach aus Dallas.

An der Tür zeigte Fritz auf eine schmale, dunkle Treppe. Als ich dort ankam, schaute ich nach oben und sah nichts als Stufen. Ich ging voran, denn ich war mir sicher, dass es für Fritz' unbewaffnete Augen stockdunkel sein musste. Ich flüsterte: „Packe mein Hemd und folge mir.“

Wir gingen hoch.

Am oberen Ende der Treppe öffnete sich eine Tür zu einem Büro, das einen großen Teil des Platzes in der vorderen Hälfte des Gebäudes einzunehmen schien. Ein Lagerraum und ein weiteres Büro nahmen den Rest des Raums in der hinteren Hälfte ein. Der Lagerraum sah aus, als wäre er ausgeräumt worden. Nicht einmal mehr Konserven standen in den Regalen, obwohl zerrissene Kartons und andere Verpackungen den Boden fast knietief bedeckten.

Ich ging zu einer halb geöffneten Tür hinüber, wo ich Murphy und den anderen vermutete. Ich spähte hinein und sah sie am anderen Ende, vorbei an den unordentlichen Schreibtischen. Sie versuchten, aus dem Fenster zu schauen, ohne ihnen zu nahe zu kommen. Ich ging hinüber und stellte mich neben sie, während Fritz die Tür leise hinter uns schloss und verriegelte.

Sicher.

Irgendwie.

Unten auf der Straße rannten die Weißen. Sie kamen aus der Richtung des Wohngebäudes. Einer von ihnen musste von dort oben auf der Treppe gesehen haben, wie sich die Tür schloss, und sie jagten hindurch, sobald sie die Tür geöffnet hatten. Jetzt schienen sie frustriert zu sein, denn sie wurden langsamer und sahen sich um. Sie hatten uns aus dem Blick verloren. Solange sie ihre Erbsenhirne nicht zusammensteckten und herausfanden, wie sie eine systematische Suche organisieren konnten, waren wir in Sicherheit.

Murphy gluckste leise. „Das hat Spaß gemacht.“

„Ja“, stimmte Fritz zu. Er war sarkastisch. Er verstand nicht, dass Murphy es nicht war.

Ich sagte: „Ich werde auf der Rückseite des Gebäudes nach einer Feuerleiter suchen. Vielleicht schaue ich mich leise nach einem Wasserboiler um und versuche, etwas zu trinken zu bekommen.“

„Und Essen?“, sagte Murphy und ignorierte den Teil mit dem „leise“ völlig.

Ich sagte: „Der Lagerraum sah aus, als wäre er schon durchwühlt worden, aber ich werde nachsehen.“

„Ich werde mitkommen“, sagte der andere Soldat.

„Übrigens“, fragte ich, „bevor wir wieder durch halb Austin laufen müssen, hast du einen Namen?“

„Gabriel Billings“, antwortete er. „Nenn mich Gabe.“

„Ich bin Zed, das ist Murphy. Komm mit.“

Kapitel 42

Das Abendessen oder Frühstück – wie auch immer die Leute in der Nachtschicht die Mahlzeit nennen, die sie kurz vor Sonnenaufgang zu sich nehmen – bestand aus einer völlig verbeulten Riesendose Bohnen, die wir unter den geschredderten Papierprodukten im Lagerraum fanden. Wir spülten sie mit den Resten des Wassers aus dem Warmwasserbereiter herunter. Es war so stark verdunstet oder versickert, dass die gelösten Mineralien ihm einen Geschmack von zerdrückten Aspirin und körnigem Rost verliehen.

Das war es, was wir hatten.

Nachdem wir gegessen hatten, teilten wir die Tagesschicht auf und Murphy schlief auf dem Boden ein, als die Sonne den Himmel im Osten zu erhellen begann. Gabe legte sich ebenfalls schlafen und überließ es mir und Fritz, nach Gefahren Ausschau zu halten.

„Die Nachtsichtbrille hilft nachts wirklich, was?“, sagte Fritz, als wir die Weißen auf der Straße beobachteten.

„Ja“, sagte ich. „Das verschafft uns einen ziemlich guten Vorteil.“

„Was ist mit den Weißhäuten?“, fragte Fritz. „Greifen sie dich immer noch an? Kennen sie den Unterschied?“

Ich erklärte ihm alle Regeln, die ich über Leute mit Schwelbrand und Weiße gelernt hatte. Daraus wurde ein ziemlich langes Gespräch, denn er schien sich genauso akademisch für das Thema zu interessieren wie ich. Ich erklärte ihm, dass wir ein Elektroauto gefunden hatten, das es uns in Kombination mit der Dunkelheit ermöglichte, nachts durch die Straßen zu fahren, so dass Murphy und ich uns auf den Weg machten, Nachtmenschen zu werden. Nachts hatten wir alle Vorteile und tagsüber keinen. Das ergab Sinn.

Fritz erzählte mir, was er über das Verhalten der Weißen wusste, was, wie sich herausstellte, gar nicht so viel war. Er wusste von den Schalldämpfern und wie sehr sie bei der Kontrolle der Infizierten halfen. Es schien so, als ob jeder, der noch lebte, das ziemlich genau wusste. Es war fast schon eine Voraussetzung.

„Ich weiß, dass ihr gesagt habt, dass ihr mich gerettet habt, weil ihr dachtet, dass ich jemand anderes bin“, sagte Fritz schließlich, „Ich verstehe nicht, warum ihr eure Leute deswegen verraten habt. Warum habt ihr nicht erst nachgefragt, um sicherzugehen?“

„Unsere Leute?“, fragte ich. „Wovon redest du?“

„Die im Kapitol.“ Fritz deutete vage in Richtung des Kapitolgebäudes. „Die Überlebenden-Armee. Ihr *wart* wirklich bei ihnen, nicht wahr?“

Ich lachte. „Glaubst du wirklich, wir waren bei diesen Schwachköpfen?“

Fritz nickte. „Warum solltest du sonst dort sein?“

Ich lächelte und ging zurück, um die Weißen draußen auf der Straße zu beobachten. „Murphy hält mich für einen Idioten“, sagte ich. „Wir haben oben am See übernachtet und die Hubschrauber kommen und gehen sehen. Ich wollte sie mir ansehen.“ Ich schaute in den Himmel. „Ich habe wohl gedacht, vielleicht auch gehofft, dass die Zivilisation noch nicht ganz zusammengebrochen ist. Ich dachte, dass diese Leute hier unten vielleicht die Ordnung wiederherstellen, du weißt schon, wieder aufbauen.“

Fritz war perplex. „Ist Murphy so zynisch? Hält er dich für einen Idioten, weil du dir das erhoffst?“

„Nein“, schüttelte ich den Kopf und mein Lächeln schmolz dahin. „Er hat es nie wirklich gesagt, aber er dachte, ich sei ein Idiot, weil wir jedes Mal, wenn wir uns mit normalen Menschen treffen ...“

„Normale?“, fragte Fritz. „Immune Menschen?“

„Jedes Mal, wenn wir uns mit ihnen treffen, geht alles den Bach runter.“ Ich zog die Stirn in Falten und schüttelte den Kopf. „Sie mögen uns nicht. Sie denken, wir sind Viren tragende, kannibalische Monster, die nur Ärger bringen.“ Ich drehte mich um, griff nach der Kante eines der Tische und schob ihn leise näher an die Fenster heran, damit ich darauf sitzen und Ausschau halten konnte.

„Gehört ihr zu einer Gruppe von anderen?“, fragte Fritz. „Andere wie ihr?“

Ich schüttelte den Kopf. „Nur ich und Murphy.“

„Hast du viele andere gesehen?“, fragte er.

„Einige“, antwortete ich. „Nicht so viele, wie ich gehofft hatte.“ Ich zeigte auf das Kapitol. „Der Haufen von gestern Abend ist das erste Mal, dass ich mehr als ...“ Ich zögerte, etwas über die Leute auf der Insel zu verraten, vor allem über die, die nach Balmorhea gefahren waren. „Sie sind mit Abstand die größte Gruppe von Normalen, die wir gesehen haben.“

„Schade, dass sie nicht normal sind“, sagte Fritz.

„Ja“, stimmte ich zu. „Schade.“

„Was ist mit dir?“, fragte ich. „Du hast dich ziemlich bedeckt gehalten, wo du eigentlich herkommst.“ Ich seufzte: „So ist das jetzt wohl.“ Ich erinnerte mich daran, wie ich Nico nur ungern von der Gruppe erzählt hatte, zu der ich gehörte, nachdem er und ich vor Nancy und Bubbles geflohen waren. „Ich schätze, es ist nicht überraschend – du weißt schon, um deine Leute zu schützen.“

„Ja“, stimmte Fritz zu. Er zuckte mit den Schultern. Er sah sich um, während er darüber nachdachte. Schließlich sagte er: „Ich bin mit ein paar Leuten von einer Universität im Osten unterwegs. Du und Murphy solltet mit uns zurückkommen.“

Kopfschüttelnd und lächelnd sagte ich: „Ich glaube, du hast den Teil verpasst, in dem es darum geht, dass normale Leute nicht auf Leute wie mich und Murphy abfahren.“

„Bei uns ist das nicht so“, sagte Fritz.

„Jeder ist überall so“, argumentierte ich. „Sag mir, dass du nicht so naiv bist, bitte.“

Kopfschüttelnd sagte Fritz: „Ich bin mir sicher, dass es dort Leute gibt, die dich nicht in ihrer Nähe haben wollen, aber darum geht es mir gar nicht. Ich bitte dich nicht darum, dort zu leben.“

Ich habe gelacht. „Fritz, wovon redest du denn überhaupt?“

Er sagte: „Du hast doch von dem Corps gehört, oder?“

Ich nickte. In Texas kannte jeder das Texas A&M Corps of Cadets. Es war eine studentische Militärorganisation. Sie trugen Uniformen, marschierten viel und hatten schöne Stiefel. Da Texas A&M (die „Aggies“) ein Rivale meiner Alma Mater, der University of Texas, war, könnte man noch viel mehr dazu sagen, aber der Luxus der Rivalität im Football war eine weitere Erinnerung, die nun zu den Dingen gehörte, die trivial und vergessen waren.

Fritz sagte: „Als es schlimmer wurde, zu Beginn des Ausbruchs, beschloss das Corps, dass es seine Pflicht sei, die Professoren auf dem Campus vor den Weißen zu schützen – so nennt ihr sie doch, oder?“

„Ja“, bestätigte ich. „Weiße. Wie hat das mit dem Schutz geklappt?“ Ich versuchte, mir nicht anmerken zu lassen, dass ich mir sicher war, dass es komplett fehlgeschlagen war.

„Ich sag dir was“, sagte Fritz, „ich bin seit dem Ausbruch in einem guten Teil von Ost-Texas herumgekommen. Ich muss sagen, dass wir im Vergleich dazu ziemlich gut abgeschnitten haben. Wir haben fast sechzig Professorinnen und Professoren in einem der Gebäude unter Quarantäne gestellt und dann eine Absperrung errichtet, um es zu verteidigen.“

„Sind die Jungs vom Corps nicht krank geworden?", fragte ich.

Fritz nickte. „Sieh mich an, sehe ich aus wie ein College-Junge?" Er lachte. „Ich habe vor zehn Jahren meinen Abschluss gemacht. Früher habe ich Häuser gebaut. Ich hatte eine Frau und vier Kinder."

Ich fragte nicht nach ihnen. Die Antwort auf diese Fragen war immer die gleiche.

„Wie alle anderen auch, hat das Virus das Corps fast ausgelöscht, zumindest die Studenten auf dem Campus. Als sie sahen, wie es weiterging, riefen sie die Alumni auf. Diejenigen von uns, die konnten, kamen. Dorthin zu gehen, um unser geistiges Erbe zu schützen, schien mir eine bessere Sache zu sein, für die man sterben kann, als in meinem leeren Haus zu bleiben und meinen Flachbildfernseher und meine Speisekammer zu schützen. Ich ging hin."

Darüber musste ich lachen. „Ja, ich glaube, so war es am Anfang auch, oder?"

„Es tauchten genug von uns auf, die immun waren", sagte Fritz, „und genug von uns überlebten lange genug, um zu lernen, wie man die Infizierten bekämpft. Wir haben es geschafft, die Gruppe zusammenzuhalten. Jetzt sitzen die sechzig Professoren immer noch in dem einen Gebäude fest. Sie sind noch nicht infiziert worden. Deshalb sind sie alle noch am Leben. Wir haben etwas mehr als hundert Freiwillige, von denen die Hälfte aus dem Corps kommt, und wir beschützen die Professoren."

„Warum bist du dann so weit weg in Austin?", fragte ich.

„Die Professoren, einige von ihnen sind Ärzte und Biologen und so – frag mich nicht nach den Details, ich habe einen Abschluss im Bauwesen – sie arbeiten an einem Heilmittel."

„Ein Heilmittel?", fragte ich.

„Nun, ein Impfstoff", sagte Fritz. „Wenn wir als Spezies eine Chance haben wollen, müssen wir einen Weg finden, unsere Kinder gegen das Virus zu impfen."

„Das ergibt Sinn." Ich nickte.

„Ich habe mich freiwillig gemeldet, um Blutproben für ihre Forschung zu sammeln", sagte Fritz.

„Warum?", fragte ich. „Schieß eine Waffe ab und sie kommen angerannt. Es scheint, als kämen die Proben zu dir."

Fritz schüttelte den Kopf und sagte: „Die Ärzte sagen, dass das Virus zu schnell mutiert. Deshalb bist du auch anders als die anderen Weißen. Typen wie dich gibt es in Ost-Texas nicht. Es gibt zu viele Varianten. Wir müssen einen Impfstoff oder eine Reihe von Impfstoffen finden, die alle Stämme des Virus bekämpfen."

„Warum brauchst du dann mich und Murphy, um zur A&M zu gehen?"

„Blut", sagte Fritz. „Wir brauchen Proben von deinem Virusstamm."

Kapitel 43

Ich versuchte, den Spott in meinem Lachen zu unterdrücken. „Du rennst einfach durch Texas und versuchst, hirnverbrannte Weiße zu überreden, mit dir nach College Station zu fahren?“

„Nein.“ Fritz schien nicht zu bemerken, wie dumm ich sein Vorhaben fand. „Wir hatten einen Humvee, mit dem wir ...“

„Gepanzert?“, fragte ich. Aber ich wusste es schon. Jeder, der noch Auto fuhr, war in einem solchen Panzerfahrzeug unterwegs – es sei denn, er hatte einen leisen elektrischen Hot Rod Mustang, mit dem er im Dunkeln herumrollte. Seltsam, dass ich mich dabei wie ein überragender harter Kerl fühlte. Ich versuchte, nicht zu lächeln.

„Ja“, sagte Fritz. „Ich schätze, du hast das auch herausgefunden?“

Ich nickte.

„Wir haben einen kleinen Kühlschrank hinten zwischen den Sitzen montiert“, sagte er. „Einer der Ingenieure in College Station hat ihn zusammengebaut. Was die Proben angeht, so haben wir sie mit so ziemlich jeder Methode bekommen, die wir brauchten.“

„Nicht fangen und freilassen, denke ich.“ Ich lächelte halb über meine Witzelei.

„Meistens haben wir sie erschossen und schnell eine Probe bekommen“, sagte Fritz. „Dadurch haben wir verstanden, dass unterschiedliche Ergebnisse bedeuten ...“

„Ergebnisse?“, fragte ich.

„Du weißt schon“, sagte Fritz, „die Verrückten. Die Überlebenden. Menschen, die sich vollständig erholt haben, und jetzt Menschen wie du. Zuerst dachte man, dass verschiedene Menschen unterschiedlich auf das Virus reagieren. Ich denke, das stimmt bis zu einem gewissen Grad auch. Aber ich weiß es nicht. Die Ärzte haben herausgefunden, dass es viele verschiedene Stämme gibt.“

„Klingt nach gefährlicher Arbeit“, sagte ich.

Fritz nickte. „Wir verlieren fast jedes Mal ein oder zwei Leute, wenn wir rausgehen.“

„Oh Mann.“ Das war schlimm. Ich fragte: „Wie oft warst du schon draußen?“

„Fünf- oder sechsmal“, sagte Fritz.

„Nicht gerade nachhaltig.“

Fritz schüttelte den Kopf und schaute abwesend aus dem Fenster. „Es ist eine notwendige Arbeit. Eines Tages werden die Leute wieder Kinder haben wollen. Seine Kinder zu ermorden, wenn sie weiß und verrückt werden, ist das Schwerste, was ein Mann je tun muss. Wenn wir einen Impfstoff finden können, ist es jeden Preis wert.“

Ich bat Fritz nicht, das zu erläutern. Die plötzliche Schwärze in seiner Stimmung sagte mir alles, was ich wissen musste. Ich vermutete, dass er gezwungen worden war, seine eigenen Kinder zu töten, als sie sich verwandelt hatten. Gott, das musste schlimm gewesen sein.

Danach sprachen wir eine Weile nicht miteinander. Die Sonne stieg langsam am Himmel auf. Murphy schnarchte. Gabe rührte sich und wachte häufig auf. Wenn er schlief, murmelte er und wälzte sich herum. Albträume. Es brauchte keinen Sigmund Freud, um zu erraten, worum es sich dabei handelte.

Schließlich fragte ich: „Was war denn dein Problem mit den Schwachköpfen im Kapitol? Warum haben sie dich eingesperrt?"

„Wir sind ihnen vor ein paar Tagen begegnet, als wir in Austin ankamen", sagte Fritz. „Es war unsere erste Reise hierher. Wir waren im Osten der Stadt und haben die Hubschrauber gesehen."

„Das gilt auch für uns", sagte ich.

„Wir fuhren direkt bis zu den Toren", sagte Fritz. „Wir hatten keinen Grund zu glauben, dass sie etwas anderes als eine gut organisierte Gruppe von Überlebenden waren. Erst als sie uns reinließen, unsere Waffen nahmen und uns einsperrten, wussten wir, dass es sich um eine andere Art von Überlebenden handelte – eine, die nicht ganz richtig im Kopf ist."

Ich nickte. Aus der Ferne sahen die Jungs ganz normal aus. Erst wenn du nah genug dran warst, um ihre Augen zu sehen, wusstest du es mit Sicherheit, und dann auch nur, wenn das Licht hell war. Ich sagte: „Murphy und ich haben uns im dritten Stock der Rotunde versteckt, als die Typen dich unten angeschrien haben. Das war das erste Mal, dass wir dich gesehen haben. Was war da los?“

Fritz kicherte fast. „Das war Richter Baird, der geschrien hat.“

Ich zuckte mit den Schultern. Der Name und der Titel sagten mir wenig, außer dem, was ich gehört hatte, als Murphy und ich im zweiten Stock des Nebengebäudes waren und die sprechenden Wachen unter uns vorbeigingen.

„Wenn der Gouverneur stirbt, geht der Posten an den Vizegouverneur über, dann an den Sprecher des Repräsentantenhauses, dann an den Generalstaatsanwalt ...“, sagte Fritz, „Die Nachfolge in Texas funktioniert so.“

„Der Generalstaatsanwalt? Das scheint mir eine seltsame Nachfolge zu sein“, sagte ich und mir wurde klar, dass ich in der Highschool im Staatskundeunterricht besser hätte aufpassen sollen.

„Es wird noch besser“, sagte Fritz. „Nach dem Generalstaatsanwalt kommen die Obersten Richter der texanischen Berufungsgerichte, geordnet nach der Nummer ihres Bezirks.“

Ich zuckte mit den Schultern angesichts der scheinbaren Willkür. Aber das war wohl jedes solche System.

„Richter Baird kommt aus dem 3. Bezirk“, sagte Fritz. „Er denkt, er ist der rechtmäßige Gouverneur von Texas.“

„Ohne Scheiß.“ Ich musste lachen. „Der Typ, der dich in der Rotunde des Kapitols angeschrien hat? Das ist unser neuer Gouverneur?“

Fritz nickte. „Rechtlich gesehen, was auch immer das noch bedeutet.“

„Ist das der Grund, warum er im Kapitol ist?“

„Das habe ich auch so verstanden“, sagte Fritz. „Er versucht, seine Macht zu legitimieren, indem er sozusagen auf dem Königsthron sitzt.“

„Wow.“ Das war interessant. „Und warum wollte er euch einsperren?“

„Er wollte uns im Morgengrauen hinrichten“, sagte Fritz. „Da er der Gouverneur war und wir Uniformträger, sagte er uns, dass er unser rechtmäßiger Oberbefehlshaber sei, zumindest bis der Präsident der Vereinigten Staaten auftauchte. Ich sagte ihm, dass ich dem Corps und dem Schutz der Professoren der Texas A&M verpflichtet sei.“

„Und das hat ihm nicht gefallen?“ Ich ahnte das Offensichtliche.

„Ganz genau“, sagte Fritz. „Er sagte, dass er einen von uns zurück nach College Station schicken würde, um das Gesetz zu verkünden, dass er der Boss sei und dass sie jetzt alle für ihn arbeiteten. Der Rest von uns würde über dem Zaun aufgehängt werden.“

Ich fragte: „Ist Baird ein Überlebender? Oder ist er normal?“

„Überlebender“, sagte Fritz.

Kapitel 44

Es war schon wieder völlig dunkel, als Murphy mich mit seinem Stiefel anstupste. „Steh auf, Sonnenschein."

Ich rollte mich auf den Rücken und schaute auf die Unterseite eines Schreibtisches. Offenbar hatte ich mich im Schlaf ein bisschen gedreht. „Wie viel Uhr ist es?"

„Nachtzeit." Murphy grinste und wandte sich ab. „Es gibt noch Bohnen zum Abendessen. Nimm sie, solange sie noch kalt sind. Eigentlich Zimmertemperatur."

Ich lehnte mich unter dem Schreibtisch hervor. Fritz und Gabe waren auch schon auf. Damit war ich der Faulpelz. Ich stöhnte und kroch vom Boden hoch, als das Gespräch zwischen Fritz und Gabe plötzlich verstummte. Murphy setzte sich auf einen Stuhl neben den beiden. Ich schaute hinüber. „Was?"

„Was, was?", fragte Murphy.

„Ihr habt aufgehört zu reden", sagte ich, während ich meine Pistole vom Boden aufhob, das Magazin auswarf, nachsah, dass es Patronen enthielt, und mich vergewisserte, dass sie entsichert war. Ich zog meine Machete aus der Scheide und richtete meinen Waffengürtel. Ich hob meine Hello-Kitty-Tasche vom Boden auf und stellte sie auf einen Schreibtisch, damit ich sie sofort nehmen und gehen konnte. So ging es mir oft. Ich war bereit für eine weitere Nacht. Die Jungs waren immer noch still und sahen mich an.

„Schöne Tasche." Fritz zeigte auf meinen schmutzigen rosa-weißen Rucksack. „Warum nicht etwas ..."

„Mehr Männliches?", fragte ich.

„Weniger ..." Fritz streckte seine Finger aus, als ob er stumm überrascht wäre. „Weniger schillernd."

Murphy grinste leise.

„Das ist meine Glückstasche." Ich bemerkte einen sauberen und leeren Teller, der neben der Bohnendose stand. Alle waren dabei, ihre eigenen Teller leer zu essen. Ich nahm an, dass der Teller mir gehörte und nahm mir eine große Portion.

Murphy lehnte sich auf einem knarrenden Stuhl zurück und sagte: „Wie lautet der Plan, Batman?"

Ich zuckte mit den Schultern, als hätte ich das nicht schon längst durchdacht. „Es ist dunkel." Ich schaute aus den Fenstern auf die Stadt. „Die Dinge haben sich beruhigt. Ich würde sagen, Fritz und Gabe können sich auf den Weg zurück nach College Station machen und wir holen unser Auto und fahren zurück zu Sarah Mansfields Haus." Ich wollte nach Hause sagen, aber das Wort „Zuhause" schien mir nicht richtig.

„Sarah Mansfield?“, fragte Fritz. „*Die* Sarah Mansfield?“

Murphy nickte. „Schönes Plätzchen da oben ...“

Ich schüttelte den Kopf und starrte Murphy an.

„– auf einem Hügel.“ Murphy zeigte nach Westen.

„Wohnt ihr mit Sarah Mansfield zusammen?“, fragte Fritz. „Ist sie in Wirklichkeit so hübsch wie auf dem Bildschirm?“

„Das war sie, bis Zed sie getötet hat.“ Murphy lachte.

Ich lachte nicht. Vielleicht hätte ich es tun sollen. Ich war nicht in guter Stimmung. Ich setzte ein falsches Lächeln auf. Alles, woran ich mich in dieser Nacht erinnerte, war, dass ich eine Frau niedergehackt hatte, die so hirntot war, dass sie ihrem Roboterrasenmäher durch den Garten folgte. War sie überhaupt eine Gefahr gewesen? Das musste ich mich fragen.

„War sie infiziert?“, fragte Gabe.

Ich nickte. „Natürlich.“

„Vielleicht verlange ich zu viel“, sagte Fritz, „aber ist Sarahs Wohnung groß genug, dass wir vielleicht bei euch übernachten können, wenn wir wieder in Austin sind?“

Murphy zog eine Grimasse und schüttelte den Kopf. „Das Haus ist groß genug, aber es könnte dir nicht gefallen. Zed hat es in die Luft gejagt.“

„Du musst ihre Filme wirklich hassen“, sagte Fritz.

„Ich habe es nicht in die Luft gejagt“, schnauzte ich zurück und klang dabei wie ein aufgezogener Teenager. „Es ist ... es ist ein Chaos. Die nackte Horde kam durch." Ich dachte an all die Leichen auf dem Rasen und im ganzen Haus. Den Gestank nach verbranntem Fleisch und Fäulnis. „Oh", fragte ich, „seid ihr schon auf die nackte Horde gestoßen?"

Fritz sagte: „Murphy hat uns aufgeklärt, als du geschlafen hast."

„Das ist eine gefährliche Bande", sagte ich ihm. „Es gibt eine Menge intelligente Infizierte in der Gruppe und der Rest ist verdammt bösartig." Ich steckte mir einen Löffel Bohnen in den Mund und setzte mich auf einen rollenden Bürostuhl.

Murphy sah mich an und deutete mit dem Finger auf Fritz. „Ich weiß nicht, ob er mit dir über die Anwerbung gesprochen hat, aber er meint, wir sollten mit ihnen nach College Station gehen. Du weißt schon, um einen Job zu bekommen."

„Wovon redest du?", fragte ich.

„Nicht gerade ein Job", sagte Fritz.

Ich kaute und sagte nichts.

Fritz sagte: „Zed, als wir gestern Abend miteinander gesprochen haben, habe ich dir erzählt, dass wir fast jedes Mal Leute verlieren, wenn wir Blutproben sammeln."

Ich nickte.

„Gabe und Murphy haben gestern Abend darüber geredet und es kam ihnen in den Sinn, dass du und Murphy ohne jedes Risiko unter die Infizierten gehen könnt."

„*Ohne jedes Risiko?*“ Ich lachte. „Du hast gesehen, wie sie uns gestern Abend gejagt haben. Genauso wie dich?“

„Nachdem die Schüsse gefallen sind“, sagte Fritz. „Ich meinte nicht *ohne* Risiko. Ich hätte *weniger* Risiko sagen sollen.“

Ich schüttelte den Kopf. „Es hört sich so an, als würdet ihr da draußen bei A&M gute Arbeit leisten. Ich glaube nicht, dass Murphy und ich da reinpassen würden.“

„Weil ihr infiziert seid?“, fragte Fritz.

„Weil wir Weiße sind“, sagte ich ihm.

„Ich habe dir doch gesagt, dass das keine Rolle spielt“, sagte Fritz. „Du würdest uns einen großen Gefallen tun. Verdammt, wenn wir einen brauchbaren Impfstoff finden, tust du der Menschheit einen Gefallen.“

„Menschheit?“, fragte ich. „Bis jetzt haben sie uns nicht viel besser behandelt als die Weißen.“

„Nicht jeder ist ein Arschloch, Zed.“ Fritz stand von seinem Schreibtisch auf. „Das weißt du doch, oder? Es gab schon immer gute und schlechte Menschen, vor der Infektion und nach der Infektion – das macht keinen Unterschied.“

„Das habe ich gehört“, bestätigte Murphy.

Ich nickte, konzentrierte mich wieder auf meine Bohnen, sagte aber eine Weile nichts. Schließlich brach ich das Schweigen und sagte: „Ich werde darüber nachdenken. Aber mach dir keine zu großen Hoffnungen.“ Ich schaute zu Murphy hinüber. „Was denkst du?“

„Ich habe keine Pläne.“ Er lächelte und zuckte mit den Schultern. „Ich hätte Lust, einen Humvee und einen Haufen Diesel zu besorgen und dich nach Balmorhea zu schleppen.“

Ich starrte Murphy an und schürzte meine Lippen.

„Balmorhea?“, fragte Fritz. „Was ist da draußen?“

Murphy sah einen Moment lang schuldbewusst aus und blickte dann zu mir auf. „Jetzt ist die Katze aus dem Sack.“ Er sah Fritz an. „Wir hatten ein paar Leute, die da rausgegangen sind.“

„Menschen?“, fragte Fritz. „Mit Schwelbrand, wie du?“

Murphy schüttelte den Kopf. „Normale Menschen. Menschen, die immun sind.“

„Wie viele?“, fragte er.

„Warum ist das wichtig?“, fragte ich misstrauisch.

„Ein paar oder viele?“, fragte Fritz. „Ich muss wissen, ob es sich lohnt, den ganzen Weg für Proben zu gehen.“

„Einige.“ Ich machte mit meinem Tonfall deutlich, dass das die einzige Antwort war, die ich geben wollte.

„Na dann.“ Fritz stand auf und ging auf und ab, während er seine Hände aneinander rieb. „Wenn ihr euren Weg geht und wir unseren, wisst ihr nicht zufällig, wo wir einen gepanzerten Humvee finden können, oder?“

„Ich weiß, wo es einen gibt, auf dem Grund des Lake Austin“, lachte Murphy.

„Die letzten beiden verlassenen Humvees, die wir gesehen haben, standen an der nordöstlichen Ecke des Campus." Ich stand auf, ging um den Schreibtisch herum, öffnete eine Schublade und fand einen Stift und Papier. „Ich zeichne dir eine Karte und sage dir, wie du am besten dorthin kommst."

„Wie weit?", fragte Fritz.

„Etwa fünf Kilometer?", schätzte ich. „Ein bisschen weiter, als wir gehen müssen, um zu unserem Auto zurückzukommen."

Es dauerte ein paar Minuten, um die Karte zu zeichnen und sie Fritz und Gabe zu erklären. Nachdem alle Fragen geklärt waren, überprüfte jeder von uns seine Ausrüstung und bereitete sich auf den Aufbruch vor.

Gabe trat vor mich und streckte mir die Flinte entgegen. „Danke", sagte er.

Ich schaute auf die Waffe. Ich sah zu Gabe auf. Ohne sie wäre er wehrlos gewesen. Mit ihr war das Schießen nur der letzte Ausweg, aber es war praktisch, wenn man es brauchte. Trotzdem hatte er keine weiße Haut, kein Nachtsichtgerät, keine Machete, keine Pistole und keine Ersatzhandgranaten. So sehr ich mich auch für die dumme Nächstenliebe schimpfte, sagte ich: „Behalte sie."

„Das kann ich nicht", sagte er.

„Wir wissen beide, dass du nichts hast", antwortete ich. „Wenn du etwas hättest – ein gutes Messer oder sogar eine Wasserpistole – würde ich die Waffe behalten." Ich schaute mich um. „Ich kann immer eine andere finden." Ich hoffte es. Rostfreie Gewehre waren immer schwieriger zu bekommen.

Während sich Gabe überschwänglich bedankte, leerte ich meine Hosentaschen und die Tasche mit den Flintenpatronen. Ohne die Schrotflinte hatte ich keine unmittelbare Verwendung für sie. Sicher, ich hätte die meisten behalten können, aber die Entscheidung, etwas mitzunehmen, war immer eine komplizierte Sache. Bei der Entscheidung spielte auch das Gewicht eine Rolle, das dich verlangsamen würde, wenn du um dein Leben rennst. Das war ein wichtiger Faktor.

Fritz und Gabe bedankten sich ein letztes Mal und gingen zur Tür.

Fritz öffnete den Riegel.

Ich nickte Murphy zu, als die anderen beiden nicht hinsahen. Ich wollte, dass sie zuerst gingen. Ich wollte, dass sie das Gebäude vor uns verließen und in ihre eigene Richtung gingen. Irgendwie, so dachte ich in diesem Moment, verringerte das die Wahrscheinlichkeit, dass sie uns folgen würden. Ich machte mir keine allzu großen Sorgen, dass sie uns folgen und uns etwas antun könnten. Es wurde nur immer schwieriger, ihnen zu vertrauen.

Fritz verließ das Büro mit Gabe im Schlepptau. Murphy folgte mir. Fritz bog in das schmale, dunkle Treppenhaus ein und navigierte mit der Taschenlampe.

Mit den anderen drei vor mir war ich auf halbem Weg nach unten, als die Gruppe plötzlich zum Stehen kam, mit den Füßen stampfte, um das Gleichgewicht zu halten und mit den Schultern gegen die Wände stieß. Fritz keuchte.

Ich bewegte mich bereits rückwärts die Treppe hinauf. Ich brauchte nicht zu warten, um zu erfahren, warum Fritz keuchte. Ich brauchte auch nicht zu wissen, warum er stehen geblieben war. Alle Überraschungen waren nur noch gefährlich, und fast alle gefährlichen waren Weiße.

Ich überquerte drei Stufen auf einmal, sprang in den zweiten Stock, drückte mich an die Wand und drehte mich um, um meine Pistole auszurichten. Murphys Masse füllte fast das gesamte Treppenhaus aus. Ich sah Ellbogen, Knie und Füße eilen und trampeln, während unten die ersten Infizierten heulten.

Murphy sprintete an mir vorbei und ging durch die Tür zum hinteren Büro und zur Feuerleiter.

Das überraschte Stöhnen aus hundert infizierten Kehlen wurde zu einem hungrigen Heulen.

Gabe ging an mir vorbei und Fritz kam neben mir hoch, während die Weißen sich aneinander vorbeidrängten, um als Erste die Treppe hochzukommen.

Verdammt.

Winzige Sekundenbruchteile wurden durch den Adrenalinrausch überschaubar. Würde Murphy das Fenster schnell genug öffnen können? Würde es darauf ankommen? Ich wusste nicht, ob wir uns zu viert aus dem Fenster und auf die rostige alte Feuerleiter stürzen konnten, bevor die ersten Infizierten mich in die Finger bekamen und mich für Fritz oder Gabe hielten. Sollte ich die ersten drei oder vier erschießen, die die Treppe hochkommen? Würde das den Rest von ihnen aufhalten, während sie über die fallenden Körper auf den von Blut glitschigen Treppen klettern? Sollte ich eine Granate werfen und weglaufen? Die letzten beiden Möglichkeiten würden mir mit Sicherheit Zeit verschaffen, aber zu welchem Preis? Der Lärm würde jeden Weißen im Umkreis von ein paar Häuserblocks alarmieren und dieses eine Problem in ein viel größeres verwandeln.

Ich dachte über die Machete nach, als ich sie aus der Scheide zog. Ich könnte ein paar von ihnen zerhacken – vielleicht auch mehr – aber die Gelegenheit zur Flucht würde so schnell verschwinden, wie sie gekommen war. Wenn ich erst einmal mit dem Hacken angefangen hatte und die Weißen mich als feindliche Nahrung betrachteten, würde ich mich nicht mehr schnell genug aus dem Handgemenge lösen können, um zum Fenster zu gelangen.

Oder ich konnte zur Seite treten, sie meine weiße Haut sehen lassen und hoffen, dass sie mich in Ruhe lassen würden, während ich Fritz und Gabe opferte. Hoffen?

Nein. Das könnte ich nicht.

Ich entschied mich für meine einzige Möglichkeit: Auf die Horde einhacken und dann fliehen. Ich warf einen Blick auf das Fenster zehn Meter links von mir – durch ein Büro, über einen mit Hindernissen übersäten Boden, um einige Schreibtische herum und kaum sichtbar durch eine offene Tür - und signalisierte Murphy und den anderen meinen Plan. Sobald das Fenster offen war und der letzte meiner Freunde hindurch war, würde ich rennen.

Ich schlitzte die erste Weiße mit der weitesten Reichweite meiner

Klinge durch ihr Gesicht. Es war kein tödlicher Schnitt, das war auch nicht beabsichtigt. Ihre Hände flogen instinktiv in die Luft, um ihr Gesicht zu bedecken, als sie kreischend zu Boden fiel und zwei andere hinter ihr zu Fall brachte, die versuchten, sich Schulter an Schulter aneinander vorbeizuzwängen. Ich stieß dem einen in den Kehlkopf und versetzte dem anderen einen kurzen Schlag auf die Wange.

Der Weiße mit dem Kehlkopfschnitt kippte auf die blutende Frau vor ihm auf der Treppe. Derjenige, den ich an der Wange getroffen hatte, verlor das Gleichgewicht und stürzte, während er sich auf den Rücken drehte und mit den Füßen in der Luft die Weißen hinter ihm abblockte. Er war fast in Griffweite meiner Stiefel, so dass er sich einen weiteren Hieb verdiente und Blut aus seiner Brust strömte.

Ich schnitt einem Vierten in den Hinterkopf, als ich Murphys laute Stimme „Los!“ schreien hörte.

Ohne zu zögern, drehte ich mich um und rannte los.

Kapitel 45

Alles, was ich hörte, waren Schreie und das Stoßen und Stampfen von hundert verrückten Weißen, die gleichzeitig versuchten, die Treppe hinaufzukommen. Alles, was ich sah, waren die Tür und das Fenster auf der anderen Seite des Raumes. An der Tür hielt ich mich mit einer Hand am Türpfosten fest, als ich versuchte, mit voller Geschwindigkeit um die Kurve zu kommen.

Ich kam an einem Schreibtisch vorbei. Draußen im Mondlicht, durch die hohen Fenster, sah ich Murphy auf der Feuerleiter, der mich anspornte, während er sein Gewehr hob.

Der mit Papier übersäte Boden erwies sich als tückischer, als ich erwartet hatte, und ich verlor den Halt und schlug mit dem Kopf auf dem Schreibtisch auf, als ich zu Boden stürzte.

Eine Sekunde lang sah ich nur Schwarz, dann Sterne, dann schien alles durcheinander.

Murphys schallgedämpftes Gewehr feuerte. Die Weißen schrien. Das Fenster, in dessen Nähe Murphy stand, war zerbrochen und das Glas auf dem Boden verteilt.

Wie war das passiert?

Murphy schrie etwas.

Fritz lehnte sich am offenen Fenster zurück, die Hand ausgestreckt, und rief eindringlich.

Die Wand auf der anderen Seite des Raumes knackte, als die Kugeln durch sie hindurchgingen.

Doch genauso schnell, wie alles aus dem Bereich der Vernunft verschwunden war, kam es wieder in den Fokus. Ich wusste, dass ich für ein paar Momente bewusstlos gewesen war, nachdem mein Kopf auf dem Schreibtisch aufschlug. Ich wusste, dass die Weißen die Treppe hinaufstürmten. Murphy schoss auf sie in der Tür und durch die Wand, um den Flur mit ihren Körpern zu verstopfen und sie aufzuhalten, bevor sie zu uns kamen.

Der letzte Gedanke, der mir in den Sinn kam – verdammt, es hätte der erste sein sollen –, wurde sofort in die Tat umgesetzt, als er mir in den Sinn kam. Ich kletterte wackelig wieder auf die Beine und ging zum Fenster.

Fritz packte mich am Ärmel und riss mich aus dem Gleichgewicht, als er mich durch die Tür zerrte. Er rief: „Alles okay? Geht es dir gut?“

Ich nickte und versuchte, meine Füße unter Kontrolle zu bekommen.

Er drehte mich herum und stellte mich neben die Leiter. „Los! Los!“

Ich schaute nach unten, als ich anfing, zu klettern. Gut! Wenigstens würde mich der Sturz aus dem ersten Stock nicht umbringen.

Am Fuß der Leiter stand Gabe mit seiner Schrotflinte und schaute die Gasse auf und ab. Er war bereit, alles abzuschlachten, was sich bewegte. Mir kam der Gedanke, dass er nicht verstand, dass er, wenn er den Abzug drückte, besser auch bereit sein sollte, zu sterben. Vielleicht hatte er aber auch nur die Hoffnung aufgegeben.

Meine Füße trafen auf bröckeligen, alten Beton. Ich taumelte, und Fritz ließ sich neben mich fallen und versuchte, mich festzuhalten.

„Mir geht es gut", sagte ich und zeigte auf den unebenen Boden. „Ich bin ausgerutscht. Mir geht es gut."

Eine halbe Sekunde später war Murphy auf dem Boden, sein Gesicht nur Zentimeter von meinem entfernt. „Kannst du laufen?", fragte er eindringlich.

Ich nickte.

Wir zogen die Gasse hinauf, Murphy an der Spitze, Gabe dahinter und Fritz an meiner Seite, der mich anfeuerte, obwohl ich das Gefühl hatte, dass ich die Hilfe nicht brauchte.

Ich legte eine Hand an die Seite meines Kopfes und spürte, dass dort über meinem Ohr eine verdammt große Beule wuchs. Ein kurzer Blick auf meine Hand, als ich sie wegzog, zeigte mir rote Finger und eine blutverschmierte Handfläche.

Als ich über die Ausrüstung nachdachte, die Soldaten mit ins Feld nehmen, kam mir der Gedanke, dass ich vielleicht einen Schutz für meinen Kopf brauchte. Ein Fahrradhelm hätte es auch getan. Ich sagte: „Deshalb tragen sie wohl Helme."

Fritz schaute mich besorgt an.

Ich öffnete den Mund, um zu erklären, dass ich keinen Unsinn erzählte, beschloss aber, dass wir im Moment größere Probleme hatten.

Murphy bog links ab und kam aus der Gasse heraus. Zwei Weiße durchwühlten ein Auto auf der anderen Straßenseite. Einer von ihnen sah auf und brauchte ein paar lange Sekunden, um zu begreifen, dass das, was er sah, warmes Fleisch war – nicht infiziertes Fleisch. Er sprang auf der Motorhaube des Autos hoch und jaulte vergnügt auf. Als er sich auf die Straße stürzte, um sich uns zu nähern, trafen ihn zwei Kugeln aus Murphys Gewehr in die Brust und warfen ihn zurück auf die Motorhaube. Der zweite Weiße bekam eine Kugel in den Kopf, als er uns vom Fahrersitz aus ansah.

Wir rannten über die Kreuzung.

Das Heulen des weißen Mobs hallte von den Gebäuden wider. Sie dürften über die Feuerleiter kommen. Wir mussten außer Sichtweite sein, bevor sie aus der Gasse kamen, sonst würden wir in Schwierigkeiten geraten.

Außerdem war das Heulen ansteckend. Wenn einer heulte, hörten es alle um ihn herum. Alle wussten, was es bedeutete. Es war Fleisch im Spiel.

Mehr Heulen.

Wir kamen auf ein Stück Bürgersteig zwischen einem geparkten Sattelschlepper und der Wand eines alten Lagerhauses, das zu einer Bar umgebaut worden war. Im Moment waren wir nur von vorne und hinten zu sehen.

Wir bogen noch einmal links in eine Gasse ein, und für einen Moment waren keine Weißen vor uns zu sehen. Einige waren einige Blocks weiter hinten in der Gasse und hingen um Mülltonnen und Müllcontainer herum.

Überall um uns herum heulten die Infizierten. Das war eine der Arten, wie sie zusammenarbeiteten, um ihre Beute zu erbeuten. Sie waren auf der Suche.

Eine Metalltür auf der rechten Seite stand offen und schwankte sanft in der leichten Brise. Murphy rannte hinein und wir folgten alle.

Drinnen angekommen, wurde Murphy langsamer und sagte leise: „Verriegle die Tür."

Gabe zog die Tür zu und versperrte uns den Weg in die Dunkelheit. Ich zog meine Nachtsichtbrille über meine Augen und sah durch den Lagerraum hinaus in eine Kunstgalerie, in der bunte, abstrakte Kunst an den Wänden hing. Die Farbe war jedoch verloren gegangen. Alles war in Grün- und Schwarztönen gehalten.

Der Riegel rastete ein, als Gabe flüsterte: „Schon gemacht."

Murphy steckte seinen Kopf in die Galerie und sah sich um. „Hey", rief er.

Wir waren alle erstarrt und warteten auf ein Ergebnis.

Nichts.

„Hey", sagte Murphy wieder.

Immer noch nichts.

Er kam zurück in den Lagerraum, eilig, aber nicht in Panik. Er sah mich an und fragte: „Wie geht es dir? Kannst du laufen?“

„Mir geht es gut“, sagte ich ihm.

Murphy sah Fritz an. Fritz schüttelte den Kopf.

„Nein“, sagte ich. „Mir geht es gut. Nicht hundertprozentig, aber ich bin im Spiel. Nur zu, mächtiger Murphy.“

Er grinste.

Gabe sagte: „Wir sollten uns hier verstecken.“

Murphy schüttelte den Kopf. „Das können wir nicht. Die Weißen sind in Aufruhr. Sie werden durch alle Gebäude hier rennen und nach uns suchen.“ Er klopfte Gabe auf die Schulter. „Diese Wichser lieben den Geschmack von nicht infizierten Jungfrauen.“

„Was?“, sprudelte es aus Gabe heraus, der offensichtlich nicht damit gerechnet hatte, gehänselt zu werden. Aber das war eben Murphys Sinn für Humor.

Murphy sah mich noch einmal an: „Wenn du dazu fähig bist, dann gehen wir vorne raus. Wenn nicht, stecken wir dich oben in einen Schrank oder so und holen dich später ab. Du schaffst das schon, auch wenn sie dich finden.“

Ich berührte wieder mit einer Hand die blutige Wunde an der Seite meines Kopfes. Ich hielt meine Hand so hoch, dass Murphy sie sehen konnte, während ich in der anderen meine Machete hielt. „Ich habe vielleicht einen guten Schlag abbekommen, aber ich kann immer noch viele von ihnen töten. Aber bei all dem Blut werden die Hungrigen denken, ich sei verletzt und schwach. Das macht mich zu einer Zielscheibe."

„Mach Sachen", witzelte Murphy.

Kapitel 46

Wir verließen die Kunstgalerie, überquerten die Straße und kletterten durch die Überreste der Eingangstür einer kleinen Druckerei. Wir gingen durch die Lobby, durch eine andere Tür, vorbei an ein paar leeren Büros und in die Produktionshalle, wo große Maschinen in den 25 Zentimeter hohen Wasserlachen auf dem abgesenkten Boden rosteten. Ein Teil des Daches war eingestürzt. Vermutlich während des Sturms.

Viele Dächer von Geschäftsgebäuden in Texas sind flach – oder beinahe flach – mit Brüstungen, die mehrere Meter um den Rand herum aufragen, die mechanischen Anlagen verbergen und den Eindruck eines viel höheren, beeindruckenderen Gebäudes vermitteln. Ich vermutete, dass die Abflüsse in diesem Gebäude verstopft waren, vielleicht durch die Überreste von jemandem. Während des Hurrikans hatte sich das Dach einfach zu füllen begonnen. Da es die zusätzlichen Tonnen Wasser im neuen Schwimmbad im Obergeschoss nicht tragen konnte, stürzte das Dach ein.

Wir mussten durch das Wasser waten, um zur Hintertür zu gelangen, die sich am oberen Ende von vier Stufen an der Rückwand des Gebäudes befand. Die Tür schien intakt zu sein.

Sobald wir durch diese Tür gingen, kamen wir auf eine andere Straße. Die Weißen waren draußen, aber die, die sich bewegten, schienen in die entgegengesetzte Richtung zu gehen, zu einem Gebiet, das einige Blocks entfernt lag, wo die Weißen, die uns entdeckt hatten, immer noch suchten, heulten und zankten.

Wir passierten zwei weitere Häuserblocks, schlichen durch Gebäude und taten unser Bestes, um in Deckung zu bleiben, wenn wir draußen waren. Wir gingen nach Süden, weg von der Richtung, in die wir alle gehen wollten, aber auch weg von der letzten Bande Weißer, die uns verspeisen wollten.

Wir überquerten eine breite Straße, die mit Hunderten von Autos verstopft war. Einige waren auf dem Weg nach Westen zu einem Highway, andere wurden von Fahrern, die nach Osten zu einem anderen Highway wollten, dort zurückgelassen. Was auch immer für ein Verkehrschaos vor dem Hurrikan auf der Straße herrschte, die Fluten hatten es noch verschlimmert, indem sie viele der Autos auf die Straße trieben und zu Stapeln zusammenschoben. Unter den Stapeln befanden sich Bäume, Teile von Hauswänden und Dächern, Geräte und die Knochen der Toten.

Murphy hielt am Rande eines Haufens inne, zeigte nach Süden, vorbei an Reihen riesiger Zypressen, und flüsterte: „Der Fluss ist gleich da drüben. Vielleicht ist es an der Zeit, dass wir uns ein Boot suchen und aus der Stadt schwimmen. Wenn wir hierbleiben, werden wir umgebracht.“ Er schaute mich an. „Selbst das Glück des tapferen

Nullpunkts hält nicht ewig an."

„Der tapfere Nullpunkt?", fragte Fritz.

Ich ignorierte ihn und sagte: „Wenn wir ein Boot finden, das in den Bäumen angespült wurde, ist das eine gute Idee." Ich schaute die anderen an, ob sie mir zustimmen würden.

Gabe und Fritz nickten. Warum eigentlich nicht? Sie hätten wahrscheinlich alles mitgemacht und waren froh, dass Murphy und ich sie noch nicht im Stich gelassen hatten. Ich war sicher, dass sie dachten, sie könnten auf sich selbst aufpassen, aber Murphy und ich hatten die Nachtsichtgeräte und die Feuerkraft.

Die Weißen in der Nähe machten Lärm und stritten sich über irgendetwas, vielleicht über eine verrottete Leiche in dem Durcheinander der Überschwemmungsfolgen.

Murphy führte uns von der Straße weg. Zwischen den Bäumen hatte sich noch mehr Schutt angesammelt, und zwar so viel, dass wir nicht hindurch zum Fluss gelangen konnten. Wahrscheinlich hätten wir es tun können, aber mit dem Risiko, uns zu verletzen und dabei so viel Lärm zu machen, dass wir die Weißen in der Nähe angelockt hätten.

Stattdessen gingen wir im Gänsemarsch, während Murphy uns einen Weg entlang des Flusses wies und nach einem Weg suchte, um durch die Trümmerhaufen zwischen uns und dem Wasser zu kommen. Der Weg war tückisch – selbst auf dem relativ flachen Weg, den wir zurücklegten, lagen scharfe Metallstücke, die von Autos abgerissen waren, und Glasscherben, die mal klein, mal fast einen Meter lang aus den Haufen ragten, bereit, jedem, der nicht aufpasste, ins Bein zu schneiden.

Je weiter wir kamen, desto mehr scharfe, gefährliche Metallteile schienen in die Wege zu ragen. So sehr, dass ich mich zu fragen begann, ob es an der Topgraphie lag, dass die zurückweichenden Wassermassen die Trümmer auf eine so seltsame, stachelige Art und Weise abgelagert hatten.

Ich bemerkte auch, dass immer mehr Teile des Metalls Blutflecken von dem letzten Weißen trugen, der mit einer zu rücksichtslosen Geschwindigkeit hierher gerannt war.

Wir kamen an eine Biegung, an der die Trümmer auf eine Struktur geschoben worden waren, die nicht unter dem Druck des darüber fließenden Wassers zusammengebrochen war. Wir befanden uns in einer halbmondförmigen Lichtung, die über hundert Meter lang war und aus der wir nur über die gefährlichen Trümmer klettern konnten.

Murphy zeigte auf das alte Kraftwerk Seaholm. Das Gebäude war seit Jahren baufällig. Er sagte: „Die Stadt Stin – City of Stin".

Fritz sah verwirrt aus. „Was?"

Ich schaute an der Seite des Gebäudes hoch und las: „*City of Austin Power Plant*".

„Alter Witz", sagte Murphy und zeigte auf die riesigen Buchstaben im Retrostil, die hoch oben an der dreistöckigen Wand angebracht waren. Er grinste und sah mich an. „Ich weiß, dass du weißt, wovon ich rede. Ich wette, du warst schon oft nachts in den Bars hier unten."

Ich sah zu dem Gebäude hinauf und lächelte. „Sag du es ihnen."

Murphy sagte: „Versammelt euch, Kinder."

„Mach keine lange Geschichte daraus", sagte ich, „wir haben viel zu tun, weißt du".

„Der mürrische Nullpunkt", sagte Murphy kichernd.

Ich schaute mich nach Gefahren um.

Murphy sah Fritz und Gabe an. „Es ist nichts. Die Lichter hinter dem A und dem U im Schild waren für immer ausgebrannt. Deshalb stand da nachts CITY of STIN statt CITY of AUSTIN. Als wir betrunken waren und Scheiße redeten, kam es uns wirklich komisch vor, dass das Elektrizitätswerk seine Glühbirnen nicht auswechseln wollte."

„Interessant", sagte Fritz.

„Mach dich nicht lustig über ihn", sagte ich, „das macht es nur noch schlimmer. Sag ihm, dass es dich einen Scheißdreck interessiert. Vertrau mir."

Murphy sagte: „Ich bin sein einziger Freund."

Das brachte Fritz und Gabe zum Lachen. Habe ich schon gesagt, dass bei großer Anspannung jeder Scherz gut war?

Murphy sah sich die Trümmerhaufen um uns herum an. „Sollen wir zurückgehen?" Er schaute den Pfad hinauf, dem wir gefolgt waren, um dorthin zu gelangen.

Ich wies auf ein Ende der rauen Halbmondform. „Ich gehe zuerst dorthin und schaue, ob es einen sicheren Weg hinüber gibt. Würde einer von euch in die andere Richtung gehen?"

Fritz sagte: „Ich mache es.“

Ich fuhr fort: „Murphy, du und Gabe bleibt hier und behaltet den Weg im Auge. Ihr wisst schon, falls ein oder zwei Weiße euch folgen.“

„Verstanden, Boss.“ Murphy hob sein Gewehr auf die Schulter und richtete es auf den Weg, den wir zwischen den Hügeln genommen hatten.

Fritz machte sich vorsichtig auf den Weg und hielt etwa fünf oder sechs Meter weiter den Weg entlang an, um zu versuchen, an den aufgetürmten Trümmern vor ihm hochzuklettern.

Ich hoffte, dass wir das nicht tun müssten, sagte aber nichts. Es könnte der einzige Weg sein, ohne umzukehren. Andererseits waren wir nicht in Eile. Man verfolgte uns nicht. Im Moment waren wir in Sicherheit und kein Weißer wusste, wo wir uns aufhielten.

Ich ging den Weg entlang, als die Tiefe des Gerümpels unter meinen Füßen immer dicker zu werden schien. Ich musste immer vorsichtiger treten. Die zerklüfteten Metallstücke, die wahllos aus den Seiten ragten, schienen mich auf einen immer enger werdenden Weg zu zwingen, so dass ich mich sehr unwohl fühlte. Wenn ein Weißer über den Hügel käme, könnte ich mich nur schwer verteidigen, ohne mich zu verletzen – nicht seinetwegen, sondern wegen der Trümmer.

Als ich mich dem Ende der Sichel näherte, wollte ich schon fast aufgeben und umkehren, als ich etwas Merkwürdiges entdeckte, eine Unterbrechung im Gerümpel, entlang der Wand des Gebäudes, das der Flut standgehalten hatte. Ich sah eine Betonwand und eine Stahltür.

Warum nicht einen Blick hineinwerfen?

Vielleicht würde ein Fenster auf der anderen Seite des Gebäudes einen Weg durch den Erdhügel bieten. Das war meine Hoffnung, als ich meine Pistole in den Halfter steckte, meine Machete hob und zur Tür ging. Langsam. Ganz leise. Natürlich war alles, was ich tat, leise und langsam, vor allem, wenn ich nicht gerade von einer Herde bissiger Weißer gejagt wurde.

Ich drehte den Knauf und schob die Tür auf, in der Erwartung, schimmelige Geräte zu sehen. Was ich sah, war eine Art elektrisches Kabel, das aus einem großen runden Loch in der Mitte des Bodens ragte. Alle Kabel verteilten sich auf dem Boden und liefen die Wände hinauf zu großen Schaltkästen, die dort angebracht waren. Was noch wichtiger war: Irgendwo im Tunnel leuchtete ein schwaches Licht, das durch die Nachtsichtbrille hellgrün leuchtete und die Silhouette eines dünnen, weißhäutigen Mädchens mit kurzen, stacheligen Haaren und großen, dunklen Augen, Piercings und Tattoos erkennen ließ.

Kapitel 47

Der Anblick des Mädchens erschreckte mich und ich machte unwillkürlich einen halben Schritt zurück, während ich schluckte. Dieser Schluck war die Zeit, die ich brauchte, um mich zu erholen, meine Machete zu heben und wieder nach vorne zu gehen, um sie niederzuschlagen.

Das schwache Licht im Tunnel ließ mich innehalten.

Als ich meine Machete auf die Weiße schwang, fragte ich mich, ob das Licht im Tunnel eine Anomalie in der Nachtsicht-Software war oder ob dort unten etwas war, das nicht hätte sein sollen.

In dem Moment, als ich innehielt, wich das Mädchen zurück. Sie heulte nicht. Sie fletschte nicht die Zähne. Sie stürzte sich nicht auf mich. Sie hob abwehrend den Arm und versuchte, ihren Schrei zu unterdrücken, während sie „Nein!“ rief.

Ich drehte mich um und ließ die Machete an ihr vorbeirauschen, während ich meinen Hieb abbremste.

Nein?

Ich erstarrte.

Das Mädchen erstarrte ebenfalls und fragte sich vielleicht, warum sie noch am Leben war.

Vielleicht plant sie ihren Angriff.

Ich hob wieder meine Machete und streckte meine andere Hand aus, um zurückzustoßen, falls das nötig war.

Das Gesicht des Mädchens verwandelte sich in pure Angst, als sie leise sagte: „Bitte."

„Was?", fragte ich in denselben leisen Tönen.

„Bitte, nicht."

Ich schaute mich noch einmal in dem kleinen Raum um und vergewisserte mich, dass dort kein Hinterhalt lauerte. Wie könnte es einen geben? Der ganze Raum konnte nicht größer als zehn Quadratmeter sein, nur mit dem Tunnel und den Kabeln. Keine Einrichtungsgegenstände. Nur das Mädchen.

Ich sah sie von oben bis unten an. Sie trug keine Schusswaffe, sondern hatte ein Messer in einer Scheide an der Hüfte, einen Bogen in einer Hand und einen Köcher über der Schulter.

Sie war keine Weiße. Nun, das war sie, aber sie musste den Schwelbrand haben.

Ich bewegte meinen Mund, um zu sprechen, aber zu meiner Überraschung konnte ich mich nicht entscheiden, was ich zuerst sagen sollte.

Die freie Hand des Mädchens glitt langsam nach unten und berührte den Griff ihres Messers.

Meine Überraschung verflog und mein Selbsterhaltungstrieb setzte ein. „Nicht“, sagte ich ihr. „Beweg dich nicht.“

Nicht bewegen? Was für eine verdammte Begrüßung ist das denn?

Sie ging noch einen halben Schritt zurück, näher zum Tunnel.

„Stopp“, sagte ich, viel sanfter. Langsam ließ ich meine Machete sinken. „Ich bin nicht hier, um dir wehzutun.“

Das änderte den Gesichtsausdruck des Mädchens kein bisschen. Ihre Augen huschten von einer Seite zur anderen, dann starrte sie mich wieder an, und das in einem – zumindest für sie – sehr schwachen Licht. Mir wurde klar, dass sie wahrscheinlich nicht viel mehr als meine Silhouette im Mondlicht sehen konnte, das durch die offene Tür hereinkam.

Ich sagte: „Ich weiß, dass du in diesem Licht nicht sehen kannst, aber ich bin wie du.“ Ich hob meine Hand und drehte sie langsam. „Weiße Haut, genau wie deine.“

Das Mädchen berührte die Haut an ihrem Arm und fuhr mit den Fingern über ein Tattoo, das den ganzen Arm bedeckte – zumindest vermutete ich das, nach dem, was von ihrem Arm zu sehen war. Sie fragte: „Wer bist du? Wie hast du diesen Ort gefunden?“

Diesen Ort?

Okay, genug Hinweise passten zusammen. Dieses kleine, zehn Quadratmeter große Betongebäude war mehr als nur eine Art

Schaltstation für das Elektrizitätswerk.

„Ich bin gerade durch die Tür gekommen“, sagte ich ihr. „Ich war neugierig.“

Sie warf einen Blick zurück auf den Tunnel.

„Ich trage eine Nachtsichtbrille“, sagte ich ihr. „Du kannst sie bei diesem Licht vielleicht nicht sehen, aber ich kann alles sehen, was du tust. Was ist in dem Tunnel?“

Kapitel 48

Etwas schlurfte im Tunnel.

Das Mädchen drehte sich um und begann zu sprechen.

Ich hob wieder meine Machete und zischte: „Ruhe."

Sie erstarrte.

Noch mehr Schlurfen im Tunnel, Schritte, das Knarren von rostigem Metall. Eine Stimme flüsterte: „Jazz".

Jazz?

„Jasmin", flüsterte es wieder. „Warte auf mich."

Langsam senkte ich meine Machete und legte die Schneide absichtlich an Jasmins Kehle. Ich zog meine Pistole aus dem Halfter und richtete sie auf den Tunnel. Ich neigte meinen Kopf nach rechts und befahl Jasmine leise, ein wenig nach links zu gehen. Ich brauchte eine klare Sicht auf den Tunnel. Ich trat zur Seite, damit ich mich im Schatten befand und nicht vom Mondlicht, das durch die offene Tür fiel, überstrahlt wurde.

Das schwache Licht im Tunnel ging aus. Hände und Füße kletterten eine Leiter hinauf.

Der Kopf einer Frau tauchte aus dem Tunnel auf und sah sich in der Dunkelheit des kleinen Gebäudes um. Sie sah die offene Tür und fluchte. Sie hatte mich nicht gesehen. Auch Jazz hatte sie nicht bemerkt. Auf halbem Weg aus dem Loch blieb sie stehen, weil sie etwas hörte oder spürte und plötzlich nervös wurde. Sie hatte eine Pistole in einem Halfter an ihrer Hüfte und wollte gerade danach greifen, als ich sagte: „Tu es nicht. Komm aus dem Loch heraus. Leg die Hand nicht an deine Waffe."

Sie blickte in Richtung meiner Stimme und sah wohl nur Schwärze. Kurz zuvor war sie mit einer Kerze oder Taschenlampe im Tunnel gewesen. Ihre Augen hatten sich noch nicht an die Dunkelheit gewöhnt.

„Ich trage eine Nachtsichtbrille", sagte ich ihr. „Du hast mittellanges, strohblondes Haar. Mitte dreißig. Gute Figur. Du trägst eine schwarze Lederjacke. Ich kann alles sehen."

Das Gesicht der Frau wurde hart und ihre Augen huschten von einer Seite zur anderen. Sie hatte vor, etwas zu versuchen.

„Nicht", sagte ich. „Atme tief durch. Hör auf, dich nach etwas umzusehen, womit du mich schlagen kannst, okay? Bleib einen Moment ruhig."

Langsame Schritte draußen verrieten mir, dass jemand durch die Trümmer auf die Hütte zukam. Das war keine Überraschung. Ich war lange genug außer Sichtweite, um die Jungs neugierig zu machen.

Einen Moment später flüsterte die Stimme von Fritz: „Zed? Zed?"

Ich flüsterte zurück: „Ich bin hier drin. Geh es langsam an. Einige Leute sind mit mir hier drin."

Zu dem Mädchen, das aus dem Tunnel kam, sagte ich: „Du bist eine Weiße, ich bin ..."

„Eine Weiße?", fragte sie. „Was?"

„Deine Haut", sagte ich ihr. „Du hast dir das Virus eingefangen. Dir geht es doch besser, oder? Ich auch. Meine Haut ist genauso weiß wie deine."

„Du sagst immer, du bist wie wir", sagte Jazz. „Warum senkst du nicht deine Waffe und gehst einfach? Lass uns in Ruhe."

Warum eigentlich? Vertrauen oder nicht vertrauen?

„Mein Name ist Zed." Das schien ein guter Weg zu sein, um die Deeskalation zu beginnen.

Von draußen fragte Fritz: „Alles klar da drin, Kumpel?"

„Komm langsam rein", sagte ich über meine Schulter.

Fritz lehnte sich über den Rand des Türrahmens, die Pistole im Anschlag und auf das Dach gerichtet.

Beide Mädchen zuckten zusammen, als sie Fritz sahen.

„Er ist immun, aber er ist cool", sagte ich ihnen. „Ich werde Folgendes tun. Ich werde meine Machete senken und meine Pistole auf den Boden richten. Bitte macht keine Dummheiten."

Ich nahm meine Machete von Jazz' Hals weg und sie entspannte sich etwas. Wie versprochen, richtete ich meine Pistole nach unten. „Wir wollen euch wirklich nichts Böses tun“, sagte ich ihnen. „Wir haben nur versucht, einen Weg zum Fluss zu finden, um zu sehen, ob wir ein Boot oder so etwas finden können.“

„Wofür?“, fragte das Mädchen aus dem Tunnel und versuchte sofort, Löcher in meine Geschichte zu stoßen.

„Wofür denn?“ Ich war beleidigt, obwohl ich es wahrscheinlich nicht hätte sein sollen. „Wer bist du, Sherlock Holmes? Wir wollen verdammt noch mal aus der Stadt raus. Glaubst du, wir gehen angeln?“

Sie tauschte einen vielsagenden Blick mit dem anderen Mädchen.

Ich stieß einen dramatischen Seufzer aus und sah das Mädchen an, dem ich meine Machete an den Hals gehalten hatte. „Dein Name ist Jazz, richtig? Und du?“, fragte ich und sah das andere Mädchen an.

„Grace“, sagte sie.

„Das ist Fritz“, antwortete ich und nickte in Richtung der Tür, wo Fritz sich seit dem Eintreten nicht mehr bewegt oder gesprochen hatte.

Er nahm das als ein Zeichen. „Sind sie wie du?“, fragte er.

„Ja“, antwortete ich.

„Schwelbrand?“

Grace und Jazz sahen Fritz mit stummen Fragen im Gesicht an. „Wie kann er das nicht wissen?“

Zumindest sah es für mich so aus. Ich sagte: „Er ist nicht von hier.

Anscheinend sind wir Leute mit Schwelbrand eine geografische Besonderheit."

„Bist du bei den Soldaten im Kapitol?" Grace nickte in die allgemeine Richtung des Komplexes.

„Fragst du mich oder ihn?", erwiderte ich.

Sie starrte Fritz an, aber sie sagte: „Beide."

„Wir sind nicht auf ihrer Seite", sagte ich. „Sie waren sogar ziemlich sauer, als ich die Villa des Gouverneurs niederbrannte und einen ihrer Hubschrauber in die Luft jagte."

„Das warst du?", fragte Jazz.

Grace warf ihr einen Blick zu, der besagte, dass sie still sein sollte.

Ich schaute Jazz an und antwortete: „Du weißt davon?"

Sie schaute Grace böse an und sagte: „Wir alle haben die Brände gesehen und die Explosionen gehört. Wir haben uns gewundert."

Wir alle?

„Jazz", schimpfte Grace.

„Das waren wir", sagte ich ihnen. „Hört zu, ich weiß nicht, was ihr hier wollt. Ich weiß nicht, wie viele Leute ihr noch im Tunnel versteckt habt, und es ist mir auch egal. Wir rennen seit anderthalb Tagen durch die Innenstadt von Austin, während Arschlöcher auf uns schießen und Weiße versuchen, uns aufzufressen. Wir wollen einfach nur raus aus der Stadt. Also gehen wir einfach und überlassen euch euch selbst. Ist das okay?"

Grace schaute misstrauisch.

Weitere Schritte knirschten in den Trümmern draußen.

Jazz schaute zur Tür.

„Es gibt vier von uns“, sagte ich. „Einer wie ich – wie wir – ein weiterer mit Schwelbrand. Fritz und sein Kumpel sind auf einer Art Mission, um Blutproben zu sammeln.“

„Ja“, sagte Fritz. „Wir haben unsere Sachen nicht mehr. Die Jungs von Richter Baird haben es mitgenommen, als sie uns verhaftet haben. Ich muss aber hierher zurückkommen und Proben von euch allen holen.“ Fritz schaute sich draußen um. „Kann ich hierher zurückkommen, um euch zu finden?“

„Nein“, sagte Grace zu ihm. „Komm nie wieder hierher zurück. Du könntest sie mitbringen.“

„Die Weißen?“, fragte ich.

„Klar“, sagte sie. „Wie auch immer du sie nennst.“

„Einigen wir uns auf Weiße“, sagte ich ihr.

„Wie viele von euch sind da?“, fragte Fritz.

Grace und Jazz tauschten einen Blick aus.

„Alles in Ordnung da drin?“, flüsterte Murphy von draußen.

„Cool“, rief ich leise zurück.

Fritz schaute an seiner Uniform hinunter, blickte wieder zu Grace hoch und sagte: „Ich wette, du denkst, weil ich eine Uniform trage, bin ich mit den Typen im Kapitol verbunden.“

Grace sagte nichts, aber für mich war klar, dass Fritz genau richtig geraten hatte.

„Ich bin es nicht“, sagte er ihnen. „Und Gabe auch nicht. Wir sind Aggies. Wir waren im Corps. Wir haben eine Sicherheitszone – wenn man das so nennen kann – auf dem Campus von Texas A&M eingerichtet. Sie versuchen, einen Impfstoff zu entwickeln.“

„Ein Impfstoff wird uns nichts nützen“, sagte Grace. Sie hob einen Arm, um ihre weiße Haut zu zeigen. „Wir haben uns bereits mit dem Virus angesteckt.“

„Es könnte uns guttun“, sagte Fritz, „aber es ist nicht für uns. Es ist für unsere Zukunft.“

Kapitel 49

Fritz war vor dem Virus ein Bauunternehmer gewesen, aber ich glaube, seine Stärke war der Verkauf. Er überzeugte die Mädchen davon, dass er es ernst meinte, dass das Programm an der A&M University echt war und dass es eine Chance auf Erfolg hatte.

Ich war mir nicht sicher, ob irgendjemand von ihnen wirklich daran geglaubt hatte, aber wir waren alle in einer Kultur aufgewachsen, in der wir bei minimalen Chancen Lotterielose gekauft hatten, nur um eine kleine Dosis Hoffnung zu haben. Die Menschen brauchten Hoffnung mehr, als sie wussten.

Vielleicht war es das. Fritz verkaufte Hoffnung an die Hoffnungslosen.

Wir drängten uns alle in das Versorgungsgebäude. Jazz war zurück in den Tunnel gegangen, um ihre Leute zu warnen, dass wir kommen würden. Grace führte den Weg nach unten. Fritz und Gabe folgten ihnen, so dass nur Murphy und ich übrig blieben. Als der letzte von ihnen die Leiter hinuntergeklettert war, sagte Murphy: „Wir könnten abhauen."

„Sie verlassen?“, fragte ich, nicht ohne Grund. Es war eine Hinhaltetaktik. Murphy hatte ein gutes Argument. Fritz und Gabe auf die Mädchen loszulassen, entlastete mich von der Verantwortung für sie, nachdem ich so viel riskiert hatte, um sie aus dem Kapitol zu holen. Aber dieser Plan bedeutete auch, dass wir Grace und Jazz – zwei Leute mit Schwelbrand – und möglicherweise noch mehr im Tunnel zurücklassen würden. Unsere Leute?

Ich sah mich um, als ich darüber nachdachte. Jedes Mal, wenn wir uns mit normalen Menschen zusammengetan hatten, hatte es nicht geklappt. Würden andere mit Schwelbrand uns als gleichwertig akzeptieren?

Ja, natürlich.

Wenn wir alle das gleiche soziale Handicap hätten, warum nicht?

Ich sagte: „Ich denke, wir sollten den Tunnel hochgehen und nachsehen.“

„Glaubst du, sie leben im Tunnel?“, fragte Murphy. „Der muss doch voll mit Dreck von der Flut sein, oder? Ich wette, es stinkt.“

Ich zeigte nach Norden. „Das Kraftwerk Seaholm ist auf der anderen Straßenseite. Ich glaube, der Tunnel führt dorthin. Ich wette, dass sich ihre Leute dort verstecken.“

„Du kennst mich doch.“ Murphy zuckte mit den Schultern. „Ich bin für alles zu haben. Wenn du zurückbleiben willst, um zu sehen, ob Fritz und Gabe umgelegt werden, bin ich einverstanden. Wenn du dorthin gehen willst, um neue Freunde zu finden, warum nicht? Was ist das Schlimmste, was passieren kann? Dass sie uns erschießen?“

„Oder uns fressen“, scherzte ich. Ich stieg auf die Leiter, die in den Tunnel hinunterführte.

Genau wie Murphy vermutet hatte, stank es nach verrottendem Schlamm. Dicke Kabel verliefen über die gesamte Länge des Tunnels entlang einer der Wände. Sie waren mit einer Schmutzschicht überzogen und an jeder Halterung, die sie festhielt, klebten Trümmerteile. An der anderen Wand verliefen zwei übereinander liegende Rohre, die größer waren, als ich mit meinen Armen umfassen konnte. Vielleicht dienten sie dazu, Kühlwasser in das alte Kraftwerk zu pumpen. Die meisten Beleuchtungskörper auf dem Dach waren abgebrochen. Der Boden war voller Schmutz, Schlamm und Gerümpel, das nach der Überschwemmung ins Wasser geflossen war und sich dort abgesetzt hatte.

Ohne ein Wort zwischen uns zu wechseln, folgten wir dem schwachen Licht von Graces Taschenlampe die gerade Strecke des Tunnels hinunter und hörten das immer lauter werdende Flüstern und die eine oder andere angespannte Stimme, die zu uns hinunter hallte.

Am anderen Ende des Tunnels gab es weder einen L-förmigen Bogen noch eine Leiter, die nach oben führte. Der Tunnel öffnete sich direkt in einen Raum im Untergeschoss, der vier Stockwerke hoch bis zur Decke offen war, drei davon über dem Boden. Es sah so aus, als ob das Gebäude vor dem Virus und vor der Überschwemmung von einem Kraftwerk zu einem schicken Bürogebäude oder teuren Eigentumswohnungen umgebaut worden war. Ein großer Teil der Betonstruktur des Gebäudes war noch intakt, so dass ich das Gefühl hatte, ich sei gerade in das Innere eines riesigen toten Käfers getreten.

Auf den betonierten Laufstegen, die vom Erdgeschoss auf uns herabblickten, starrten neun Menschen – die meisten bewaffnet, alle mit Schwelbrand. Ein paar von ihnen, vor allem die, die keine Waffen in der Hand hatten, standen da und starrten ins Leere. Ich kannte diesen Blick. Sie waren die Russells in der Gruppe.

Als wir alle dastanden, uns gegenseitig abschätzten und schweigend überlegten, ob wir eine gegenseitige Gefahr darstellten, überraschte mich Fritz und ergriff das Wort. Unbeeindruckt von der Bedrohung durch die Waffen in den Händen der Leute da oben, schlüpfte er bequem in den Verkäufer-Modus. Er erzählte ihnen seine Geschichte über die Professoren, die in einem der Gebäude auf dem A&M-Campus eingeschlossen waren. Er berichtete von seiner Aufgabe, Blutproben zu sammeln.

Ich hatte die Geschichte schon ein paar Mal gehört und langweilte mich, bis ich merkte, dass alles eine Lüge sein könnte.

Ich fragte mich, was dieser Verdacht über mich aussagte. Hatte ich meinen ganzen Glauben an die Menschen verloren oder hatte ich einfach nie welchen gehabt?

Fritz erzählte ihnen von dem Traum eines Impfstoffs. Er sagte ihnen, dass er sein Leben für die Kinder der Menschheit riskiert und dass das Virus, das sie alle schon einmal infiziert hatte, in einer anderen Mutation wiederkommen könnte – vielleicht in sechs Monaten, vielleicht in ein paar Jahren. Vielleicht würde es in einer abgeschwächten, gutartigen Form zurückkehren, vielleicht aber auch in einer tödlicheren. Er versicherte ihnen jedoch, dass es wiederkommen *würde*. Milliarden von Menschen auf dem Planeten waren jetzt wandelnde Virusfarmen, und in ihnen wuchsen Milliarden von Viren und mutierten zu unzähligen Varianten. Es war möglich, dass wir das Schlimmste noch nicht erlebt hatten.

Wenn überhaupt, lenkte Fritz' Rede alle von dem wichtigsten Problem ab, um das es ging: Die Notwendigkeit, dass wir alle einander vertrauen müssen, Fremde, die nur durch ihre Hautfarbe verbunden waren.

Kapitel 50

Eine Stunde nach unserer Ankunft befanden wir uns in einem Konferenzraum im zweiten Stock. Zwei breite, hohe Fenster durchschnitten den dicken Beton an einer Wand. Zugezogene Vorhänge versperrten den Blick aus diesen Fenstern und hielten das schummrige Kerzenlicht im Raum.

Fritz, Gabe, Murphy und ich saßen an einem langen ovalen Konferenztisch. Grace, Jazz, ein älterer Mann namens Bill und eine weitere ältere Frau namens Janet saßen uns gegenüber. Sie waren neugierig auf Neuigkeiten, von denen Murphy und ich nur wenige hatten. Natürlich führten ihre Fragen dazu, dass Murphy sie eine Stunde lang unterhielt und ihnen von den Dingen erzählte, die uns widerfahren waren. Ich war froh, dass Murphy es erzählen konnte. Er war ein Naturtalent darin, den Mund aufzumachen und sich in der Aufmerksamkeit zu sonnen, die er erhielt. Vieles davon war sogar amüsant, wenn er es mit seinem Sinn für Übertreibung und Humor erzählte. Wenn er zu den hässlichen, schmerzhaften Stellen kam, überspielte er sie mit einem nachdenklichen Blick und fuhr fort.

Ich war mir sicher, dass ich mich an die schwärzesten Zeiten erinnert hätte. Das waren die einprägsamen Bilder, die sich in der Galerie meiner Seele an die Wände geklebt hatten. Blut. Zähne. Umklammernde Hände. Der Tod.

Murphys Version war besser.

Während Murphy von unseren Heldentaten erzählte, musste ich an all die verpassten Gelegenheiten mit Steph denken, als ich etwas hätte tun sollen, um das umzusetzen, was ich wusste, dass wir beide fühlten. Da ich dazu neige, Dinge zu sehr zu überdenken und sie ins Negative zu verdrehen, musste ich mich natürlich fragen, ob diese verpassten Gelegenheiten nur durch Übertreibungen und selektiv gewählte Erinnerungen existierten und ob die Realität eine Hoffnungslosigkeit war, der ich auswich.

Und die Leute hatten sich immer gefragt, warum ich ein Säufer geworden war.

Erst als Murphy mich anstupste und mir sagte, ich solle aufwachen, wurde mir klar, dass ich mich völlig von der Gegenwart abgekoppelt hatte. Ich hatte an eine Wand gestarrt und an meine eigenen schmerzhaften Erfahrungen gedacht. Ich schaute mich am Tisch um. Alle Augen waren auf mich gerichtet. Ich sagte: „Tut mir leid."

„Bist du okay, Mann?", fragte Murphy.

Ich lächelte und zuckte mit den Schultern. „Du kennst mich doch." Das war keine Art von Antwort.

Um von mir abzulenken, sah ich Bill an. Er war schlaksig und blass, hatte einen dünnen Bart und ein wenig Wildheit in den Augen. Ich fragte: „Was ist deine Geschichte?"

Er rieb sich mit den Händen über das Gesicht und sah zu Grace hinüber: „Du solltest es erzählen."

Grace sagte: „Wir haben auf dem Gelände des Kapitols gelebt, bevor Richter Baird und seine Bande kamen."

„Wie lange wart ihr dort?", fragte ich. „Murphy und ich waren in der Innenstadt, als die Flut begann. Wir kamen vielleicht ein paar Blocks weiter östlich vorbei."

Einen Moment lang versuchte sie, sich an die Details zu erinnern. „Wir waren damals da."

„Wir haben euch gerade verpasst", sagte ich.

„An diesem Tag war eine Menge los", sagte Murphy.

„Warum das Kapitol?", fragte ich. „Warum nicht irgendwo draußen auf dem Land?" Natürlich erinnerte ich mich sofort an den Tag in der ersten Woche der Infektion, nachdem ich den Überlebenden im Krankenhaus zur Flucht verholfen hatte. Murphy, Mandi und ich saßen in einem Humvee und blickten auf der Farm von Dr. Evans' Familie ins Tal hinunter. Wir sahen zu, wie die nackte Horde über ihr Farmhaus herfiel und ein Dutzend guter Leute tötete. Vielleicht war es doch keine so gute Idee, aufs Land zu ziehen, wie es den Anschein hatte.

„Pater Ben", sagte Grace.

„Pater Ben?", fragte ich und vergewisserte mich, dass ich richtig verstanden hatte.

„Er war ein Schwelbrändler, wie wir anderen auch." Graces Gesicht bekam einen abwesenden Ausdruck. Es war klar, dass Pater Ben nicht mehr bei uns war. „Er begann – ich weiß nicht, wie man es nennen soll …“

„Eine Kolonie“, sagte Bill. „Eine Leprakolonie für Leute wie uns.“

Grace lächelte Bill an und sagte: „Ja, die Kolonie von Pater Ben im Kapitol. Sie haben mich Ende der ersten Woche aufgenommen.“ Grace hatte Tränen in den Augen, die sie zurückhalten konnte. „Ich war von Dallas aus in der Stadt. Mein Sohn fing im Herbst an der University of Texas an und wir hatten eine Wohnung für ihn gefunden und waren dabei, alles einzurichten.“

Niemand fragte nach dem Sohn. In jedem Gespräch wurde jeder, der nicht anwesend war und von jemand anderem erwähnt wurde, für tot oder infiziert gehalten. So war die Welt nach dem Virus nun mal.

„Ich habe so oft zu Hause angerufen“, sagte Grace. „Zuerst war meine Tochter da und nahm den Hörer ab. Sie sagte, ihr Vater sei nicht von der Arbeit nach Hause gekommen. Sie war allein. Sie war sechzehn. Ich habe versucht, aus der Stadt zu verschwinden, nachdem ...“, sie hielt inne. „Dann wurde ich krank. Ich war in der Wohnung, die Türen waren verschlossen, und ich versuchte mein Bestes, um die Schrecken draußen zu halten. Irgendwann wurde mir so schlecht, dass ich auf dem Bett ohnmächtig wurde, und ich glaube, ich bin ein paar Tage lang nicht aufgewacht. Als ich wieder aufwachte, sah ich so aus. Die Telefone waren ausgeschaltet. Das Wasser war abgestellt. Ich hatte nur das Essen und die Getränke in der Wohnung.“ Grace holte tief Luft. „Das hielt nur so lange an.“

Alle fangen ziemlich gleich an, dachte ich.

„Ich durchstöberte die anderen Wohnungen im Gebäude, als Pater Ben mich fand. Er und Bill.“ Grace nickte und lächelte Bill an.

„Wir waren nicht allein“, fügte Bill hinzu. „Wir waren zu viert. Wir sind nie in kleineren Gruppen als dieser unterwegs gewesen. Das war zu gefährlich. Die anderen Weißen – die wirklich verrückten Typen – griffen jeden an, der schwach aussah, egal ob normal oder nicht.“

„Ich ging mit ihnen zurück zum Kapitol“, sagte Grace. „Leute wie ich waren dort, vielleicht dreißig von ihnen zu der Zeit. Stimmt das, Bill?“

Er nickte.

„Alle von euch ...“ Ich suchte nach den richtigen Worten, um die Frage zu beenden: „Waren sie funktionsfähig? Ihr wisst schon, weiß, aber nicht gewalttätig, nicht ...“ Ich deutete auf die Seite meines Kopfes, „nicht geistig geschwächt?“

„Wir hatten etwa die Hälfte der Normalen“, sagte Bill, „und die Hälfte der Langsamen – die, die nicht sprechen können.“

„Wir haben einige von ihnen gesehen“, sagte ich. „Vielleicht so viele, wie wir mit Schwelbrand gesehen haben. Russell, der Typ, den Murphy erwähnte, als er dir von uns erzählte. Er war ein Langsamer.“

„Russell war ein guter Kerl“, sagte Murphy.

Ich nickte, als mir ein weiteres brutales Ereignis in den Sinn kam. Russell war nur eine weitere Person, von der ich wünschte, sie wäre nicht gestorben.

„Pater Ben fühlte sich den Langsamen gegenüber verpflichtet", sagte Grace. „Er hat ihnen geholfen. Wir haben alle mit angepackt. Wir fanden sie auf der Straße, wenn wir auf Nahrungssuche waren, oft zusammen mit einem Haufen Gewalttätiger. Mit der Zeit konnte man sie ziemlich leicht erkennen. Sie scheinen immer hinterherzuhinken, wenn die anderen etwas jagen. Sie scheinen es nie eilig zu haben, etwas zu essen, und meistens haben sie es auch nicht. Die meisten, die wir hergebracht haben, waren halb verhungert."

„Aber sie waren nicht nutzlos", sagte Bill. „Man musste sie nur wie Kinder behandeln, die nicht so schlau sind. Sie packten mit an und halfen, wo sie nur konnten."

„Sie haben uns geholfen, die Mauer zu bauen", sagte Grace.

„Auf dem Gelände des Kapitols?", fragte ich.

„Ja", sagte sie. „Pater Ben dachte, das wäre das Beste. Wir waren gerade dabei, das Gelände zu bewirtschaften, als die Armee von Richter Baird auftauchte." Grace durchbohrte mich mit dem Hass in ihren Augen. Ich war froh, dass ihr Hass für jemand anderen bestimmt war. „Da waren wir schon über achtzig Leute."

„Achtzig?" Ich war schockiert. Bei all der Zeit, die Murphy und ich allein verbracht hatten, bezweifelte ich, dass wir jemals mehr als ein paar andere mit Schwelbrand finden würden.

„Nicht mehr", sagte Grace. „Dafür hat Bairds Armee gesorgt. Diejenigen von uns, die konnten, sind hierher geflohen."

„Ich verstehe diese ganze Sache mit Richter Baird nicht", sagte ich. „Warum glaubt er, dass er der Gouverneur von Texas sein muss?"

Murphy lachte spöttisch. „Als ob das noch wichtig wäre.“

Grace nickte Fritz zu und sagte: „Ich bin mir sicher, dass er eine Menge über Baird weiß, was wir nicht wissen, aber ich werde erzählen, was wir wissen.“

Kapitel 51

Als wir den Hubschrauber das erste Mal über uns fliegen sahen, waren wir überglücklich", erzählte Grace. „Die Mauer war da schon fertig, also machten wir uns keine großen Sorgen um die Verrückten draußen. Sie waren genauso fasziniert von dem Hubschrauber wie wir, aber aus anderen Gründen."

Ein Nicken rund um den Tisch. Jeder, der noch lebte, wusste, dass die Weißen von mechanischen Geräuschen angezogen wurden. Je lauter, desto besser.

„Die meisten von uns rannten am ersten Tag auf das Gelände des Kapitols und winkten, um ihre Aufmerksamkeit zu erregen", sagte Grace. „Wir wussten, dass sie uns gesehen hatten, denn sie kreisten mehrmals über dem Gelände, bevor sie in Richtung Norden davonflogen."

„Sie sind am ersten Tag nicht gelandet?", fragte ich.

„Nein." Grace schüttelte den Kopf zur Betonung.

„Kam euch das nicht komisch vor?", fragte ich.

Grace sagte: „Dieses ganze Sitzen ...“ Sie erhob sich von ihrem Stuhl, streckte sich und begann, langsam um den Tisch im Konferenzraum herumzugehen. „Du weißt doch, wie es damals war, oder? Was würdest du tun, wenn du den Hubschrauber fliegen würdest, Zed? Du lebst in einer Welt voller verrückter, weißhäutiger Menschen, die dich töten und fressen wollen. Du weißt wahrscheinlich, dass zumindest einige von ihnen schlau und hinterhältig sind. Warum würdest du es riskieren, unter einem Haufen von ihnen zu landen, den du nur aus hundertfünfzig Meter Höhe gesehen hast?“

Ich zuckte mit den Schultern. Sie hatte recht. Ich kam mir ein bisschen dumm vor, weil ich gefragt hatte.

Inzwischen war sie hinter mir, legte mir die Hand auf die Schulter und sagte: „Zuerst fanden wir es auch etwas seltsam, aber wir hatten Zeit, darüber zu reden, und das haben wir uns auch gedacht. Wir kamen zu dem Schluss – oder vielleicht hatten wir uns auch nur etwas vorgemacht –, dass das Verhalten genau das war, was wir hätten erwarten sollen. Später am Tag überlegten wir uns eine Nachricht. Auf einem der Felder, die wir für die Bepflanzung vorbereitet hatten, nahmen wir stattdessen ein paar Büsche von den Hecken, die wir ausgegraben hatten, und pflanzten sie in der Form des Wortes *Hallo*.“ Sie lächelte, als sie zum anderen Ende des Tisches ging, aber ihre Augen verrieten ihre Traurigkeit.

Bill sagte: „Es schien die freundlichste und kürzeste Nachricht zu sein, die man schreiben kann. Das versteht doch jeder, oder?“ Er schüttelte den Kopf und rieb sich die Augen, während er, meist zu sich selbst, murmelte: „Naiv. Dumm.“

Dazu sagte ich nichts. Vom Boden aus mussten die Hubschrauber über ihnen wie Hoffnung ausgesehen haben.

„Am nächsten Tag kam der Hubschrauber zurück, aber er hatte einen anderen dabei“, sagte Grace. „Wieder kreisten sie eine halbe Stunde lang und flogen dann davon. Sie kamen nie herunter und gaben keinen Hinweis auf ihre Absichten. Durch die offenen Türen sahen wir Soldaten im Inneren, oder zumindest das, was wir für Soldaten hielten. So ging das mit den Hubschraubern etwa eine Woche lang, meistens morgens, manchmal auch nachmittags. Jedes Mal, wenn sie kamen, gingen wir raus, winkten und forderten sie auf, zu landen. Das taten sie aber nicht.“

„Irgendwann haben sie es getan“, sagte Bill.

„Ja“, sagte Grace und setzte sich wieder an den Tisch. „Eines Nachts hörten wir etwas anderes. Es stellte sich heraus, dass es Humvees waren, die die 15th Street von Osten nach Westen hinunterfuhren. Es war eine Überraschung für uns, als sie kamen. Sie erregten viel Aufmerksamkeit bei den Weißen. Aber sie hielten nicht an. Sie wurden kurz vor dem Nordeingang langsamer und rasten dann davon. Danach haben wir vielleicht den größten Fehler gemacht.“

„Was war das?“, fragte ich.

„Wir machten ein weiteres Schild und hängten es an das Tor zur Straße hin. Darauf stand: *Willkommen. Wir öffnen die Tore für euch.*“ Grace schüttelte den Kopf. „Ein paar Tage später tauchten sie mit sechs Hubschraubern und ein paar Dutzend Humvees auf. Wir öffneten das Tor. Sie fuhren hinein. Als alle zwölf Humvees drin waren, eröffneten sie das Feuer. Sie sagten kein Wort. Sie haben nicht einmal versucht, sich zu verständigen. Sie fingen einfach an zu schießen.“

Bill nickte zur Bestätigung und sein Gesicht wurde zu einem wütenden Gesichtsausdruck. Er wollte Rache und er war stolz auf diesen Wunsch. Aber wer wäre das nicht?

„Pater Ben ging auf den Konvoi zu, um ihn zu begrüßen“, sagte Grace. „Er war einer der ersten, die getötet wurden. Viele der Langsamen waren draußen. Sie wussten nicht, was sie tun sollten. Sie standen einfach da und sahen zu, wie die Männer mit den Maschinengewehren auf den Humvees sie niedermähten. Der Rest von uns rannte weg.“ Grace starrte inzwischen auf den Tisch und schüttelte langsam den Kopf, während sie sich den Tag noch einmal in Erinnerung rief. „Überall um mich herum wurden gute Menschen getötet. Ich weiß nicht, wie ich es geschafft habe, aber ich rannte zur Südwand und kletterte hinüber. Zu diesem Zeitpunkt waren alle Verrückten in der Gegend aufgeregt und rannten zu den Mauern. Die Hubschrauber machten sich an die Arbeit und schossen alles und jeden auf den Straßen rund um das Kapitol ab.“

Bill sagte: „Grace und ich haben uns ein paar Blocks außerhalb der Mauer in der Lobby eines Bankgebäudes gefunden. Wir sahen den Hubschraubern bei ihrer Arbeit zu und hörten das Maschinengewehrfeuer auf dem Gelände des Kapitols. Kurz gesagt, wir trieben einige der Geflüchteten zusammen und landeten hier.“

„Sind viele entkommen?“, fragte ich. „Sind einige an andere Orte gegangen?“

Grace schüttelte den Kopf und sagte: „Nicht, dass wir wüssten. Ihr seid die ersten Schwelbrändler, die wir seit dem Angriff gesehen haben."

„Das ist ja furchtbar", sagte Fritz. „Ich kann nicht glauben, dass sie euch nicht einmal die Chance gegeben haben, zu reden, bevor sie angefangen haben zu schießen."

Bill nahm Anstoß: „Wenn du ihr Gefangener warst, wie du behauptest, dann *könntest* du es glauben. Du hast gesehen, wie sie sind."

„Es tut mir leid, es tut mir so leid", sagte Fritz. „Das habe ich nicht wörtlich gemeint. Es ist nur eine Redewendung."

Bill sagte nichts dazu. Er starrte Fritz einen Moment lang an und sah dann zu Grace hinüber, bevor er sagte: „Erzähl ihnen von Joseph."

„Morgen", sagte sie. „Jazz und ich müssen heute Abend Essen sammeln. Wir müssen da raus, bevor es zu spät ist."

„Ich dachte, ihr sagt, ihr geht in Vierergruppen raus", sagte ich.

Kopfschüttelnd sagte Bill: „Manche Dinge sind ein Luxus. Wir haben nicht mehr so viele von uns."

Ich warf einen Blick auf Murphy. Er rollte mit den Augen. Er wusste, was ich dachte. Ich sagte: „Murphy und ich haben zur Nachtschicht gewechselt. Wir kommen mit, wenn das in Ordnung ist? Ich meine, wenn es dir nichts ausmacht, wenn wir ein oder zwei Tage hier pennen."

„Was?", fragte Murphy. „Ich arbeite nicht an Wochenenden."

„Am Wochenende?“, fragte Grace. „Welcher Tag ist heute?“

„Ignoriere ihn.“ Ich lächelte. „Die Hälfte von dem, was er sagt, ist Klugscheißerei.“

Kapitel 52

Wir bildeten eine ziemlich seltsame Gruppe: ich mit meiner Machete und meiner Pistole, natürlich mit meinem Nachtsichtgerät, Murphy mit seinem Nachtsichtgerät und seinem schallgedämpften M4 und Grace und Jazz, beide mit Messern, Bögen und je einer Pistole. Sie hatten nichts, was ihre Sicht behinderte. Sie wählten einen anderen Weg der stillen Verteidigung. Da sie noch am Leben waren, war es offensichtlich, dass es für sie funktionierte.

Auf dem Weg durch den Tunnel erklärte Grace, dass sie die unteren Etagen des alten Kraftwerks verstärkt hatten, indem sie Metall über alle Fenster geschweißt und die Türen versiegelt hatten. Der einzige Weg hinein- oder hinausführte durch den Versorgungstunnel, der unter der Cesar Chavez Street auf die Seite des Town Lake führte. Die scharfen Metall- und Glassplitter, die aus den Trümmerhaufen entlang des Weges ragten, hatten unsere neuen Freunde dort platziert, um die Weißen davon abzuhalten, dorthin zu wandern. Der Gedanke war, dass die Weißen nach ein paar scharfen Stößen vielleicht umkehren würden. Noch besser wäre es, wenn sie auf ihrer täglichen oder nächtlichen Essenssuche nicht mehr auf diesen Weg zurückkehren würden. Die Weißen waren zwar dumm, aber nicht völlig dumm. Sie konnten trainiert werden.

Auf dem Weg durch die Trümmerhaufen flüsterte ich: „Habt ihr einen Plan, wo wir heute Abend hingehen?"

Jazz sagte: „Wir haben das Gebiet festgelegt und arbeiten uns systematisch durch. Heute Abend gehen wir zum Whole-Foods-Laden."

„Gibt es dort noch Essen?", fragte ich.

Sie lächelte und sagte: „Die Verrückten haben schon früh alles aufgefressen, was sie in den Mund nehmen konnten. Danach haben sie den Laden verwüstet. Die Regale sind umgekippt. Überall liegt Müll herum. Die Überreste der Toten sind auch da drin."

„So ziemlich wie überall", schlug ich vor.

„Ja", nickte Jazz, während sie unsere Umgebung im Auge behielt. „Wie viele Orte. Aber dort gibt es noch Sachen. Wir gehen seit etwa drei Wochen dorthin."

Wir näherten uns dem Ende des Weges durch die Schutthügel und Grace sagte: „Ihr zwei seid leise."

Murphy warf mir einen Blick zu und grinste. Er war nicht beeindruckt von Graces autoritärem Auftreten.

Wir liefen bergauf über einen kleinen Park, der an North Lamar angrenzte, in der Nähe der Stelle, an der die Straße den Fluss auf einer breiten Brücke überquerte. Einen Block flussabwärts von der North Lamar Bridge führte ebenfalls eine Fußgängerbrücke über den Fluss.

Genau wie bei unserer Bootsfahrt flussabwärts vor ein paar Monaten waren beide Brücken noch immer mit Autos und Militärfahrzeugen verstopft, viele davon verbrannt. Sogar der Park, durch den wir gingen, war voller Autos, die dort von Leuten abgestellt worden waren, die vermutlich eine Brückenüberquerung zu Fuß wagen wollten.

Als wir auf der Straßenebene angekommen waren und über die North Lamar Bridge sehen konnten, ermahnte Grace uns wieder, leise und vorsichtig zu sein – eine unnötige Warnung. Murphy und ich waren schon oft mit den Weißen unterwegs gewesen.

Murphy kletterte auf ein Auto und schaute sich um, während er das tat. Mit der Nachtsichtbrille konnten er und ich viel mehr sehen, vor allem, was in den vom Mond geworfenen Schatten lauerte. Langsam tastete er sich nach rechts und links vor und nahm sich ein wenig Zeit, um die Dunkelheit unter den Bäumen auf der anderen Straßenseite zu untersuchen.

Als ich aufstand und über das Autodach schaute, sah ich mit eigenen Augen, dass viele Weiße in der Nähe waren, je nachdem, wie man „viele“ definierte. Ich schätzte, dass vielleicht zwanzig oder dreißig in Gruppen von ein paar oder einem halben Dutzend herumliefen oder plünderten. Tief im Schatten an der Innenseite eines Gebäudes sah ich eine Gruppe, die sich zusammenkauerte und sich für den Abend einrichtete. Durch die Fenster einiger Gebäude entdeckte ich Weiße, die herausschauten.

Die Anzahl der Weißen machte mir Sorgen. Ich wusste, dass es für jeden, den ich sah, Hunderte geben musste, die *nicht* sichtbar waren, sowohl in der Nähe als auch in der Ferne. Unsere Erfahrungen der letzten Tage hatten das bewiesen. Was mich beunruhigte, war die Frage, wie sie sich ernährten. Waren Jeff Aubreys Gleichungen am Werk? Waren seine Vorhersagen wahr? Ich hatte keine genaue Möglichkeit, die Anzahl der Weißen zu ermitteln, aber ich hatte gehofft, dass sich ihre Zahl inzwischen verringert hätte, da sie sich langsam selbst kannibalisierten. Das schien aber nicht der Fall zu sein.

Nach all dem, was ich bei den intelligenten Infizierten und den halbwegs intelligenten und dem ganzen Spektrum des Verhaltens der Weißen gesehen hatte, musste ich mich fragen, ob sie schlau genug waren, um die Stadt zu verlassen und auf den Farmen nach Nahrung zu suchen, die mit Rindern und Schafen überfüllt sein mussten. Ich fragte mich, ob sie die vielen Rehe fraßen, vielleicht sogar die Kojoten, streunenden Hunde und Hauskatzen. Jeff Aubreys Gleichungen berücksichtigten all das nicht.

„Und?“, flüsterte Grace zu Murphy.

Er schaute nicht nach Norden, die drei Blocks bis zu Whole Foods, sondern nach Süden auf die Folgen der Schlacht auf der Brücke. Durch den Klang ihrer Stimme angespornt, hüpfte er hinunter und forderte uns auf, uns näher heranzuwagen. Er sagte: „Ich habe da drüben ein paar dieser gepanzerten Humvees gesehen. Ich weiß nicht, in welchem Zustand sie sind, aber einer sieht so aus, als könnten wir ihn herausholen. Er ist nicht durch zu viele andere Fahrzeuge eingeklemmt.“

„Für Fritz und Gabe?“, fragte ich.

Er nickte. „Wenn wir sie nicht zurück nach College Station bringen, brauchen sie ein Transportmittel.“

„Du bist immer so rücksichtsvoll, Murphy.“

„Du kannst den Humvee nicht bekommen“, sagte Jazz.

„Warum?“, fragte ich. „Es ist genau dort. Wie Murphy gesagt hat, schieben wir vielleicht ein oder zwei Autos aus dem Weg, aber wir können es rausholen.“

Kopfschüttelnd sagte Jazz: „Es gibt eine Gruppe von Verrückten, die dort oben in den Autos leben. Sie denken, die Brücke ist ihr Revier.“

Da wir keine Normalen dabei hatten, waren unsere Möglichkeiten, etwas im Freien zu unternehmen, sehr viel größer. Dazu gehörte auch, auf die Brücke zu gehen und die vielen aggressiven Weißen zu beseitigen, die dort oben lebten. Ich sagte: „Fritz und Gabe brauchen ein sicheres Fahrzeug.“

„Wir können sie auch selbst nach einem suchen lassen“, schlug Murphy vor.

Ich schüttelte den Kopf, weil ich wusste, dass ich meine eigenen Gründe verschleierte, und sagte: „Sie würden getötet, wenn sie versuchen, dorthin zu gehen. Ich glaube, es gibt dort viel zu viele Weiße, als dass sie alleine weit kommen würden.“

„Warte“, sagte Grace. „Wovon reden wir hier eigentlich? Wir wollten doch bei Whole Foods einkaufen gehen.“

„Ja“, sagte ich.

Murphy klopfte mir auf den Rücken und sah Grace an. „Kümmere dich nicht um ihn. Manchmal sucht er ohne guten Grund nach Ärger."

„Warum?", fragte Grace aufrichtig und warf mir einen Blick zu, als ob ich wirklich verrückt wäre. „Bekommt man heutzutage nicht schon genug Ärger umsonst?" Sie drehte sich um und ging auf den Bürgersteig zu, der zu Whole Foods führte.

Jazz lächelte mich an, zuckte mit den Schultern und folgte mir.

Murphy sagte: „Wir holen uns den Humvee später."

Ich schnaufte und schloss mich ihnen an.

Kapitel 53

Mit Grace an der Spitze und Jazz hinter ihr, die zu viel Zeit damit verbrachte, auf den Boden zu schauen und ab und zu eine Flasche mit ihrem Zeh anzustupsen, um das Etikett zu lesen, folgte ich ihnen, während Murphy das Schlusslicht bildete. Wir arbeiteten uns durch einen Gang mit handgemachten Seifen, Shampoos und Cremes im zweiten Stock des Lebensmittelgeschäfts Whole Foods. Die meisten der Flaschen, die in den Regalen gestanden hatten, lagen jetzt auf dem Boden. Sie waren zertrampelt und getreten worden, und viele wurden geöffnet, weil die Weißen den Inhalt probiert hatten, um zu sehen, ob er essbar war. Als sie feststellten, dass dies nicht der Fall war, ließen sie die Flaschen fallen und gingen in einen anderen Teil des Ladens weiter. Ein klebriges, buntes Durcheinander bedeckte jetzt das Linoleum unter den Füßen und war der Beweis für all das, was dort passiert war.

Leider war es anstrengend und lästig, da durchzulaufen, bei jedem Schritt die Füße vom Boden abzuheben und zu versuchen, nicht zu laut gegen die leeren Flaschen zu treten.

Am Ende des Gangs nahm die Weinabteilung eine ganze Ecke des

Ladens ein. Grace erzählte uns, dass sich unter den unzähligen zerbrochenen Weinflaschen Hunderte von ungeöffneten befanden. Wir taten alle so, als wäre Wein nicht unsere erste Wahl und als wären Kalorien heutzutage einfach nur Kalorien, aber wir brauchten wenig Überzeugungskraft, um durch den Gang mit dem klebrigen Shampoo zu gehen, weil wir wussten, was am anderen Ende lag.

Klirrende Geräusche im Glas vor uns machten deutlich, dass etwas oder jemand bereits zwischen den umgestürzten Regalen und zerbrochenen Flaschen wühlte. Ich tippte auf die Weißen. Erstens waren sie sehr laut. Normale Menschen, die das Glück hatten, noch am Leben zu sein, und selbst Leute mit Schwelbrand hatten gelernt, dass Stille immer das Beste war. Außerdem schien der Lärm keine rhythmische Ordnung zu haben. Normale Menschen, die einer Aufgabe nachgingen, taten dies in der Regel in gleichmäßiger Weise. Jedes Geräusch, das mit der Aufgabe verbunden war, hatte also eine gewisse Regelmäßigkeit. Weiße waren zappelig und wahllos.

Wir waren schon halb in unserem Gang, als ein Weißer um die Regale herumspähte und uns einen Blick zuwarf. Er hatte uns offenbar gehört. Keine Überraschung.

Er starrte uns an. Er wusste nicht, was er von uns halten sollte.

Ich hob meine Machete. Ich hatte schon eine Lösung für ihn – ihn und vermutlich zwei oder drei andere in der Weinabteilung. Sie waren die einzigen, die in diesem Stockwerk des Ladens Lärm machten. Wenn sich noch andere versteckt hielten, dann waren sie still.

Grace warf einen kurzen Blick über ihre Schulter auf Jazz.

Der Weiße lehnte sich noch ein bisschen weiter hinaus und trat in den Gang, wobei er seinen halben Körper entblößte. Er neigte den Kopf zur Seite.

Jazz legte einen Pfeil mit Aluminiumschaft ein, als sie ihren Bogen hob.

Grace flüsterte gerade so laut, dass das Geräusch bis zum Ende des Ganges zu hören war: „Bist du ein böser Junge?“

Die Augen des Weißen wurden groß. Er verkrampfte sich und trat einen Schritt hinter dem Ende des Ganges hervor, während sich sein Mund weit öffnete und er die Zähne fletschte. Ein Heulen entrang sich seiner Kehle, als Jazz den Pfeil abfeuerte, der den Kopf des Weißen aufspießte. Er fiel um, zuckte und gurgelte, als er starb.

Als ich die Methode sah, kam ich mir ein bisschen dumm vor. Ich hätte meine Machete genommen und sie auf ein Regal geschlagen. Vielleicht hätte ich lauthals geschrien, um die Aufmerksamkeit der Weißen auf dem Boden zu erregen. Dann hätten Murphy und ich darauf gewettet, dass wir alle töten könnten, die angerannt kamen. Eine Lösung, die definitiv nicht so raffiniert war wie die von Grace und Jazz.

Als wir noch ein paar Schritte weiter gegangen waren, bahnte sich eine weitere Weiße ihren lärmenden Weg durch die zerbrochenen Weinflaschen und hockte sich neben ihre gefallene Kameradin, während sie zu uns aufschaute.

Grace flüsterte: „Bist du ein braves Mädchen?“

Die Weiße stürzte sofort los, als sich ein weiterer Pfeil von Jazz in der Brust des infizierten Mädchens vergrub und ihr Leben im Nu beendete.

„Guter Schuss“, flüsterte ich über Jazz' Schulter.

Sie ignorierte mich, als sie einen weiteren Pfeil einlegte.

Die Gläser klirrten noch immer zwischen den Weinregalen. Mindestens ein weiterer Weißer befand sich noch vor uns.

Als wir über die beiden, die Jazz getötet hatte, stolperten, knirschte das Glas unter unseren Schuhen, als wir um die große Weinabteilung herumgingen.

Von der Decke hingen Schilder, auf denen die Region angegeben war, aus der der Wein in dem Bereich darunter stammte. Unter dem Chile-Schild fanden wir einen ausgemergelten Weißen, dessen Kleidung von seinem dünnen Körper herunterhing. Auf seinen blutigen Knien und mit blutenden Händen wühlte er in vollen und zerbrochenen Weinflaschen, fing Kakerlaken und stopfte sich die knusprigen kleinen Biester in den Mund. Als er uns bemerkte, hielt er inne, schaute uns einen Moment lang ausdruckslos an und ging dann wieder dazu über, Flaschen aus dem Weg zu schieben, um seine Beute aufzuscheuchen.

„Bist du ein guter Junge?“, fragte Grace in ihrem tödlichen Flüsterton.

Der Weiße blieb stehen und sah sie an.

Jazz hatte bereits einen Pfeil bereit.

Nachdem er einen Moment lang nichts mehr getan hatte, wandte sich der Weiße wieder seiner Arbeit zu.

„Ein Langsamer", sagte sie zu uns.

Ich fühlte mich ein wenig schuldig und wusste, dass ich ihn wahrscheinlich getötet hätte, wenn nur Murphy und ich im Laden gewesen wären. Wir hätten die beiden räuberischen Weißen mit Leichtigkeit erledigt. Dann, während die Jagd uns in Stimmung brachte, hätten wir den Kakerlakensammler entdeckt, und ich hätte ihm wahrscheinlich den Kopf abgeschlagen. Ich fragte: „Ihr habt gesagt, ihr nehmt die Langsamen auf. Kommt er mit uns zurück?"

Sie schüttelte den Kopf mit einer Traurigkeit, die zu tief für die Situation schien, und sagte: „Wir können nicht. Nicht mehr. Als es noch mehr von uns gab, als wir oben im Kapitol einen besseren Platz hatten, konnten wir uns um sie kümmern. Sie konnten produktiv sein. Jetzt ..." Sie schüttelte den Kopf und fing wieder an, mit den Zehen ihrer Stiefel durch das zerbrochene Glas zu stoßen, um nach verwertbaren Weinflaschen zu suchen.

Jazz verließ uns und ging zurück in den Kosmetik- und Shampoo-Gang, offenbar auf dem Weg zu einem begehrten Produkt, das sie auf unserem Weg durch den Laden gesehen hatte.

Murphy zuckte mit den Schultern und folgte ihr. Er dachte dasselbe wie ich: „Trennt euch nicht."

Ich blieb bei Grace. Sie nahm ein paar Flaschen Rotwein mit. Sie las die Etiketten, nickte zustimmend und reichte sie mir. Ich steckte sie in meinen Rucksack.

Ich sagte: „Es stört dich wirklich, dass du sie nicht aufnimmst, nicht wahr?“

Ohne sich in meine Richtung zu drehen, nickte sie.

„Warum?“ Für mich war es einfach. Oder zumindest war es einfach geworden. Ich erinnerte mich daran, was ich für Russell empfunden hatte, als ich ihm zum ersten Mal begegnete. Wenn es nach mir gegangen wäre, hätte ich ihn sicher in seinem Haus zurückgelassen, um für sich selbst zu sorgen, so wie er es vorher getan hatte. Doch mit der Zeit wuchs meine Zuneigung zu ihm. Er war ein Mensch. Vielleicht wollte ich damit sagen, dass ich ihn als Mensch und in gewisser Weise auch als Freund akzeptierte. Ich fühlte eine tiefe Verantwortung für ihn, die aus der Verbundenheit erwuchs. Als er starb, tat es höllisch weh.

Schon früh hatte ich viele Weiße getötet. Verdammt, ich tat es immer noch fast jeden Tag. Einige, so vermutete ich im Nachhinein, waren Langsame oder hatten sogar Schwelbrand. Das beunruhigte mich immer, wenn ich etwas Zeit hatte, darüber nachzudenken. Der Ausdruck ihrer Gesichter – manchmal emotionslos, manchmal etwas mitleiderregend – erzeugte eine nie nachlassende Schuld, die meine Handlungen jedes Mal infrage stellte, wenn ich einem weißhäutigen Monster gegenüberstand.

Schließlich sagte Grace: „Es fühlt sich falsch an.“

„Das war alles?“, fragte ich.

„Ja.“ Sie richtete sich auf und sah mich an. Sie zeigte auf den Langsamen, der nach Kakerlaken kramte. „Du hast kein schlechtes Gewissen, ihn hier zu lassen?“

Ich zuckte mit den Schultern und sah weg. Ich wusste, ich hätte mich schlecht fühlen müssen. Aber das tat ich nicht. Ich fühlte mich vor allem hohl.

Der Gedanke, dass ich den Kakerlakensammler einfach getötet hätte, ließ mich nicht los und ich begann, mich genauso schuldig zu fühlen, wie wenn ich es getan hätte.

Grace ging wieder an ihre Arbeit. „Ich verstehe. Das tue ich wirklich.“ Sie nahm eine große, schlanke Flasche mit einer Art Weißwein in die Hand – einen Moscato. „Der ist viel besser, wenn er kalt ist.“

„Kalorien“, murmelte ich und nahm die Flasche für die Sammlung in meiner Tasche entgegen.

Jazz und Murphy kamen herüber, offenbar waren sie mit ihrem Einkauf im Kosmetikregal fertig. Sie zeigte mit dem Daumen auf Murphy: „Wir gehen noch mal in den Feinkostladen.“

Grace schaute zur anderen Seite des Ladens hinüber. „Geh nicht so weit weg, dass wir dich nicht hören können.“

Mit einer gehörigen Portion Sarkasmus sagte Jazz: „Ja, Mutter.“ Murphy lächelte.

Grace ging unbeeindruckt weiter und sah sich die Flaschen an. Sie lenkte das Gespräch wieder auf die Langsamen. „Ich habe schon viele Menschen gesehen, die ihre Menschlichkeit verloren haben.“

Ich war mir nicht sicher, ob ich mit intakter Menschlichkeit angefangen hatte. Aber das war eine lange Geschichte von beschissenen Eltern, die ich lieber in dem schwarzen Loch meiner Erinnerung ließ, solange ich sie dort halten konnte.

„Bei all dem Tod, all der Gewalt“, sagte Grace, „müssen sich die Menschen schützen.“ Sie klopfte auf die Mitte ihrer Brust. „Hier drin. In ihren Herzen. Es hilft, die Welt kaltschnäuzig zu betrachten. Für manche – die Schwachen – ist es der einzige Weg.“

„Die Schwachen?“, fragte ich. „Warte. Willst du sagen, dass ich schwach bin?“

„Nimm es, wie du willst“, sagte Grace. „Wir haben alle unbeschreibliche Grausamkeiten durchgemacht, um dahin zu kommen, wo wir jetzt sind. Einige von uns waren stark genug, um die besten Teile von uns am Leben zu erhalten. Einige von uns nicht.“

Ich wollte sagen: „*Du kannst mich mal*“. Ja, ich war einfach so wortgewandt. Stattdessen murmelte ich: „Für manche von uns ist das vielleicht der beste Teil“. Ich stapfte los, um zu sehen, was in einem anderen Gang lag. Ich kann nicht behaupten, dass mich das, was noch in den Regalen stand, mehr oder weniger interessiert hätte. Ich wollte einfach nur von Grace wegkommen. Sie drängte mich dazu, über Dinge nachzudenken, die ich lieber nicht wissen wollte.

Ich hatte es mir gemütlich gemacht – na ja, vielleicht nicht gemütlich – vielleicht hatte ich auch nur einen Zustand der Entspannung erreicht, mit dem, was ich fühlte und was ich dachte, das ich fühlen sollte. Ich war mit meinen dummen Entscheidungen und meiner Sucht nach Gefahr einverstanden. Es war in Ordnung für mich, von einem Tag zum anderen zu gehen, ohne emotionale Bindungen zu haben. Ich hatte kein Problem mit dem Töten.

Die Schuldgefühle waren ein Preis, den ich zahlte, ein notwendiger Tribut.

Irgendetwas am Töten füllte ein leeres Loch in mir.

Ich ertappte mich dabei, wie ich Kisten über Kisten mit leeren Proteinriegeln und leeren Riegelverpackungen betrachtete. Sie lagen fast knietief auf dem Boden verstreut. Die Weißen hatten herausgefunden, wie man diese Verpackungen aufriss. Ich schätzte, das war gar nicht so schwer. Es war der intuitive Sprung, zu wissen, dass etwas Essbares drin sein könnte – das war der Teil, der eigentlich jenseits der Fähigkeiten ihrer einfachen Gehirne liegen sollte.

Ich ließ mir Zeit, als ich den Müll durchsuchte, und fand nach und nach Riegel. Ich nutzte die Mühe der trivialen Suche, um meine Aufmerksamkeit zu fokussieren und mich vor meinen Gedanken zu verstecken. Die dunkelsten Teile meiner Seele gediehen in dem Chaos einer Welt, die mörderisch schwarz und der Träume beraubt war. Ich war ein niedergeschlagener Halbgott, ein Schlächter von Monstern. Ich trug die Machete, die ihre Adern ausblutete, ihren Atem stahl und das Leben aus ihren Herzen schnitt.

Ich war die Leere.

Ich war der Nullpunkt.

Vielleicht war ich das wirklich.

Aber trotzdem existierten die Schuldgefühle.

Als ich die Hälfte des Gangs hinter mir hatte, hatte ich schon ein paar

Dutzend Riegel gesammelt und sie zusammen mit den Weinflaschen in meinem Rucksack verstaut.

Grace watete durch die Pappe und die silbrigen Verpackungen. Als sie neben mir stehen blieb, fragte sie: „Hast du was gefunden?“

„Ich finde eine Menge“, sagte ich.

„Darf ich helfen?“

„Natürlich.“ Ich sah sie an. „Ich weiß, dass ich manchmal sauer bin, aber das ist nicht schlimm. Ich fühle mich nicht ganz wohl mit den Dingen, die ich getan habe, um am Leben zu bleiben. Aber das ist nun mal so, wie es ist. Ich muss auf meine eigene Art damit umgehen.“

„Es tut mir leid“, sagte Grace. „Ich wollte nicht so klingen, als würde ich über dich urteilen. Das sind nur die Dinge, über die ich nachdenke, wenn ich nachts nicht schlafen kann.“

Ich log und sagte: „Ich neige dazu, an nichts anderes zu denken als daran, wach zu bleiben.“

„Hast du Angst davor, was passieren könnte, wenn du dich schlafen legst?“, fragte Grace. „Die Verrückten könnten kommen?“

Ich lächelte und hätte fast gelacht, bevor ich zugab: „Die Albträume werden ziemlich schlimm.“

„Das ist normal.“ Grace fand eine volle Schachtel, die unter die Kante eines Regals gekickt worden war, und sie warf mir einen herausfordernden Blick zu.

„Anfängerglück“, sagte ich ihr.

„Was denkst du über das, was Fritz und Gabe uns erzählt haben?“

„Ich weiß es nicht.“ Ich zuckte mit den Schultern. „Was genau willst du wissen?“

Sie sagte: „Ich denke darüber nach, mit ihnen zu gehen.“

Kapitel 54

Graces Ankündigung, dass sie darüber nachdachte, nach College Station zu gehen, machte mir nicht viel aus. Ich kannte sie kaum. Ich kannte Fritz und Gabe kaum. Wenn ich gesagt hätte, dass sie mir egal waren, wäre das übertrieben gewesen.

„Glaubst du, sie sind ehrlich?“, fragte sie mich.

Ich lehnte einen Ellbogen auf ein Regal und sagte: „Ich glaube, jeder lügt über fast alles.“

Grace schüttelte den Kopf und sah enttäuscht aus.

„Aber“, fuhr ich fort, „ich glaube, das war schon immer so. Früher hatten Lügen keine großen Konsequenzen, also lebten wir einfach mit ihnen. Jetzt ist das anders. Wenn dich jemand betrügt, bist du am Ende tot.“

Murphy lachte.

Ich schaute zu ihm und Jazz hinunter, die am Ende des Ganges standen.

„Siehst du“, sagte Murphy, deutete auf mich und sprach zu Jazz.

„Genau das habe ich gemeint. Wenn er in den Professorenmodus wechselt, kannst du dir auch gleich ein Kissen holen. Das merkt man am Ton seiner Stimme. Es klingt, als hätte er einen Maiskolben im Hintern."

„Hast du etwas Gutes gefunden?", fragte Grace.

Murphy nahm seinen Rucksack von der Schulter und hielt ihn offen, um eine Ladung Dosen und Gläser zu zeigen. Er grinste. „Das ist mein neuer Lieblingsladen." Mit einem Blick auf Grace fragte er: „Worüber hält er jetzt einen Vortrag?"

„Lügner." Grace lächelte. „Ich habe ihn gefragt, ob er Fritz und Gabe traut. Er sprach von Lügen, als wäre er derjenige, der herausgefunden hat, dass Menschen manchmal nicht die Wahrheit sagen."

Murphy lachte laut auf. „Oh mein Gott. Du weißt schon, wie er ist. Ich höre mir diesen Scheiß schon seit drei Monaten an."

Jazz kicherte, schaute mich an und sagte: „Was ich gehört habe, klang schlau."

Ich rollte mit den Augen. „Mir egal."

Grace sah Murphy an und sagte: „Ich denke darüber nach, mit ihnen nach College Station zu fahren."

Murphy nickte und setzte ein nachdenkliches Gesicht auf.

„Wenn du gehst", sagte Jazz, „dann gehe ich auch."

Grace schüttelte den Kopf und sagte: „Du musst nicht mitgehen, nur weil ich es tue. Es könnte gefährlich sein. Nein, es *wird* gefährlich sein. Wir kennen diese Typen nicht."

„Ich habe hier keine Freunde.“ Jazz schaute auf den Boden, als würde sie sich für das schämen, was sie gerade zugegeben hatte. „Nur dich.“

„Denk du mal drüber nach“, sagte Grace. Sie sah wieder zu Murphy auf. „Und?“

„Mann“, sagte er, „ich weiß es nicht. Ich sage es nur ungern, aber ehrlich gesagt, stimme ich Zed in dieser Hinsicht zu. Leute machen echt beschissene Sachen. Soweit ich das beurteilen kann, haben Fritz und Gabe keinen Grund zu lügen. Ich bin geneigt, zu glauben, dass Fritz die Wahrheit sagt. Ich weiß nicht, ob das, was sie tun, die Zeit wert ist oder ob sie es schaffen können. Ich weiß, dass er es glaubt. Ich meine, er ist ehrlich. Wenn er Gebrauchtwagen verkaufen würde, würde ich sicher einen kaufen.“ Er schaute mich an. „Was denkst du, Mann? Ich meine, ohne den ganzen Professorenscheiß?“

Ich zuckte mit den Schultern und sah wieder zu Murphy auf. „Du hast es erfasst, denke ich. Ich denke so ziemlich das Gleiche.“

Grace legte mir eine Hand auf die Schulter. „Danke.“

„Warum?“, fragte Murphy. „Ich weiß, warum der tapfere Nullpunkt durch Texas zieht, aber was ist mit dir los?“

„Der tapfere Nullpunkt?“, fragte ich. „Wirst du jemals damit aufhören?“

Lachend schüttelte Murphy den Kopf. Er sah jedes der Mädchen an. „Er hat eine Schwäche dafür, Menschen zu retten und das Richtige zu tun. Ich hänge nur mit ihm ab, weil er verdammt viel Glück hat und unbesiegbar ist. Das sind seine Superkräfte.“

Grace und Jazz lachten schon. Grace sagte: „Ihr seid echt witzig. Ich kann mich nicht erinnern, wann ich das letzte Mal wirklich gelacht habe.“

Ich lächelte und kicherte mit. Warum dagegen ankämpfen? Ich sagte: „Murphy ist ein Komödiant. Deshalb behalte ich ihn bei mir.“

Als das Lachen aufhörte, sah Murphy uns an und sagte: „Wir sollten nachsehen, ob uns jemand gehört hat.“

Er machte sich auf den Weg, um die Rolltreppe beim Feinkostladen zu überprüfen.

Ich nickte Grace zu und wir wateten zurück durch die leeren Schachteln. „Wir sehen auf der Treppe nach.“

Als wir durch die Weinabteilung gingen, sagte Grace: „Der tapfere Nullpunkt? Hat er dir wirklich einen Superhelden-Namen gegeben?“

„Es amüsiert ihn, seit er aus dem Fieber erwacht ist.“

„Was hast du getan?“

„Nichts.“ Ich ging den Kosmetikgang entlang, der senkrecht zum Gang mit den Proteinriegeln verlief.

„Nicht nichts.“ Sie schlug mir leicht auf den Arm. „Spuck's aus. Du hast so getan, als ob dir die Leute egal wären, und jetzt finde ich heraus, dass das nicht stimmt. Was ist denn los?“

„Da musst du Murphy fragen“, sagte ich. „Soweit ich weiß, tue ich nur das, was jeder andere auch getan hätte.“

„Was zum Beispiel?“, wollte sie wissen.

„Weißt du“, sagte ich. „Du bist noch am Leben. Du hast schon viel Scheiße erlebt. Manchmal musst du Entscheidungen treffen.“

„Entscheidungen, um anderen Menschen zu helfen?“, fragte Grace. „So hört es sich an.“

Ich hielt an, drehte mich zu ihr um und schnauzte sie an. „Und jedes Mal geht es schief. Jedes einzelne Mal. Ich bin kein verdammter Held. Ich bin ein Unglücksbringer, dem es nichts ausmacht, all den bösen Scheiß zu tun, den ich tun muss, um von Tag zu Tag zu überleben. Und ich bin verdammt gut darin.“

Wir erreichten die Treppe und ich lehnte mich über das Geländer, um zu schauen und zu lauschen.

Grace flüsterte: „Ich glaube, wir sind in Sicherheit. Ich höre nicht, dass noch mehr kommen.“

Ich lehnte mich zurück und nickte.

„Warum bleibt er bei dir?“, fragte mich Grace. „Wenn du so ein Unglücksbringer bist und dich so sehr selbst bemitleidest, warum lässt er dich dann nicht sitzen?“

„Bist du eine Art Psychologin?“, fragte ich.

„Geometrielehrerin an der Highschool“, sagte sie. „Zusammen mit Algebra und Trigonometrie. Verwöhnte reiche Kinder wie dich habe ich schon in meinen Klassen gesehen, als ihr noch in die Windeln gemacht und mit eurer eigenen Scheiße gespielt habt.“

„Ich bemitleide mich nicht“, sagte ich ihr. „Schau. Ich habe eine Menge verrückter Dinge getan, um Menschen zu helfen, als ich dachte, ich könnte etwas Gutes tun. Ich bin wütend, weil die meisten dieser Menschen am Ende sowieso tot waren. Ich bin wütend auf mich selbst, es tut mir aber nicht leid."

Grace schüttelte den Kopf und sagte: „Glaubst du, du bist der Einzige? Wir alle haben Gutes getan, um uns gegenseitig zu helfen, und die meisten von uns sind tot." Sie zeigte durch die Glaswand auf West-Austin. „All diese Häuser sind leer, bis auf Leichen und Verrückte. Wir versuchen es alle, Zed. Wir scheitern alle, wieder und wieder und wieder. Trotzdem bist du noch hier. Ich bin immer noch hier. Jazz und Murphy sind hier. Irgendetwas müssen wir doch richtig machen. Du kannst ein Weichei sein, wenn du willst ..."

Ich lachte laut.

„Was?", fragte sie. „Was ist so lustig?"

„Tut mir leid, ich habe nicht erwartet, dass eine Geometrielehrerin mich ein Weichei nennt."

„Oh, Gott", sagte sie mit einem Lächeln. „Ich sitze mit einem Fünfzehnjährigen fest."

„Ziemlich genau." Wie könnte ich da widersprechen? Ich war mein ganzes Leben lang ich gewesen.

Grace pflanzte sich vor mich und sagte: „Gib nicht auf, Zed. Nicht jetzt. Wenn du es nicht für dich tun kannst, dann tu es für Murphy. Es ist für jeden klar, dass er dich liebt."

„Was?" Klar, ich wollte es in einen Witz verwandeln. Das war der einfachste Weg, um abzulenken.

„Werde erwachsen“, sagte sie mir ernst. „Er kann dich nicht verlieren. Du kannst ihn nicht verlieren. Bleib wenigstens dafür im Spiel.“

Kapitel 55

Da ich an diesem Tag geschlafen hatte, als die Sonne noch nicht aufgegangen war, war ich hellwach, obwohl wir uns in den stillen Morgenstunden befanden, lange bevor die Sonne aufgehen sollte. Wir waren schon seit ein paar Stunden von unserem Einkauf bei Whole Foods zurück. Die meisten Bewohner des Kraftwerks schliefen noch. Ein paar hielten Wache.

Mit Murphy machten wir uns auf den Weg ins Obergeschoss des Kraftwerks und kletterten durch ein zerbrochenes Fenster auf ein riesiges Maschinenteil an der Nordseite des Gebäudes neben den Schornsteinen – alles dort belassen, um den Charakter des alten Gebäudes zu erhalten und die Mieten mit einem Steampunk-Look in die Höhe zu treiben. Die Silhouette der Skyline von Austin zeichnete sich gegen die Sterne ab. Weit im Nordosten leuchteten Lichter auf dem Dach der Basketball-Arena, die deutlich machten, dass Bairds Hubschrauber-Arschlöcher noch da waren.

Murphy fragte: „Wie lange hält das Auto eine Ladung, wenn es auf der Straße steht?“

„Ich weiß es nicht.“ Darüber hatte ich tatsächlich noch nicht nachgedacht. Würden sich die Akkus langsam entladen, egal ob das Auto eingesteckt war oder nicht?

„Was hältst du davon, dass Grace und Jazz mit Fritz und Gabe nach College Station fahren?“

„Sie ist eine Weltverbesserin“, sagte ich. „Sie fühlt sich gezwungen, zu gehen.“

„Wie eine Mrs. Nullpunkt?“ Murphy lachte.

„Es gibt keine Mrs. Nullpunkt.“ Ich schüttelte den Kopf. „Außerdem ist sie zu alt für mich.“

„Na ja, vielleicht Null-Girl, du weißt schon, eine Art Kumpelrolle.“

Ich sagte nur: „Ich dachte, *du* wärst mein Kumpel.“

„Nein, Mann“, sagte Murphy. „Das hast du falsch verstanden. Du bist der mürrische Kumpel des mächtigen Murphy.“

„Mürrisch?“

„Leugne es nicht ab, Mann“, sagte Murphy. „Wenn du schon für den Rest deines Lebens ein mürrisches kleines Arschloch sein willst, dann sei wenigstens ehrlich.“

Ich schüttelte den Kopf und murmelte: „Nicht du auch noch.“

„Im Ernst, Mann“, sagte Murphy. „Es ist Zeit, weiterzuziehen.“

Ich sagte nichts dazu. Stattdessen ließ ich meine Gedanken in meine introspektiven Rationalisierungen abgleiten, während ich versuchte, die Person, die ich zu *sein* glaubte, mit der Person, die ich sein *wollte*, in Einklang zu bringen – existenzieller Blödsinn, mit dem sich zwanzigjährige Philosophiestudenten gerne beschäftigen.

Es war alles sinnlos.

Ich war ein Mann mit einer Pistole und einer Machete in einer Welt, die von mir verlangte, sie zu benutzen. Mein Leben war ein Töten-oder-getötet-werden. Mehr nicht. Wenn ich des Tötens müde würde, starb ich. Das Leben war einfach. Keine grauen, zweideutigen Fragen, keine Ungewissheit über die Zukunft, nur Trostlosigkeit und Schmerz bis zum Tod.

„Mann“, sagte Murphy. „Du solltest anfangen, zu reden oder so. Du hörst dich an, als würdest du da drüben sitzen und dich wegen nichts aufregen.“

„Was?“ Ich warf ihm einen zweifelnden Blick zu. „Wie kannst du das sagen? Ich habe doch gar nichts gesagt.“

„Die Art, wie du durch die Nase atmest“, sagte er. „Es ist, als würdest du schnauben wie ein wütender Stier oder so.“

„Ja, ja.“

„Im Ernst.“

Ich seufzte.

„Was hast du auf dem Herzen?“, fragte er.

Ich brauchte einen Moment, bevor ich fragte: „Ehrlich?“

„Ehrlich“, sagte er. „Ich werde dein Psychiater sein. Spuck's aus.“

„Ich bin müde“, sagte ich. „Stephs Tod hat zu sehr geschmerzt. Es ist mir einfach scheißegal geworden. Weißt du, was ich meine?“

Murphy runzelte die Augenbrauen und fragte: „Du willst doch nicht von einer Brücke springen, oder?“

„Ich bin es einfach leid, dass das alles so sinnlos ist.“

Murphy dachte ein paar Minuten lang nach, bevor er sagte: „Du hast aufgegeben.“

„Wie denn?“

„Es geht nicht um das Wie“, sagte er. „Du hast aufgegeben. Du tust nur noch das Nötigste. Ich weiß, dass du immer noch einen Adrenalinstoß bekommst, wenn die Weißen hinter uns her sind und so. Aber das ist alles, was du noch hast. Es kümmert dich nicht mehr. Du willst es nicht mehr versuchen. Nach Steph hast du aufgegeben.“

„Aufgegeben?“, fragte ich.

„Du denkst nicht an Selbstmord“, sagte Murphy. „Vielleicht bist du ein zu großes Weichei, um dich umzubringen. Ich weiß es nicht. Aber nichts interessiert dich mehr.“

„Ich habe dich zum Kapitol geschleppt“, protestierte ich. „Was sollte das, wenn ich aufgegeben hätte?“

„Es spielt keine Rolle, was es war“, sagte Murphy. „Es kann sein, was immer du dir einredest, dass es so war. Die Wahrheit ist, dass du aufgegeben hast. Jetzt muss ich dich durch die Stadt jagen, bis du endlich etwas Dummes tust und dich umbringst.“

„Tut mir leid.“ Es hörte sich natürlich so an, als ob ich es nicht so gemeint hätte, aber die Wahrheit war, dass ich es tat. Ich wollte nur nicht akzeptieren, was Murphy sagte.

„Ich habe eine Weile mit Grace gesprochen, nachdem wir zurückkamen“, sagte Murphy.

Ich fragte nicht, worüber sie gesprochen hatten. Da Murphy es erwähnte, nahm ich an, dass sie über mich gesprochen hatten.

„Ich werde mit Grace und Jazz gehen.“

Das fühlte sich wie ein Schlag ins Gesicht an. Es fühlte sich nach mehr an als das. Mein Herz begann wieder zu schmerzen. Er sagte, er würde gehen. Er sagte nicht, dass *wir* gehen. Ich schaute in die Schwärze des Himmels und krächzte: „Okay“.

„Okay?“, fragte Murphy. „Ist das alles, was du zu sagen hast?“

Ich schüttelte den Kopf. Das war alles, was ich sagen *konnte*. Ich hatte noch nie einen Freund wie Murphy gehabt und mit all meinem Selbstmitleid und Blödsinn hatte ich es vermasselt. Er hatte es satt. Er wollte weitermachen.

Was zum Teufel sollte ich tun?

Genau das wollte ich tun: unter den Weißen herumlaufen und sie abschlachten, bis sich etwas in meiner Seele endlich besser anfühlte.

Nach einiger Zeit, in der ich versuchte, mich an den Gedanken zu gewöhnen, dass Murphy aussteigen würde, sagte ich schließlich: „Grace hat einen guten Kopf auf ihren Schultern. Ich hoffe, dass das, was ihr da draußen in College Station macht, ihr hilft.“

Er schüttelte den Kopf und zeigte mir seine ganze Enttäuschung. Er sagte: „Warum kommst du nicht mit uns?“

„Nein", sagte ich und tat mir zugegebenermaßen selbst leid. „Geht ihr schon mal vor."

„Mann." Murphy war frustriert. „Das ist kein Eifersuchtsdrama in der Junior-Highschool. Mach das nicht. Ich gehe mit Grace, weil ich mehr will, als nur Weiße zu töten und Burritos zu essen."

„Burritos?", murmelte ich. „Ich habe seit August keinen Burrito mehr gesehen."

„Wenn ich getötet werde", sagte Murphy, „dann möchte ich, dass es einen guten Grund dafür gibt. Ich weiß, dass du früher genauso gefühlt hast. Deshalb hast du in jener Nacht versucht, Amber und ihre Freunde aus dem Wohnheim zu retten. Deshalb hast du die Tür des Bunkers aufgesprengt und Mandi gerettet. Deshalb hast du im Krankenhaus einen auf Tarzan gemacht. Deshalb hast du mich durch halb Austin geschleppt und mir nach dem Aufstand im Gefängnis den Arsch gerettet. Deshalb versuche ich gerade, deinen Arsch vor dir selbst zu retten. Du bist ein mürrischer kleiner Jammerlappen, aber du bist mein Freund. Zieh deinen Kopf aus deinem Arsch und hör mir zu. Lass uns die Sache mit Grace und Jazz angehen. Lass uns etwas Sinnvolles tun, anstatt in dieser stinkenden Stadt herumzulaufen und auf den Tod zu warten. Hör auf, dir zu viele Gedanken zu machen. Das Leben ist jetzt einfach – abgefuckt, aber einfach. Reiß dich zusammen und komm mit."

Ich wusste nicht, wie lange wir danach dort saßen. Ich zitterte vor Kälte und starrte in die Sterne, während ich versuchte, mich durch das komplexe Geflecht aus Blödsinn zu arbeiten, das ich in meinem Kopf gesponnen hatte.

Murphy blieb die ganze Zeit bei mir, das musste man ihm lassen.

Vielleicht war es die Kälte. Vielleicht war es Murphys Geduld. Wie auch immer, ich ging schließlich alle Gedanken oft genug durch, um zu erkennen, dass Murphy recht hatte. Ich sagte: „Es tut mir leid, dass ich so ein nutzloses Arschloch war. Wenn ihr mich dabei haben wollt, würde ich gerne mitkommen. Das würde ich wirklich gerne."

Kapitel 56

Vor der Morgendämmerung weckte Murphy Grace und erklärte ihr, dass ich mit ihnen nach College Station fahren würde. Sie schien mit dieser Entscheidung zufrieden zu sein. Danach wanderten er und ich im Dunkeln durch die Stadt, um den Mustang zu holen. Wir hatten so viel Glück mit dem Auto, dass ich mir nicht vorstellen konnte, in Zukunft ein anderes Verkehrsmittel zu benutzen.

Als die Nacht wieder hereinbrach, verabschiedeten sich Grace und Jazz und packten ihre Taschen mit dem Nötigsten und dem, was sie mitnehmen konnten, während sie um ihr Leben rannten. Darauf kam es wirklich an. Alles, was in deiner Tasche war, verlangsamte dich. Wenn es also nicht direkt zu deinem Überleben beitrug, sollte es besser einen hohen ideellen Wert haben. Ich hatte nichts weiter dabei als Unterwäsche zum Wechseln, Socken zum Wechseln, einen Plastikponcho und eine warme synthetische Daunenjacke, die sich in meiner Faust zusammenballen ließ. Ich hatte Essen, Munition, Wasser, Feuerzeuge und ein paar andere Dinge dabei. Die einzige Sentimentalität, die mit meiner Ausrüstung verbunden war, war die Hello-Kitty-Tasche selbst. Aber sie war nur dabei, weil sie sich als so verdammt robust erwiesen hatte und all den Strapazen standhielt, die ich ihr zumutete. Zumindest redete ich mir das die meiste Zeit ein. Zu anderen Zeiten war sie mein Glücksbringer.

Murphy und Grace hatten den Humvee, den wir in der Nacht zuvor auf der Brücke entdeckt hatten, ohne große Probleme geklaut. Die Weißen auf der Brücke waren ziemlich sauer darüber, aber sie konnten uns nur so weit jagen.

Murphy fuhr das Fahrzeug mit seinem Nachtsichtgerät, ich saß am Steuer des elektrischen Mustangs mit den Mädchen, Fritz und Gabe. Wir fuhren im Zickzackkurs aus der Stadt heraus und begannen, die engen Landstraßen in Richtung Aggieland zu befahren.

ENDE

Vielen Dank, dass Sie *Die Stadt Stin* gelesen haben.

Wenn Ihnen das Buch gefallen hat, wird die Geschichte hier fortgesetzt:

Qual: Buch Sieben der Schwelbrand-Serie.

Abonnieren Sie meinen Newsletter, um über Neuerscheinungen, exklusive Inhalte und Sonderangebote informiert zu werden:

babelbucher.de/adair

Erhalten Sie frühen Zugang, um Übersetzungen einiger der führenden SF-Titel zu bewerten. Für unser Beta Team anmelden:

babelbucher.de/beta-team

Verbinden Sie sich auch mit mir auf Facebook:

facebook.com/babelbooksde

Printed in Poland
by Amazon Fulfillment
Poland Sp. z o.o., Wrocław

24979307R00190